当代中国生态文学读本

17

拂晓绿遍山冈

Green Hills at Dawn

远人 主编

四川文艺出版社

图书在版编目（CIP）数据

拂晓绿遍山冈 / 远人著. —— 成都：四川文艺出版
社, 2020.3
（当代中国生态文学读本）
ISBN 978-7-5411-5680-9

Ⅰ.①拂… Ⅱ.①远… Ⅲ.①中国文学—当代文学—
作品综合集 Ⅳ.①I217.2

中国版本图书馆CIP数据核字(2020)第043312号

FUXIAO LÜBIAN SHANGANG

拂晓绿遍山冈

远　人　主编

出 品 人　张庆宁
责任编辑　荆　菁
封面设计　远人工作室
内文设计　史小燕
责任校对　段　敏
责任印制　桑　蓉

出版发行　四川文艺出版社（成都市槐树街2号）
网　　址　www.scwys.com
电　　话　028-86259287（发行部）　028-86259303（编辑部）
传　　真　028-86259306

邮购地址　成都市槐树街2号四川文艺出版社邮购部　610031
排　　版　四川胜翔数码印务设计有限公司
印　　刷　四川华龙印务有限公司
成品尺寸　165mm×235mm　　开　　本　16开
印　　张　17.5　　　　　　　　字　　数　230千
版　　次　2020年3月第一版　　印　　次　2020年3月第一次印刷
书　　号　ISBN 978-7-5411-5680-9
定　　价　48.00元

人文 ｜ 自然 ｜ 品质

主办：深圳市光明区公共文化艺术发展中心

顾问：王晓华

主编：远　人

编委：陈瑛　陈昌云　余巍巍

序

拂晓绿遍山冈

◎远　人

很长一段时间，我差不多每夜都梦见一座山冈。

山冈上有树，有草坡，有弥漫的晨雾，有好几条溪流，唯独没有人。

我想不起我如何到这山冈的，我只是在山冈上散步，觉得空气新鲜。

每次从这样的梦里醒来，都会好一阵惆怅，因为我醒来面对的不再是山冈，而是被命名为"现代"的城市。

关于梦，弗洛伊德有很好的解释："梦并不是空穴来风，不是毫无意义的，不是荒谬的……它是完全有意义的精神现象。"

弗洛伊德的著作微言大义、思想高妙，不在他那个专业，很少有人能真的全部读懂。他这句话倒是说得清晰，我甚至觉得，有了这句话，那些同样常常梦见大自然的人，都和我有一样的心灵搏动。他们不多，但他们无限。帕斯留下的名句之一，就包含"无限的少数"。

最近四五年，我一直生活在深圳。在一个城市待上几年，当然会了解它。

深圳作为特区，GDP名列全国前茅。有个在这里生活了三十年的朋友曾对我说过，他在全球跑了一圈，还是觉得深圳最像大都市。言下之意，深圳是最城市化的城市。不必讳言，物质是这个城市的特征，物质的增长速度也是它的效率体现。

我喜欢深圳，倒不是因为它的物质，而是与我生活过、深入了解过的其他城市相比，深圳有独特的景致。譬如本卷"非虚构"栏目中，有深圳作家王国华的散文组章《许多花》。他这个组章写了令我吃惊的整整两百章，也就意味着他在深圳发现和描写了两百种花。我真不知道其他城市是否有这么多花，但深圳有。记得在前不久的一次文学讲座中，王国华就曾自信地说，在另一个城市找两百种花都难！我深以为然。这其实就说明，最城市化的深圳，注意到了一种生态和平衡。

平衡是最难的一种力的作用。我们总希望自己的生活取得平衡，身体取得平衡，感受取得平衡，但究竟哪里才有我们内心最需要的平衡呢？在大量的来稿阅读中，我从王国华的"许多花"里看见了平衡，从吉布鹰升的山林里看见了平衡，甚至从陈纸的俚语里体会到了平衡。说到底，他们都在大自然的某种显现和抚摸里，取得了属于自己的平衡。

我又想起我经常梦见的那座山冈，我能够感觉，正是那个"完全有意义的精神现象"，使我的内心达到了某种平衡。弗洛伊德说梦"不荒谬"，就在于他体会到梦对心灵的意义。也许，那座山冈对我的意义，就如瓦尔登湖对梭罗的意义。只是，梭罗面对的是真实，我置身的是梦境。

但梦境"不是空穴来风"，更何况，我能清清楚楚地记得，那座山冈上的树和草坡，那些晨雾和溪流，都充满一种嫩绿。那是真实的颜色，是拂晓的颜色。但愿，我们每个人的生活，都能在真实中与那些嫩绿和拂晓迎面相逢。

2020年1月7日夜于深圳

目录

CONTENTS

小　说

非虚构

翻　译

艺　术

特　稿

光　明

文本与绎读

小说

九马咀和十里坡

◎学　群

九马咀

这地方正处在河水入湖的口子上。河不大。当它在东边山地蓄足气势，擦着南边的岸杀入湖中时，就有了倒海翻江的意思。湖是大湖。朝北朝西望，大得没有边。边是天边。刮北风的时候，风驾着浪从天边游过来，场面之大，像一块大陆扛着满地起伏在往这边移。河水一碰到它，就跳起来，直往岸上奔。岸不是一般的岸，松软处被浪淘走，剩下的山嘴势如奔马。这地方叫作九马咀。

自古以来，九马咀人都不住九马咀。他们住在南边山脚的村子里。山嘴上曾经有过一个又矮又小的庙。后来不作兴庙，就没有了。再后来，村子里出了一个有钱的人。他想到山嘴上临湖砌一幢房子，请风水先生看风水。风水先生听说是九马咀，就说九马咀不用看。那地方有风有水，就是没有风水。那人不肯信，说以前不是有庙吗。庙用石头用砖，他用钢筋水泥。钢筋水泥不怕风。房子才建到一半，那人身子出了问题，查出来是癌，也不知道与建房有没有关。不管有关没关，房子是扔在那里没人建了。扔下的水泥壳，后来让企大叔给住上了。

企大叔不只鼻子塌，耳朵也背。鼻子塌，说起话来就像古窑里压瘪的罐子煨水。耳朵背，那罐子只顾自己咕隆响，很少顾及别人怎么说。他放牛，就只管朝水牛黄牛咕隆咕隆响，不管牛说什么。牛好像知道，它只管听。用搂爹的话说，企大叔跟昭支书一个级别，不管说什么，公的母的都得听。算八字的二摸爹早说过，企大叔是癞蛤蟆的命，住哪里都行，庙里的菩萨，坟坑里的鬼，都不会拿他怎么样。他住在九马咀上头，涨水的时候，一群牛一头猪跟他待在山嘴上。水退到湖中央之后，牛都到湖滩上去了，跟他一起的只剩一头猪。

村子里的人都知道，企大叔每天都要到村子里走一趟，来的时候总跟着一头猪。猪跟牛不一样。牛是别人交给他放的，猪像是家人，是跟他一起过日子的。一开始猪小，他随身带着一只保温杯。小猪仔或左或右，有一声没一声地哼着。等到它在脚边把哼哼声连成一串，他就拿出保温杯。杯子里是温好的粥，小猪的唧唧声比企大叔喝茶还响。猪大一些之后，企大叔不再带着保温杯，猪还是跟着他。企大叔吃西瓜它吃皮，企大叔吃黄瓜它吃蒂，企大叔撒尿它在前头唧唧唧。直到有一天，猪变成腊肉挂到火塘上。成了腊肉它还是他的伴。他在火塘边说话，它在上头听。它跟他一起度过漫长的冬夜，一起过年过节。吃进肚子里以后，它就成了他。这时候，又会有一头小猪跟着他往村子里跑。村子里的人都知道，企大叔放很多牛，就像学堂里的老师要带好多娃娃。企大叔一年喂一头猪，就像村子里的男人一辈子要娶一个老婆。村子里的人不知道的是，为什么到后来企大叔一直养着一头猪。

一年，两年，三年过去了，那头猪一直跟着他。猪驮着很宽的背，背上头的鬃毛像刷子一样；两只大耳朵垂到脸上，像蒲扇；哼一声，听起来像木盆子盖在水上。企大叔喜欢听大家说，他的猪越来越像天篷元帅。他不知道，好些人看他的猪，是在看它有多少肉。他们不懂，这死老头，干吗让几百斤肉白白在路上走。

这一天从九马咀到村子里的路，企大叔没有在上面走。企大叔没走，猪在走。企大叔在路上走的时候，猪总是一会儿左一会儿右，这里嗅嗅，那里拱几下。企大叔没来，猪一直往前走。见到人就抬起头朝人望，耳朵扇几扇，发出那种木盆盖水的声音。两个愣头青见企大叔不在，试图拿住那两只大耳朵。仿佛一头狮子在他们手下吼了一声，还没弄清怎么回事，两个人就已经倒在路两边。猪从中间走了过去。几个孩子在路边上玩泥巴，猪没有停。一个孩子把手捏成一把枪，朝厚墩墩的猪屁股射击。猪照旧往前走。他遇到两个上了年纪的人，抬起头朝他们哼哼。他们说这猪也跟人一样。就问它企大叔怎么没来，他没来做什么去了？猪不说话，抬头望着他们，湿湿的拱嘴一动一动的。他们看到猪的眼睛，就说企大叔把它养精了，这样子跟人有什么不同呢？

傍晚时分，猪又来了。这一回它不只是抬起脸望人。它叼住一个老头的衣襟往它那边拖，一边拖一边叫。老头多了一个心眼，说你莫急，我再叫个人。猪一听就懂，就不急，就跟他去叫人。

猪在前头走，两个老头在后面走。猪四条腿走得快，人走得慢。猪走一阵，停下来等一下人。人跟着猪走到那里一看，企大叔躺在那里，还来得及说上几句话。人说话，猪在一边看着。猪没有吭声，只是鼻子那儿一动一动的。两个老头说，都说是养儿防老，企大叔养一头猪倒是防上老了。

临终的时候，企大叔甚至没怎么说他自己，主要说这头猪。说它样子是一头猪，其实跟人一样。说只要人不害它，这猪不用喂。湖里头，九马咀上头，它自己会找到吃的。哪一天猪死了，一定要跟他埋在一起。这不是一头一般的猪，是湖里的大水给他送来的。头天晚上就有人托梦给他，叫他第二天一早到湖边去。他去了，一眼就看到一只木盆，一头小猪像人一样坐在木盆里，眼睛也像人一样。人伸过手去，小猪抬起前肢，他们就这样握到一起。

村里给企大叔办丧事，对要不要杀这头猪起了争议。别的场合差不多也是这样，心软的主要是些上了年纪的，还有就是女人。一方以那两个老头为主，他们说这猪无论如何不能杀。企大叔无儿无女，给大伙放了一辈子牛，从来没提出过什么。临死说下的话，不能不听。何况这猪来得蹊跷，在九马咀活这么长又这么通人性。另一方，主要是那两个被猪打倒过的愣头青，他们说企大叔脑袋瓜本来就不灵光，到后头一定老糊涂了。猪本来就是用来杀了吃肉的。长这么多肉不杀，还留着它做什么？

企大叔是五保户，五保户的丧事由村里给办。杀不杀那头猪，最后还是村长说了算。村长也上了些年纪，地方上的事情看过不少，包括九马咀上头盖房子的事。他说企大叔一辈子就这么个要求，还是要听的。

丧事办完了，猪还在。肚子饿了也会到湖滩上去吃吃草。大半是待在上头傍着企大叔的坟。它不知道，有人正拿了眼睛盯它身上的肉。

在县城卖肉的西屠夫其实没杀过猪。他的肉铺卖狗肉卖牛肉，不卖猪肉。他天天杀狗，隔三岔五杀牛。牛是大家伙。从车上牵下来之后，把牛绚一提，那么大的家伙就乖乖扬起脖子，只须往那里捅上一刀。刀长而瘦，足够坚硬，足够锋利，用一点力可以一直捅进心脏。牛高马大的西屠夫，天生是干这个的。刀一抽，牛血跟着射出来。那牛两条前腿往下一跪，接着就身子带着后腿往下倒。扒牛皮是用扒牛皮的刀，刀子在皮和肉之间闪着光，皮和肉的肌理在刀子下面噬噬作响。仿佛那皮和肉生成是要分开的，人来脱它时就会绕着刀子唱歌。

两个年轻人找来时，他正在杀狗。杀狗跟杀牛不一样。牛不吭声，杀起来费力。杀狗当然不用这么费力。一只铁钩钩住下巴一拎，刀子随即牵起另一只手，直奔两只前肢中间。只一下，狗就不叫了——只流血不叫。在这之前，人拿了钩子和刀子进来，屋里的狗就开始叫。所有的眼睛都看着人，看他往哪一只笼子那里去。人停到哪一只笼子前面，里面的狗立马换了叫声，从众多的狗叫声中一下就能听出来。那是临死的哀鸣。钩子钩住下巴的那一刻，听得出钩尖扎进叫声里。后来，这一只不叫了，其他狗还在叫。同伴被扒掉皮，拉开肚子之后，只剩一根肉挂在那里，它们还在叫。叫得不响，可是拉得很长。仿佛那是一条水，水在流，它们是要一口把它饮下。饮泣。

西屠夫没听清楚两个年轻人来找他做什么。他说狗总是这样，狗太闹。他以为他们来找他买狗肉。听说那些杀猪的没有一个敢去杀那头猪，他有些来劲。他伸出五个手指头，先按倒大拇指——我杀过牛，还杀过马，杀过驴，还有狗——他一边说一边把三个手指一齐按倒，剩下一个小指头。他们答应给他一千块。他说：那就杀一回猪！一个人杀过牛和马这些大家伙，一头猪只是一个小指头。

他拿了那把杀牛的刀。杀猪用牛刀。

这一天刮南风。风从湖滩上的草传到水中，波浪一路游过去，把天空缝进地平线。风从牛身上吹过，牛皮扯闪似的一阵阵在动。西屠夫没往牛身上看。他第一次看到这么宽、这么敦实的猪背，鬃毛像刷子。风拂过刷子，突然就觉得，这草滩和水里的浪，全是刷子刷出来的。他心里打了一个闪，接着就到了后背。那地方好像也让刷子刷了一下。他已经不想杀这头猪了。他不好直说，就说一千块钱太少。那两个互相望了望，一个说，到时再给你加两百。另一个说，你这么大的块头，杀了这么多牛，未必还怕一头猪？这话刺中要害。他说了一句这么大的湖滩，听起来像自语。这个大块头的家伙，历来都是粗嗓门，一开口就像一屋子狗在叫。原来他也可以把声音放得很低。

他们告诉他：等下猪会往山嘴上去。就只有一条路。就在上山嘴的口子后面等它，到时给它一刀，捅着就成。

这一天，猪在湖滩吃得挺好。它甚至吃到一片鲜嫩的紫云英。那是牛吃过一茬之后新长出来的。牛还吃不了，牛的舌头没法把它们撩进嘴里去。只能用牙慢慢啃。企大叔不来管它了，它有的是时间一点一点地啃。它差不多是蘸着临晚的阳光把它们啃进肚里去的。后来它开始往回走。四只脚往前走，尾巴在后面不时动一动。尾巴后面，整个湖滩包括留在那里的牛，好像都停了下来，让它一个往九马咀上头走。它停了停，往湖滩看了看，接着往前走。南边来的风给它送来了企大叔的气息。一般人闻不出来。风里头有油菜籽的气味，花和蝴蝶的气味，蜂蜜的甜味和荞麦的苦味，还有村子里来的炊烟的味道。人在有烟的地方会流泪。关于眼泪这件事，它懂一些。比方说他们烧纸烧出烟来，就是为了让自己流一会儿泪。那天企大叔躺在那里，他们就是这么做的。他们当然闻不到企大叔的气息。它能闻到。隔着雨水淋过的泥土，它还闻到一股陌生的气味。不知道这种气味是不是跟它有关。

上山时，脚和腰身用的力要大一些。最后那道坎，前蹄一使劲就越过去扒在上面了，接下来就是后面两只脚。那一道光就是这时候从左边斜过来的。一道冷飕飕的东西却沾带着阳光，在肚皮上闪了一下。刚吃下的紫云英开花了，橙黄色的阳光一下变成红色，那件冷飕飕的东西突然变得滚烫。它叫了一声，一些东西从身子左边跑了出去。它跑起来。老是有些东西跟它牵扯不清，草丛呀，灌木呀，凸起的石头呀，一连就连到肚子里头。它不管，它拼命往企大叔那里跑。那里才是它要去的地方。

三个人循着一路牵过去的血和肠子猛追。追上去才发现，猪旁边是一座坟。猪头朝着人，伏在地上没动。人有些犹疑，想用刀探探路。没想到它突然奔起，直往西屠夫两腿中间撞。刀没用，它来得这样猛，拿刀的人从猪头上飞起来。人摔下去之后再没有吭声，那把牛刀代替他在石头上响了几响。那两个一回过神，赶紧往九马咀下面逃。

　　这一年大水。好几年没来大水，现在来了。不知道谁第一个看到，跟着有好些人跑到湖边上看：远处的水黑压压的，正往这边来。黑色越来越大，好像是活的，在涌在动。后来看清了是老鼠。满湖而来的全是老鼠。老鼠像一张活毯子盖在湖面上，波浪只是在毯子下面涌。

　　老鼠涌上岸，湖岸上陡地拉起一道黑色波浪线。波浪线往前移，一会儿工夫湖边的地全黑了。耸起的石头，企大叔住过的水泥壳，还有他的坟，全都包上一层老鼠，蛆虫一样一阵阵在涌。老鼠碰到什么就咬什么。棉花地里，玉米秆上，电线杆上，树干树杈上全是老鼠，伏着爬着坐着串着吊着，吱吱呀呀一片响。猫应该是逃走了。以前蛇捉老鼠，现在老鼠围着蛇一下就把它啃光了。老鼠遇到人就往人身上爬，它们连人都咬。

　　男人们被动员起来，投入与老鼠的战斗。挖下的堑壕里，老鼠成排成排往下掉。两个人一组，一个人撑开蛇皮袋，另一个用锄头不停地往袋子里扒，一会儿就是一袋。袋口缚上之后，袋子里面还一动一动的。一袋袋活着的肉，让人心生畏怯。老鼠还在来。人得有时间喘气，人不吃不喝不喘气也忙不过来。挖土机出动了。挖土机一直在挖坑填坑，挖坑填坑。吃柴油的挖土机不食人间烟火。到后来，机器停了，人也松下来。老鼠不来了。老鼠就像来的时候那样，突然一下就不来了。

　　关于老鼠，专家的说法是：连着几年没涨大水，湖洲上老鼠泛滥。大水一淹，湖洲上的老鼠只好往岸上跑。可是还有一些，专家好像没有料到。

　　老鼠过去之后，九马咀上头的草和灌木全光了，看起来白晃晃的。企大叔的坟溜光溜光，像一盘磨刀石。原本卧在坟边腐烂的猪，连毛、连一块骨头都不见了。不知道是谁说的，说是老鼠过来把猪接走了。

那个被猪废掉的屠夫，倒是被人抬走了。那两个请屠夫来杀猪的年轻人，有一个从九马咀逃走以后，从此再没有人见过他。还有一个逃回家里，闹老鼠那一阵，一直不敢出门。后来老鼠过去了，他还是怕。那天晚上，他照旧亮着台灯睡觉。半夜醒来，看到桌上的茶盘里坐着一只老鼠。它坐得那样端直，那模样就像一个人，拿两只眼睛望着他。突然间那只老鼠变大了，最后变成一头猪。他大叫一声从床上跳起来。茶盘从桌上飞到地上。那响声似乎早在一个星期前就开始了，好多年以后还在响。猪在他后面。他一头撞开门奔了出去。他伏在地上。他说猪和老鼠都是这样爬。

十里坡

这一年十里坡的油菜花来得快，来得齐整，一转眼就从坡顶盖到湖边。没太阳的时候，还以为太阳光都到了山坡上。阳光一出来，就不分天上地上燃烧起来。月亮一到这里也被镀成金黄，变得跟阳光一样。湖水倒映天空，顺带把油菜花也装了进去，那样子仿佛湖水也要跟着一起燃烧。蝴蝶飞舞，蜜蜂在唱歌。油菜花开的时候，两只兔子的爱情也跟着燃烧起来。兔子不知道，十里坡上的春天已经划成田亩。兔子不知道，花色和歌声之上还有人。兔子不知道，油菜花开之后，跟着就是收割。兔子只知道，它的上头是天空和油菜花。菜花结成菜籽，菜籽成熟的时候，它们的爱情也已经结出果来。

收割的时候到了，治大叔在湖边磨过镰刀，一瘸一拐朝十里坡走去。他走一步，一坡地的油菜籽朝一边晃一下；再走一步，又晃一下。直晃得天上地上，他的眼前全是油菜籽，直晃得他气喘吁吁全身是汗。早些年，他可不是这样走向十里坡的。那时候他有三条腿。那时候十里坡是一片乱坟冈。大队上修礼堂，把坟砖都掏走了，剩下无数坑坑洼洼，成了兔子的繁殖场。兔子在茅草和灌木丛中蹿来蹿去。每一次与兔子相遇，差不多总是看见兔子两条修长的后腿在奔跑。兔子的两条后腿是这样适合逃奔，人永远也追不上兔子。追不上兔子的人，只好借助枪弹。每一次，总少不了有几只兔子伸直柔软的身子，悬挂在枪筒上。兔子两条修长的后腿，系上茅草又是这样适合于悬挂在枪筒上。就像一个女人，适合用两条柔软的手臂悬挂在男人的脖颈上。饥荒年岁，正是这些兔子滋养了他，滋养了他和女人之间的事情，也滋养了接二连三降生的孩子。

再往后，十里坡变成了梯田。他一生的坎坷就从那时候开始。追兔子的时候他在这里奔跑，跑得好好的，梯田却折断了他的腿。没有兔子可追的日子，脚步也变得崎岖。他的身子就是那时候垮下来的。如今他已种不动水田里的稻子，只能做点收割油菜这样的轻活。经过花期的燃烧之后，油菜秆也像他一样变得松软，镰刀划过去，就成排断了。他将那条好腿弓在前头，拖着瘸腿一步一步往前走。他走过的地方，油菜躺倒成了收割过的庄稼。

兔子蹲在自己的家里，它的家在治大叔的油菜地里。镰刀划过油菜秆的声音让它胆颤心惊，可是它没有动。

人和兔子在油菜地里相遇了，第一次面对面：人下意识地举起手里的镰刀。四目相对，兔子的眼睛哀婉而澄澈，闪着凄美的光，就像一道古泉，古泉那一头，通往极其久远的年代——人还是猴子的时候。多少次，他看到的都是兔子那两条逃奔的后腿，现在看到的却是两只稍带红色的眼睛。兔子用两只眼睛望着他，没有动。有一阵，它倒是把人骇住了：兔子怎么不跑呢？兔子见了人不跑，它还是兔子吗？人犹豫了，手里的镰刀停在兔子上方。但那只是一会儿，人很快又记起自己是人，吃肉的人。人不是兔子，而兔子只是一只兔子。人手里的镰刀落下去，落在兔子头上。兔子的眼睛慢慢暗淡下去。兔子变成肉。从母兔的身子底下，冒出几只幼仔水汪汪的叫声。母兔身子渐渐冷却，它们需要母亲的体温，需要乳汁，张开吃奶的嘴在啼唤。可是母亲已经成了别的东西。没有母亲，小兔很快烂成一摊水，一摊鲜嫩的肉汁。有好多眼睛在其中游荡。人害怕了。

从十里坡回去，治大叔得了一种很奇怪的病：他不能闭上眼睛。只要一闭上眼睛，就会有很多眼睛跑到他面前，瞪着他——兔子的眼睛。从那只母兔开始，所有那些被他射杀的兔子现在全都转过身来，直直地望着他。母兔下面，那些还来不及睁开眼睛的兔子，也一齐睁开了眼睛。还有吃奶的叫声，那叫声就像枪弹，打得他胸口汁水横流。临终的时候，他睁着两只猩红的眼睛，宣称：下一个轮回，他会变成兔子。

学　群　姓贺名学群，湖南岳阳人。20世纪60年代出生。自由写作者。主要作品有散文集《牛粪本纪》《生命的海拔》《两栖人生》，小说《坏孩子》《人的事情狗知道》《西西弗斯走了》等。

吴小丽的胃

◎陈　武

1

　　吴小丽的慢性咽炎又犯了。她今天说了太多的话。本来说话是她的强项，老师嘛，讲课是她的基本功。可近来她的状态不好，各方面的不好。来自家庭的琐屑杂事，周遭同事的冷眼旁观（私下里或许还有闲言碎语），关键是她的身体出现了状况，简单说，是胃部不适，感觉胃部有点酸，有点胀，有点麻，有时还有点痒痒的，抓不着挠不着的。她用微信问过牛三羊了。牛三羊说，应该没问题，早上熬点小米粥，吃两碗，晚上喝杯酸奶，养养就好了。牛三羊不是医生，也不懂什么养生术，但他的话，吴小丽就是愿意听。可牛三羊的主意她还没有实施，咽炎又犯了。咽炎这种病，和胃部不适差不多，一时半刻好不了。又是咽炎又是胃部不适，真是祸不单行啊。吴小丽自怨自艾地感叹道。

　　好不容易撑到了下课。

　　今天下午到晚上是四节课，从四点半上到七点半，各上两个班的作文。咽炎就是在晚上上课时犯的。吴小丽在给同学们强调风景描写在游记中的重要性时，有三四个学生注意力不集中。她提高声调，试图把同学们的注意力再拉回来，就在音量上扬时，她感到喉咙酸麻一下，说了半截的话便戛然而止，下意识地端起讲台上的茶杯，喝一口水。嗓子算是没有立即坏掉，但是，已经不是原来的嗓子了，声音不能往上提，而是只能往下掉了。她努力控制着音调和语感，勉强把课讲完了。

学生都散尽了，她才坐下来，孤独感也随之而来。这可能也是身体不适的征兆。近来她常有孤独的感觉。不是那种为赋新词强说愁、感时花溅泪的优美而忧伤的孤独，而是身心无助、孤苦无援的孤独。丈夫高天今天没有来，她心里反而舒坦了一点。她并不奇怪有这样的感觉。高天经营着一家装潢材料店，近几年随着房地产行业的持续不景气，他的公司也日渐衰落，最高峰时，配货、送货的员工有十来个；现在，就他一个人在店里了。他也会有孤独感吗？不用看时间，她也知道这会儿已经过了八点，高天应该早就到家了。他店里没有什么事，经常早早关门下班，来她这儿帮帮忙。她这儿本不需要他，他要来，多半也是因为回家太早，感到无聊吧？如果不来她这儿，他一般都是七点半之前到家——念三年级的女儿体质弱，在小区的一家体育舞蹈班学跳舞，七点半由婆婆接回家；高天到家后，就能陪女儿玩玩和写写作业了，到八点半左右时，她也到家了。

现在她还不能回家。她面前的桌子上有两摞作业本——孩子们今天交上来的作文还没有批完。批作文这个工作她一点也不敢马虎，家长会认真看她修改的痕迹，看她画的着重点线和批语。尽管她现在胃部不适，喉咙不适，什么也不想做，但批改两个班七十多本作文，她是无论如何也躲不过去的。好在，孩子们的作文，写得真是好，有的天真，充满童趣，让人发笑；有的老沉、严谨，正经的论述和观点引人思考。但，今天她怎么也找不到往日批改作文时的快乐，勉强批了十来本，一看时间，已经快八点半了，便给高天打电话。电话接通了。她有气无力地说，到家啦？高天说，没到！吴小丽听高天的声音不对，虽然只有两个字，她也听出来了，这两个字很冲，火药味一个比一个浓烈。这是要吵架的节奏啊。怪不得对于高天今天没来，她不但不感到奇怪，反而有一种舒服的感觉，原来是有预感的。吴小丽不想吵架，她够累的了，早上送女儿上学后，就到学校忙碌了。吴小丽经营的这家培训机构，叫"郁洲教育"，规模中等偏上，不仅有小作家班，还有奥数班、书法班、美术班，加上中午还有几十个托管的学生，平时管理培训孩子三百多人次，责任重大，她一点也不敢怠慢，每天忙得腰酸背疼，哪有时间和精力跟家里人斗气啊。但家里的事情还真不少，比学校的事烦多了。这不，无缘无故的，高天又来惹事了。吴小丽迅速把平静的语调切换成温柔的询问，怎么啦？女儿应该到家了吧？吴小丽的温柔起到了反作用，高天声音炸裂般地怒斥道，你还有女儿啊？知道女儿到家了你去管啊？你天天安排我干这干那，你有事我没有事啊？你忙我不忙啊？你累我不累啊？你脑子叫驴踢啦！接下来，高天的话里便带有一连串脏字了，最后干脆就是谩骂了，一句紧跟一句地骂，一句比一句恶毒，无休无止，连插嘴的空隙都不留给吴小丽。吴小丽听不下去了，掐断了通话。

吴小丽愣住了，任眼泪簌簌地流。她不知道高天为什么发这么大的脾气。高天傍晚没来学校，她只是莫名地感到愉快，怎么也没想到他会有这么大的火啊。早上她带着女儿去上学时，高天还在蒙头大睡，婆婆也没有异常。可一个白天下来，怎么就变成这样啦？吴小丽来不及多想，立即打电话给婆婆，问女儿到家了没有。婆婆说，芒芒作业还没写，要等他爸回来再写。吴小丽故意问，他爸呢？婆婆说，我刚打电话问了，到小区了，正在停车，脚前脚后就到家了……你多会儿回来呀？吴小丽说，我还没忙完……你告诉高天，我晚点回家。吴小丽所说的晚点回家，就是通过婆婆给高天传递一种信号，这事没完！

2

吴小丽不想回家了。既然婆婆正常，女儿正常，自己又没惹任何人，你高天凭什么发病骂人啊？以为你是谁啊？发完病还要让别人去赔笑脸啊？呸！自己好好反思去吧。吴小丽擦干了眼泪，叮嘱自己，要坚强，坚强，坚强。虽然这样的叮嘱，不过是在麻痹自己而已，但是，又能怎么办呢？你不坚强，没人帮你坚强。不仅要坚强，还要快乐，你不快乐，也没人陪你伤心。坚强，吴小丽似乎知道如何去坚强，可快乐，吴小丽不知道如何才能快乐，她找不到让自己快乐的半点理由。虽然牛三羊说过，人人都是为自己活着，也只能为自己活着，活着舒心、自在，才能对得起人生，毕竟，人生太短暂了。且慢，吴小丽突然想起来了，莫非她前天中午和牛三羊一起吃饭的事，是惹怒高天的缘由？吃饭是在万达广场的一家特色小馆子里，是她约的牛三羊。牛三羊是作家，诗歌、散文、小说都写，平时大多以诗人的面目出现，还得过几十次诗歌奖，在全国诗界影响不小。吴小丽从前年开始，也写诗了。别人写诗的目的是什么吴小丽没去多想，她写诗，完全是因为功利。她所开办的郁洲教育，需要有名师撑门面。名师从哪里来？有一年她去苏州考察，见到也在做教育培训的师专老师，当年这位名不见经传的老师不知什么时候成了有名的作家了，散文集出版了好几部，是中国作协的会员，还得过省里的大奖。辞职后，办了个教育培训机构。由于她在创作上的成就，由她亲自授课的写作提高班，收费是普通班的四倍。吴小丽考察后深受刺激，她也想写作，成为诗人，成为郁洲教育的招牌。她有这个基础，师专读书时，她曾做过诗人梦，是校文学社的骨干，作品曾经在校刊上多次发表。毕业后因为忙于恋爱，忙于教学，二十二岁就生了女儿，诗人梦就破灭了。既然诗人的头衔能为她的事业助威，她为什么不旧梦重拾呢？重拾旧梦，说说容易，真正实施起来，也是颇有难度的。写诗倒是不怕，她每天坚持至少写一首诗，很快就写了上百首，可发表成了个大难题。去年，经人介绍，她认识了著名诗人牛三羊，牛三羊把她的诗要去了一批，然后就没有什么联系了。直到不久前，她接连收到《诗歌月刊》《扬子江》《星星》《诗林》等杂志，这些杂志上都有她的组诗发表，这才想起来一定是牛三羊把她的诗介绍给这些杂志的，才想起来要感谢牛三羊无私的助攻，便请牛三羊喝了一次咖啡。牛三羊虽然快五十岁了，却一点不显老，留长发，穿带破洞的牛仔裤，一双时尚的休闲鞋，眼镜居然是菱形的，还是彩边的，看起来就是个艺术家。他谈吐更是不凡，充满着诗情和哲学，无论是文学观、思想观还是生活观，每句话都说到吴小丽的心坎上。吴小丽便从内心里钦佩他、崇拜他了，把新写的诗又给了他几首。他现场读了诗之后，觉得她的诗有个性，有诗情，有诗意，承诺继续推荐发表，还怂恿她明年先加入省作协，然后加入中国作协。吴小丽听了，有点热血沸腾，觉得自己找对了人，觉得牛三羊就是她的伯乐。因此，她便通过微信，保持和牛三羊的联系。前天早上，一到学校，吴小丽检点新写的几首诗时，联想到牛三羊关于诗情、诗意的评论，对自己的诗突然拿不准了，突然迷惘了。从前，她只顾写，没有去琢磨。自从听了牛三羊谈诗之后，加上她的诗在刊物上的呈现，又读了牛三羊送给她的诗集——牛三羊自己的诗集和别人的诗集，迷惘之后，觉得别人的诗都比自己的好，特别是牛三羊的诗，更是让她自愧不如，便产生了和牛三羊再次见面聊聊的冲动。她打了他的电话，请他中午吃饭。反正她也要吃饭的。吴小丽中午很少回家吃饭，一来离家太远，二来高天也在店里点外卖，女儿又在学校里吃，家里只有婆婆一个人。她不想见婆婆苦大仇深的脸，也乐得在外面随便吃点。好在离郁洲教育不远的地方就是万达广场。万达广场里有两层都是来自全国各地的特色小吃，吃过了，还能回郁洲教育小睡一会儿。这次请牛三羊，地点本想让牛三羊来定，她觉得他是个讲究的人、浪漫的人，不能随便将就。但牛三羊却体贴地说随便去哪里吃都行，吃什么不重要，你感觉方便、自在就好。她便提议到万达广场。可真是鬼使神差啊，她刚在万达广场一家饭店订了座位，高天的电话就到了，说中午一起回家吃饭，他开车来接她。吴小丽只好实话实说，和朋友约好一起吃饭了。为了强调这次吃饭的重要性，吴小丽又说，是一个作家，以后在教学上会求到他的。高天犹豫着说，改天再约不行吗？吴小丽说，都定好了，在万达广场。高天说，那好吧。口气虽然勉强，也没再说什么。吴小丽觉得有点突兀，高天怎么突然想起来要回家吃饭？但吴小丽当时也没有多想，现在看来，高天的突然发怒，很可能和前天中午的这顿饭有关。高天是个心思敏感的人。自从生意不好，他越发地敏感了，觉得吴小丽挣钱比他多，比他能力强。为了保持男人的虚荣心，他说话都是在吴小丽之上。特别是在郁洲教育帮忙做点杂务时，经常当着教师、家长的面，大话连天，弄得吴小丽很难堪，也弄得在场的老师发蒙。但，那天说请作家吃饭，他也没问是哪位作家啊？这次突然发怒，真的让吴小丽特别难受，加上胃部不适，便又想起了牛三羊，想跟他聊聊，电话聊，微信聊，都行；聊诗还是聊学生培训，她也没想好，应该是想倾诉自己心里的烦恼吧。

晚上好！吴小丽只给牛三羊发了三个字。

牛三羊没有回，过了好久也没有回。吴小丽觉得了无趣味，也怨自己沉不住气，心里就算有一箩筐烦恼、委屈和不顺心，也没必要找牛三羊倾诉啊。她和牛三羊的关系还没有到可以倾诉私房话的份上，虽然有多次的微信交流，见面的次数毕竟有限，算上第一次朋友介绍的会面，一共不过见面三次，如果不是文学这个媒介，只能算得上泛泛之交了。但在受到高天无缘无故的责骂之后，她第一个想到的就是牛三羊。现在想来，自己太冒失了，牛三羊没有回复正好，让她能更理性地看待自己、审视自己，特别是关于家庭琐屑、夫妻不和，不能随便与外人乱讲的，弄不好会引起别人的误解。但是，一个字也不回，她还是觉得被怠慢了。

不想回家，又无人可以倾诉，吴小丽便在电脑上打开自己的文档，读自己的诗。如果在平时，吴小丽只要进入写作的状态了，她的心立马就静了下来，立马就全身心投入了。但这一次显然对她触动太大了，耳边一直响着高天的怒斥和谩骂，想着那个不想回的家。她决定写点什么，几行诗、一段话，她是一定要把自己的情绪表达出来的。她新开一个文档，开始敲敲打打，一些文字，一些记忆，一些痛苦，一些快乐，各种各样的琐屑和情绪的碎片，反反复复，次第涌来，开始还是语不成句，字不成行，渐渐地，她的情绪被激发了，进入了诗境中，完成了一首短诗：

　　人，是一部读不完的启示录
　　一片海洋
　　为回忆者缓缓展开——
　　某条共同走过的街巷。光鲜的建筑
　　无数张与其相似的脸。衣服。脚码的长度
　　赋予的是怎样的意味

　　爱匮乏的身体蔓延成爱情匮乏的夜晚
　　痛苦，死亡，爱的本质被遮蔽
　　回忆者不能追问，不敢追问
　　他是谁？往日是否存在，还有未来

　　回忆者在两个梦之间翻了个身
　　世界滑入了漫长的暗夜……

此时已经过了午夜。吴小丽把诗读了一遍，感觉还有很多问题。但她不想改，只有她自己知道诗里的情绪。她再一次流泪了，进而哽咽了。她没有犹豫，就把诗截了图，发到朋友圈了，还写道：读读想想写写的午夜与凌晨，容易看清生活的真相，看清生活的本质，却看不清自己。

吴小丽再不想回家，也不能在办公室里待个通宵啊，早上还要送女儿上学呢。

凌晨两点，吴小丽到家了。

高天已经睡了，但他不是睡在卧室，而是睡在客厅的沙发上。吴小丽没有惊动他，心里已经没有了怨恨，却有了一点儿同情。他发了那么大的一通脾气，然后没人接他的茬，就像一拳打空，弄不好还闪了自己，受了内伤，这才是值得同情的。吴小丽虽然受了气，她还有文学，还有诗，他呢？剩下了什么？吴小丽心里好受了一些。吴小丽先去女儿的房间，看了看熟睡的女儿，在女儿的脸上贴了贴，心里好受的面积进一步扩大了。吴小丽在去自己的房间时，看了眼婆婆房间紧紧关闭的门，她感觉房门上有一股冰冷的气息。凭直觉，婆婆还没有睡。

吴小丽躺在床上，胃部舒服了些，便翻了翻朋友圈。她几个小时前发的那首诗，已经有上百个赞了。不用看，点赞的都是她学生的家长。他们并没有看懂吴小丽的诗。只有牛三羊问，怎么啦？

3

早上一切正常，婆婆照例做好了早餐，头天中午剩米饭煮的白粥，素炒土豆丝，主食是油煎饺子——昨天早上就是油煎饺子，今天还有，一定是前天——不，大前天了，是大前天中午剩下的饺子。婆婆每次包饺子都会多包一些，剩下的油煎了吃。吴小丽爱吃饺子，女儿也爱吃，高天当然更喜欢吃饺子了。但是，吴小丽还是发现了婆婆的不正常，婆婆并没有像往常那样催芒芒快吃，婆婆一直都怕芒芒上学会迟到——时间早了和晚了都会催。这次不但没催，自己也没有一起吃，而是坐在一边愣神。婆婆脸色像鱼肚一样苍白、呆滞，暗淡无光的眼珠子一动不动，没有一点神采。吴小丽不用多想，就知道婆婆不正常的根由了，一定是看出他们小夫妻又闹矛盾了。难道不是吗？就算是昨天晚上没看出来，今天早上也一目了然啊——高天是在吴小丽起床洗漱时，才从沙发上爬起来，钻进卧室睡回笼觉去的。如果不是夫妻闹矛盾，高天能在沙发上窝囊一夜？而且，在婆婆看来，一定是她的儿子受到欺负了。吴小丽不管这些，她假装和平时一样地吃饭，和平时一样地听女儿说学校里的事。然后，慌里慌张送女儿上学去了。

吴小丽送女儿到学校门口，看着女儿往校园里跑去，心里突然又像失去了什么。女儿当然不会失去了。她自己倒是忘了拿包。吴小丽心里纠结，忘了拿包这种事，不是经常发生的。可在最不该发生的时候发生了——她不想这时候再回家，再次和他们面对面。但又不能不回。包里不仅有钱包、银行卡和日常零碎的用品，诸如口红啊、小镜子什么的，关键还有手机。吴小丽可以没有钱包和银行卡，不能没有手机啊。吴小丽一边抱怨自己没出息——这点事就把心智全搞乱了，一边往家里赶。

开门进屋，吴小丽尽量不发出声音，也确实没有发出声音，但家里也太静了吧？怎么会这么静？婆婆买菜去啦？高天当然还没有起床，他每天都是磨磨蹭蹭到十点才出门的。吴小丽便轻手轻脚走进了自己的卧室。吴小丽的包在床头柜子上。床上并不见高天。现在才七点二十，他能去哪里？吴小丽拿了包，出了门，看到斜对面婆婆的房间门开着，奇怪地想，一定是高天又和母亲一起发呆了。吴小丽侧身朝婆婆的房间望望，果然，婆婆坐在床上垂泪，高天坐在一边的凳子上，勾着脑袋，一副唉声叹气的样子。吴小丽太了解他们母子了，有一点事情，就这副样子，好像全世界都欠了他们似的、全世界都在给他们气受似的。特别是高天，为了迎合母亲，也这个样子，这次小矛盾，谁受委屈，难道自己心里没有点数？吴小丽不想看他们这副样子，抬脚就走了。就在她离开的一瞬间，她看到桌子上摆着公公的遗像，遗像前还供着水果和蛋糕。吴小丽知道，平时婆婆都会把公公的遗像收起来的，只有祭日的时候才取出来摆几天。吴小丽恍然地想起来了，大前天中午，高天让她回家吃饺子，不仅仅是吃饺子啊，那天是公公去世五周年祭日啊。婆婆包饺子，是用来做祭品的。

吴小丽取消了上午十点半的例会。

郁洲教育上午的流程是这样的，老师们八点半上班，然后自己备课，批作业，十点半是例会，每位老师讲讲所教课程遇到的情况和学生及家长的反应。今天吴小丽没有心情开会了，昨天晚上高天发脾气、怒骂她，原因找到了，原因就是几天前的那顿饺子。吴小丽承认自己不该忘了公公的祭日，婆婆五十五岁就守寡，刚退休就死了丈夫，是人生中的大不幸，每年的祭日都给丈夫上香、包饺子、烧纸钱，做个简单而很像回事的家祭，也算没有枉费夫妻一场。吴小丽不参加公公祭日的仪式当然是不对的。但吴小丽也怪高天，电话都打了，直接告诉她不就行了吗？她也怪婆婆，几天前就计划包饺子了，提醒一下啊。吴小丽天天忙，都忙晕了头，早出晚归，哪能什么事都想得周全呢？

吴小丽取消了上午的例会，还有一个原因，是牛三羊给她发微信了，一连两条，牛三羊先说，看到你的诗了。又说，昨天和老婆逛街去了，没机会回，哈子事啊？还附了一个害羞的图案。吴小丽看到牛三羊直到现在才回复，而且没说"啥事"，而是说"哈子事"，后者是方言，带有点调皮和撒娇的意味，觉得他昨天晚上的不回，确实是因为不方便。男人都是谨慎的，和别的女人交往，都怕被老婆误会，就像女人怕被丈夫误会一样。谨慎好！吴小丽想，昨天晚上对牛三羊产生的那点不快，便云消雾散了——大不了没回个微信。而让吴小丽感激的事又随之而来，牛三羊紧接着说，昨天的诗挺好啊，你再整合几组诗给我，正巧我后天要去连云港参加一个诗会，都是诗界大佬，有不少刊物的主编也去，我把你的诗转给他们。吴小丽担心地问，牛老师，我的诗能行吗？牛三羊说，行的，不仅是行，你的诗比那些成名已久的诗人不知好多少倍了，能推荐你的诗是我的荣耀呢。

这才是吴小丽取消例会的主要原因——她要整理诗稿。牛三羊后天就要，时间太紧了。

吴小丽开始在电脑的文档里找诗，把一首首即时草就的短诗找出来，一首首修改，再归类，分成几组。这个工作并不容易做，也不至于太难。但吴小丽却进入不了读诗、改诗的状态了，她脑子里像有一堆乱稻草，诗也读了，却不知道读了什么，更谈不上修改和归类了，满脑子都是高天愤怒的声音和婆婆的泪脸。婆婆的自怨自艾不是一天两天了，也不是一年两年了，公公去世后就这样了，长期下去，一定不是个事，一定会出事的，伤害她自己也会伤害到整个家。可怎么办呢？有办法解决吗？

五年前，公公脑溢血突然去世，给这个家打击太大了。特别是婆婆，一时接受不了，在公公安葬后的那几天里，天天以泪洗面，不是整日地发呆，就是整日地睡觉，吴小丽如果安慰她，她最多还是唠叨那一句话，老头子还没有退休，老头子还没退休呢。言下之意，死得太早了。别看高天骂人嘴巴很溜，对母亲的伤心却表达不出一句安慰的话，只是一味地陪着流泪。这让吴小丽很看不惯，人死不能复生，这是常理，事发突然，你妈妈想不开，受不了，是在情理之中。你是家里的顶梁柱，你要顶得住啊，至少规劝规劝啊，一味地陪着流泪，唉声叹气，一待就是一天，一陪就是一宿，生意都耽误了，能起什么作用呢？反而让婆婆更难过，更对生活失去信心，更对前途失去希望。吴小丽就找个机会，对高天说，该劝劝妈，要不就带她出去旅游几天，散散心，打打岔，不能天天这样子，会落下心病的，往后的日子还长着呢。高天听了吴小丽的话，大为激动，睁大眼睛说，劝劝我妈？劝她开心？还要让她游山玩水？你有没有良心啊，爸都死了，我妈伤心怎么啦？这你也要管啊？吴小丽被噎得说不出话来，辩解道，我哪是那个意思啊？高天更是提高了嗓门，那你是什么意思？啊？什么意思？算了，我算看透你了，心这么硬！吴小丽强忍着泪，整整一天没回过神儿来，明明自己是好心，却被当成了别有用心。

那段时间，女儿上幼儿园中班，天天都是吴小丽接送，郁洲教育也处在大发展的关键节点上，她特别想有个人帮帮她——婆婆的状态，让她极不放心。特别是有一次，女儿生病了，在家休息了几天没上幼儿园，吴小丽上午回家拿东西，顺便带点菜回来，一进门就看到女儿哭着跳着拉扯婆婆，又是跺脚，又是抓挠。吴小丽一把拉过女儿，斥责她怎么能这样打奶奶呢？女儿满脸泪水地说，我要出去玩，奶奶坏，奶奶不带我出去玩，奶奶坏，坏奶奶！吴小丽看到婆婆胳膊上、脸上，都被女儿抓得白一块红一块，手上还被挠出了血痕，却依然坐在沙发上，只顾流眼泪。吴小丽既心疼婆婆，又心疼女儿。女儿在家待了几天，开始因为发烧感冒还能待得住，病好些了，肯定想出去放放风啊，没想到婆婆连一步也不想走。吴小丽只好把女儿送去了幼儿园，其结果就是女儿的感冒复发加重，还引发了咳嗽。吴小丽真的担心婆婆长期这样，会患上心理疾病的，也担心在这种状态下，女儿被她带出毛病来。女儿的脾气一向很乖的，那段时间她发现女儿时常暴躁和任性。吴小丽就和高天商量，请个保姆吧，一来可以帮帮婆婆收拾家务，二来可以接送女儿。高天一听，又急了，我妈在家做这么多事，拖地洗衣做饭带芒芒，你还要请保姆，妈多余啦？吃闲话啦？碍你眼啦？你让我妈怎么想啊？吴小丽看了看高天，高天是认真的、急眼的。他怎么和她想得不在一股道上呢？为什么要从另一个角度考虑问题呢？吴小丽觉得，自从公公去世了，不仅是婆婆变了，高天也变了。但吴小丽毕竟看问题更全面，也更清醒，她在观察了一段时间后，绕开高天，选一个婆婆情绪相对平静的时候，亲自建议婆婆去读读老年大学。婆婆当过老师，但教的是语文和思想品德、心理卫生这些课，没学过画画和书法，如果婆婆去选学一门艺术专业，对她晚年生活一定是个丰富和补充。吴小丽怕引起婆婆的误会，就用商量的口气，并且把老年大学的各种好处介绍和形容了一番，还说某某副市长退休后都去学摄影了，学成后全国各地跑，拍了许多风光照片，搞了个摄影展引起了轰动，报纸电视都做了报道；又说教育局某某处长也去学钢琴了，零基础，学了一年，硬是在国庆节晚会上演奏了一曲《红梅赞》。吴小丽还把在老年大学上课的金老师做了详细的介绍，说他退休前是海棉高级中学的特级教师，教美术，国画入选过全国美展，全市教育系统的人都认识他，他的绘画班里，有不少也是退休教师，跟他学画画，能走不少捷径呢。岂知，婆婆听了，沉默半响，问，你说的这个金老师，是不是叫金白焕？吴小丽说，对呀，想起来了，是叫金白焕，很有名的，名字也挺有趣，是我们学校一个老师的老师，我还见过金老师呢。妈，要不，哪天我带你去老年大学看看？婆婆便又不吭声了，过了一会儿，眼泪竟然哗哗地流了下来。吴小丽慌了，怕她又多想了。吴小丽只好把话题又往回拉，妈，我没有别的意思，我就是觉得，学画画，学钢琴，唱唱歌……对身体好，也是享受生活呢。吴小丽看婆婆的眼泪越流越欢，只好打住不说了。婆婆的脑袋越勾越低了。吴小丽听到婆婆小声而坚定地说，我不学！

转眼几年过来了，婆婆始终没有从丧偶的悲痛中走出来。吴小丽有时同情婆婆，为婆婆忧心忡忡，有时又觉得她不可理喻。吴小丽不想像高天那样，跟着婆婆的情绪走，落进婆婆的情感节奏和生活节奏里。但是，生活在同一个空间里，不受婆婆的影响是不可能的。

牛三羊跟她要诗，可她的心情是乱的，每首诗也就跟着乱糟糟的了。吴小丽就实话实说地告诉牛三羊，我有不少诗，可我没法改，没法归类。牛三羊问，怎么啦？吴小丽说，心里乱，找不到感觉，不知道怎么改、怎么组合。牛三羊便不说话了。吴小丽盯着手机微信对话框，突然觉得，自己的话，会不会引起牛三羊的误会？昨天夜里，莫名其妙地向他问了句好，又在朋友圈发了那样一首诗，今天又说自己的心乱了，什么叫心乱了？这会让牛三羊误解成她在向他释放某种暧昧的暗示。吴小丽赶快说，家里出了点麻烦事。牛三羊这才哦了一句，说，能跟我说说吗？正好我中午没地方吃饭，一起吃饭吧。吴小丽说，我请你。

4

吴小丽和牛三羊正吃午饭的时候，高天的微信到了。高天说，大巴车租好了。

这是一种信号，也是高天百试不爽的一种策略或计谋——主动并积极地配合吴小丽的工作，就是宣布他不再冷战了，妥协了，和好了，也或者是认错了。吴小丽看到这条微信，心里好受了很多。因为早在上周，就约好本周的周六，带着四五年级作文提高班的孩子去一个家庭农场搞采摘体验，还要听农场主上一课，讲解玉米的生长过程及爆米花的制作方法。当时的分工是，农场的联系以及学生的组织由吴小丽负责，高天只负责联系能装一百个孩子的两辆大巴车。联系车辆的工作，对高天来说，驾轻就熟，每年春秋各一次的户外教学实践课所使用的车辆，都是由他负责的。但紧接着就发生了周一的饺子事件，几天来，弄得大家心里各种不爽。吴小丽正对周末的活动担心呢，没想到高天还是以大局为重，找好了车辆。算他识时务。也就是在这时，吴小丽突然觉得，不该把家事和自己的心情和盘告诉给牛三羊吧？清官难断家务事，何况她和牛三羊还没有熟识到无话不谈的程度呢。说出去的话，泼出去的水，收不回来了，听听牛三羊的建议吧，也许无意中的话能点拨她呢。

你家高天是不是有恋母情结？牛三羊果然发表自己的意见了，他见多识广地说，或者你婆婆有恋子情结……我对此也没有研究啊，或者高天就是孝顺过了头。吴小丽愣了一下，她从来没有想过恋母、恋子这档子高端的心理情感，她就是觉得婆婆不可理喻，因为在公公没去世之前，婆婆就是内敛的性格，有一点不高兴了，就闷头叹息。只不过是在公公去世后，这样的反应更为强烈罢了。吴小丽说，不是，婆婆就是心理有问题，高天的性格也是受他妈的影响，就是处处顺着他妈，开始是怕他妈过不了那个坎，后来……后来就一句话也不敢多说，怕让他妈伤心难过，我夹在中间，两头不知道怎么做。牛三羊说，如果这样，你们可以暂时分开来住一段时间，你们想她的时候，就去她那里住住，她想你们的时候，就来你们这里住住，适当的距离会产生思念，思念会产生爱，慢慢就能亲近起来了。这样也给了你婆婆充分的自由，她才六十岁，其实……其实她还可以再婚的，这个你想过没有？像她这种年龄的女人，再婚的多了，而且大多数再婚的中老年妇女都很幸福。吴小丽听了，苦笑着说，这是绝对不可能的，分开来住，依高天和他妈的性格，肯定以为我嫌弃他妈了，撵他妈走了，那非把我吃了不可。再婚？谁敢提这个话呢？他们娘俩更以为我容不下她了，要把她赶出家门了。牛三羊说，那怎么办呢？其实，如果是在国外，你老公和你婆婆这样的，应该去看看心理医生。可在咱这儿，谁都不愿意承认自己心理有问题。吴小丽的眼泪在眼里直打转，叹息着说，唉，真是没有办法了，只能这么受着了……牛老师，过两天我就要带学生去户外上实践课了，这是一个大活动，家长重视，孩子也开心，我还要做些准备，那几组诗……我现在哪有心情弄啊，我真的是想把我的诗好好再整整的，我太爱写作了，只有打开电脑，进入写作的状态，我的心才能静下来，才像找到了归宿，我才是我……你看，是你在帮我，我却自己不争气，拖了下来，能不能再容我几天？牛三羊说，这样吧，你把诗全部发给我，我来帮你分分类，可以吧？吴小丽看着牛三羊，感激地说，当然可以啊。吴小丽的泪水还是流了下来，不知是感激还是委屈。牛三羊抽出一张抽纸给她，别这样，朋友嘛。吴小丽擦干眼泪，不好意思地笑笑。牛三羊又问她胃好了点没有。吴小丽摇摇头，说好不了了，上午还行，主要是下午——现在就是下午了，疼又不像疼，说不疼吧，又有感觉。牛三羊说，很难受是吧？吴小丽说，也说不上难受，当然也不好受了，酸不像酸、麻不像麻的，说是病又能受得了，说不是病吧，又抓抓挠挠的不舒服，唉！牛三羊说，也不用叹气，去医院查一下，听听医嘱，保健保健，吃吃小米粥看看，小米粥养胃，也可能是心理问题——对，没听说过吧？胃部不适，有可能是心理引起的。吴小丽有点吃惊，但又觉得，牛三羊的话有点道理。吴小丽再抽一张纸，擦拭着眼角说，牛老师，不好意思啊，我老是情绪化……可能从来没有人跟我说过你说的这些话吧。吴小丽立即打住了，她虽然觉得牛三羊的话体己、贴心，但还是谨慎表达的好，免得产生误解。牛三羊继续说，每个人的胃或多或少都会出点问题，你想啊，胃的包容多大啊，只要吃下去的东西，不管什么，胃都要接受，都要消化处理。同时呢，胃又不是垃圾场，什么东西都往里堆，它处理不了时，也会抗议的。所以，保护胃，就是保护生活的质量，保护生活的质量，就能保证文学的质量，才有可能实现自我的价值。

牛三羊的话，真的让吴小丽感到很受用，她决定抽个时间，去医院看看医生。

也真是邪了，刚和牛三羊道了再见，走出饭店，吴小丽的胃部不适感就加重了，而且比往天的反应似乎要强烈一些。

5

家庭农场户外实践课很顺利，就连让吴小丽担心的农场主上的那课——玉米的生长过程及爆米花的制作方法，都堪称完美，课上得既通俗易懂，又生动活泼，收到了出乎预料的效果。高天也带着相机，忙前跑后，拍了好多照片。特别是孩子们在田野里自由活动的时候，和老师们的追逐嬉闹，更让她仿佛回到了童年。一天下来，吴小丽虽然很辛苦，但在孩子们的欢声笑语中，也感觉到满满的幸福。活动最后，在招呼孩子们上车的环节，吴小丽心理突然出现了阴影——怕喊坏了喉咙，想叫高天把跑远的那群孩子追回来，又担心高天拒绝她，让她下不来台。吴小丽的好情绪立即打了折扣。高天就在她一米外的地方，看着撒野的孩子们在傻笑——别看他现在一副可爱的样子，只要吴小丽安排他做事了，他立即就会觉得吴小丽是颐指气使，翻脸比翻书还快，立马就会六亲不认地怒斥或谩骂。吴小丽太知道他的脾气了，只好自己去追回那几个跑向河边的孩子。

当大巴车载着孩子们返回时，吴小丽还庆幸今天运气好，高天不仅做了很多事，还没有发脾气。

吴小丽又在学校忙了会儿才回家。已经很晚了，都九点了。吴小丽估计女儿睡了，婆婆和高天一准儿在看电视。不，今天是周六，女儿也会玩很晚才睡的。但是吴小丽回家后，家里一个人都没有。他们去哪里了呢？吴小丽只奇怪了一秒钟，就猜到了，出去吃饭了。从农场回来后，学生被家长们接走了，高天早早就脱离了她的视线——处理大巴车的租赁事务了，完了就该回家了。看来，今天一家子都是开心的。果然，他们回来时，都面露喜色，女儿开心地告诉吴小丽，吃肯德基了，她吃了好多鸡翅。婆婆也罕见地露出微微的笑意，高天更是把在农场采摘的玉米棒子和无花果拿给女儿看，还有一个大大的、肉肉的豆虫，装在一个瓶子里。女儿既害怕这条青黄色的虫子，又想跟虫子玩，她拿一根吸管，逗大豆虫玩，平时爱看的动画片都不看了。

吴小丽累了，她冲了个澡，早早就睡了。

夜里，吴小丽被高天弄醒了。高天把她搂在怀里，疯狂地亲抚她。吴小丽被他逗弄得难受，情不自禁地迎合他，酣畅淋漓地疯狂了一次。两人的感觉都很好，还柔声细语地交流了几句。说到开心处，两人又重新来了一次。吴小丽难得看到高天如此的精神抖擞和心情舒畅，准备和高天聊聊婆婆的事，比如她想搬到老宅去住，所谓老宅，就是公公婆婆原来住的房子，一直空着，从距离上看，离郁洲教育更近。吴小丽不敢说让婆婆搬回去，只说自己和女儿去住，而且只住一段时间。但吴小丽知道这样说的风险太大了。按照高天的逻辑，为什么要搬回老宅去住？嫌弃我妈啦？我妈肯定会这么想。吴小丽犹豫着，把那么多话憋了回去。吴小丽决定先说另一件事，即下周一，也就是后天，去医院检查一下胃。吴小丽胃不舒服，她印象里跟高天说过一次。高天当时说，胃病谁没有啊，自己注意下就好了。但一连几个月了，断断续续的不舒服，终究不是个事。让高天陪她去医院检查下胃，该是没有问题吧。吴小丽把手搭在高天的屁股上，刚准备开口，高天便用力搂搂她，说，老婆，跟你商量个事啊，明天周日，你要上一天课——挺辛苦的，我也去学校帮帮你，周一比较轻松，我店里也没啥生意，我想带我妈去医院查查病。吴小丽愣了下，庆幸没说周一要去医院检查胃病，否则，高天一定以为她是故意要弄他妈妈难堪的，他一定会说，我妈不去检查身体，你也不去看胃病，我妈刚要去医院，你胃病就犯了，什么意思啊？连检查个身体都要和我妈争啊？你让我妈怎么想啊？吴小丽只好先把自己的胃撂在一边，问，妈的身体怎么啦？哪儿不舒服吗？高天说，倒是没说哪儿不舒服，但我妈肯定有病，你看她那个样子，哪像没有病的人啊？我带妈去查查，有病就治病，没病也让她放放心，咱们也放放心。吴小丽心想，半年前，不是刚体检过？是一次全面的体检，除了血糖有点低，什么病都没有啊。但吴小丽不能说。吴小丽只能说，好呀，要我一起陪吗？高天说，不用，我陪就行了，你那么多事呢，咱家挣钱还靠你呢，给女儿买别墅的钱还差一大截呢。吴小丽窃窃地笑着说，咱女儿的别墅先不考虑吧，你带妈好好查查，我去学校忙事情，女儿要是来不及接，就我去接。高天说，应该不用那么久吧？明天再说吧。吴小丽应一声，感到胃不舒服，便从高天的怀里游出来，说，我去下卫生间。

吴小丽在卫生间里什么事也没干，她坐在马桶上发呆，脑子里想了很多事，渐渐地觉得这样的生活真是没劲透了。但也不能说高天有什么错，怎么说，高天还是孝顺的，如果因为这个事跟高天闹别扭，比如趁着母亲查身体的时候也去查胃病，如果放在别人家，可能根本不是个问题，完全可以。在这个家，就是故意找碴儿、闹别扭了。吴小丽虽然心情不爽，也说不出什么来。胃是她自己的，她知道自己的胃需要保健，决定按照牛三羊的话办，煮小米粥吃。按照以往的经验，她是不能安排婆婆煮小米粥的，自己也不能光明正大地煮，否则，婆婆又会多想了。

吴小丽回到卧室，发现高天已经打起了鼾。吴小丽便悄悄来到厨房，找出春节时学生家长送她的一盒杂粮，拿出一袋小米，淘洗一下，开始在电饭煲里熬小米粥。为了不影响家人休息，她关了厨房的门，搬了一张凳子，坐着看锅。整个过程，几乎一点儿声音都没有弄出来。吴小丽已经想好了，煮好粥，先吃一碗，把剩下的装进保温饭桶里，带到学校去。她还想好了，自己买个小电饭煲，就放在郁洲教育的办公室里，每天给自己煮小米粥。她记住了牛三羊的话，不能把胃当垃圾场。胃要保健，要养，也许小米粥能养好她的胃呢。

6

真没想到，婆婆还是住院了——高天为了确保母亲没有病，除了全面体检之外，临时听从医生的建议，并征得母亲同意，做一项心脏照影检查。

好消息是，婆婆通过检查，什么病都没有。

在检查那天，吴小丽特意去医院看望婆婆一次。躺在病床上的婆婆，看到吴小丽来了，眼皮往下一搭，说，心疼钱了吧？放心，我用我自己的钱，再说了，我医保还能报一部分。吴小丽想了一路的话，满肚子对婆婆关心、安慰和鼓劲的话，都叫婆婆这句话给完全消解了。她只好强颜欢笑地顺着婆婆的话说，妈，我没心疼钱，花万把块钱买个放心，这是好事啊。婆婆听了，哼一声，说，好听话谁不会说？心里还不知怎么想的呢？吴小丽听了，火气像火山喷发一样，腾腾就冒上来了。要不是婆婆即将进入手术室，她真想和她大吵一架。吴小丽强忍着火气，看看高天。高天坐在婆婆的床头，勾着脑袋，没有任何表情。幸好及时来了三个护士，核对了床号，把婆婆推走了。婆婆进了手术室之后，吴小丽实在忍不住，就问高天，你妈的话什么意思？我有那么阴暗吗？我有那么恶毒吗？我就那么爱钱如命？你都听到了啊？我这个儿媳妇还能不能做啊？高天朝吴小丽望望，眼睛便盯着手术室的门了。吴小丽看到高天的眼里有了泪花。

吴小丽是抹着泪离开医院的。

但是，当两天后吴小丽看到高天在微信上说母亲的心脏非常好的消息时，她还是非常欣慰。吴小丽吸取了教训，没有立刻去医院探望，她怕婆婆看到她再受到刺激，又不知会生出什么幺蛾子来，便问高天，妈啥时出院啊？高天说，观察一天，要是没有问题，明天一早出院。吴小丽说，我明天一早去接妈出院啊——有个老师辞职了，课由我顶上，我今天都快累死了。吴小丽的言下之意，今天就不过去了。高天说，随你，你不用来。吴小丽心想，哪能不去啊，真要是不去了，婆婆又不知会编派出什么话来呢。

吴小丽坐在办公室里，女儿已经接来了，正乖乖地在一边做作业。

医院的事不用操心了，只等着女儿写好作业下班了，便想着上哪里再招个老师来。郁洲教育的老师，走马灯似的，换了不知多少茬了，优秀的留了下来，也有更优秀的被别人高薪挖走了。吴小丽也想去挖别人的墙脚，高工资找两个能顶半边天的好老师。但挖墙脚的事容易吗？她便想到了牛三羊。要是能请牛三羊来做学校的顾问，一学期上一两堂大讲座，也是个招牌，哪怕挂个名，也足够有影响力啊。吴小丽觉得这是个好主意。说办就办，便给牛三羊发微信，先从感谢小米粥开始，吴小丽说，牛老师你真牛啊，你的方子是灵丹妙药，非常对症，虽然不能说药到病除，我的小胃已经比以前舒服多了，再次非常严重地感谢老师啊！吴小丽的微信有点调皮，她是想活跃一下气氛。其实，她的胃部不适并没有明显的好转。吴小丽是想在等牛三羊回复后，再试探他愿不愿意当郁洲教育的顾问。但微信发出去了，牛三羊没有及时回。莫非又陪老婆逛街啦？吴小丽冲着手机诡谲地一笑。又给他发了一条，诗的事，又麻烦老师啦！还在最后附上了三个拥抱和三杯冒泡的啤酒的卡通图案。

第二天一早，吴小丽吃了一碗小米粥（婆婆住院期间，她都在吃小米粥），比往日提前几分钟送女儿去了学校，然后，直接就到了医院。她知道来早了，医院要到八点半才可办出院手续。但她也想帮帮高天，毕竟这几天都是高天在陪护婆婆。陪护病人的事她知道，公公病重时，都是高天陪的，那真是辛苦啊，陪睡、陪聊，一日三餐，病人的卫生，还要和护士、医生打交道，哪些药医保能报，哪些药不能报，里里外外，跑上跑下，各种担心，各种小心，那才叫身心俱疲啊。

　　吴小丽是在走廊上遇到打早餐回来的高天的。吴小丽后悔没有做点可口的早餐带来，医院的食堂虽然不错，比起自家做的，还是差点意思。吴小丽歉疚着，迎着高天在笑。高天也看到她了。高天没有笑，冷冷地说，谁让你来的？不是说不用来的吗？吴小丽听高天的口气不对，说，我来接妈出院啊。高天说，你心里还有我妈？你做些什么龌龊事，你自己不知道？吴小丽急了，我做什么龌龊事啦？一大早又……怎么啦？吴小丽把"发什么病啊"临时作了修改。高天说，一大早我也不想和你吵，我就问你，你前几天鬼鬼祟祟半夜里做什么饭啊？熬了小米粥，还悄悄地带走，你以为瞒得了我，能瞒得了我妈啊？手术前我妈就问了，昨天又半宿没睡，想着以后的早饭……我妈做饭哪里就难吃啦？你非要在我妈检查前气死我妈是不是？吃这些年也没把你药死嘛！吴小丽忍住气，不和他吵，也不想解释，多少次了，解释有用吗？高天看她没说话，更以为得理占上风了，说，你回吧，你要是不想我妈早点死，赶快回，我妈不要见你！吴小丽看着高天从身边走过了，气得想笑。但她最终还是哭了。早上七点多的病房走廊里，人很稀少，有谁注意一个穿着体面、气质高雅的年轻女人的悲伤呢，何况是在医院这种地方。

　　吴小丽坐在办公室里发呆。在她面前，是一盆绿植。她只知道这盆绿植不怕水。每天早上到办公室，她都会把头一天喝剩下的水倒进花盆里。她为这盆绿植写过一首诗，其中有这样的句子：有水灌注的绿植，才会有长青的生命。她觉得她的生命里已经没有水了，这样的日子要不要已经没有意思了。她想起一周前一个同事发在朋友圈的一条微信，是关于婚姻的，也是关于离婚的。她又翻了出来，反复看了看：昨晚吃火锅，清一色的已婚女人，于是话题就围绕男人、孩子和减肥展开。聊到最后，我们发现，大家都甩不掉男人，离不开孩子，也减不掉肥肉。这期间谈到离婚，某女信誓旦旦，掷地有声，等我娃读大学了，一定离婚，他妈的，老娘受够了！想了想，又说，你们说单亲家庭的孩子成长会不会有缺陷……算了，等我女儿结婚了再离！可我女儿有了娃谁带啊？别人带我不放心啊！真是个纠结的女人啊！可女人谁不纠结呢？后边的评论更热闹，有的说，夫妻间过日子，总不能靠忍耐和宽容往下过吧？有一条评论更是一针见血，天下的夫妻，基本上都有过离婚的念头！吴小丽对这条微信和评论区的评论印象深刻，因为这个某女的境遇太像她了。还好，吴小丽没时间想这些事，接下来的工作，又分走了她的全部精力。

中午托管的孩子们上学后，两点到四点半，是一天中短暂的可以自由支配的时间，吴小丽小睡了一会儿，醒来后，胃部又有反应了，这回更强烈一些。牛三羊说是心理作用，看来还真有可能。吴小丽尽量不去想家庭的烦恼，尽量想着学校的事业，想着文学，想着诗，以便减轻胃部不适的症状。以前屡试不爽的经验，这回却一点也不起作用，相反地，胃部还隐隐地作痛起来。她用手在胃部摸了摸，压了压，不太好确定准确的位置，但肯定是比以往任何时候都要疼了。这时候，手机有微信提醒，她以为是牛三羊发来的。昨天晚上的微信，他到现在还没回复呢。吴小丽急忙看手机，是高天发来的，高天说，老婆，晚上我去接女儿啊，你也回家吃饭，请你品尝我做的大餐！

又来了！吴小丽差一点把手机摔了。吴小丽受够了高天的这种方式，在你左脸上打一耳光子，再在你右脸上亲亲、揉揉，这他妈都什么事啊！

门口传来女人的叽叽喳喳声，很尖利。吴小丽怕有家长来闹事，便忍着痛出去了。

找谁？连我也认不出来？我是你们吴校长的师母啊！让开！

吴小丽看到，说话的，是一个二十岁左右的女孩子，挺着大肚子，那肚子至少有六七个月了，脸上笑吟吟的，充满着不屑和鄙夷地跟一个女老师说话。她也看到吴小丽了，说，你就是吴校长吧？你肯定不认识我，我说个人你就知道了，他是你老师，他姓牛，对，就是牛×的牛，我呢，自然就是你师母了。知道我是谁了吧？你牛老师被你牛师母就是老娘我打残了，派我来给你送另一剂方子，这个方子更灵啊，不仅能药到病除，不仅能让你舒服，还能高潮！拿去！大肚子女人随手扔过来一个塑料袋子，不偏不倚地砸到吴小丽的脸上。吴小丽猝不及防，差点摔倒。大肚子女人不依不饶道，我去，真是晦气，我以为是什么绝世美人呢，原来就是个丑八怪，真是丑人多作妖，以后你的诗不用麻烦我家牛老师改了，师母我就能关起门来教你十年二十年！吴小丽知道遇到一个醋坛子了，她顾不得跟大肚子女人啰唆，也顾不得踢开她脚边塑料袋里的癞蛤蟆——她只觉得胃部像针扎一样地剧烈疼痛起来，那种痛来势汹汹，不可遏制，她无法站立，腿一软就跪到地上了。

7

吴小丽不是什么胃病，而是胆囊炎。慢性胆囊炎转急性，飞流直下三千丈一样地急，一下就把她击垮了。

吴小丽的胆囊被摘除了。

吴小丽打了几天的营养液后，能吃的第一顿饭，居然是小米粥。这小米粥真是费了功夫啊，不干不稀又黏稠，金黄色的，如果不是闻到小米粥的香味，黏得都认不出是小米粥了。小米粥是高天回家拿来的。高天在天蒙蒙亮时就回家了，不多时又回来了，拿来的小米粥，不冷不热，正好吃，应该是婆婆早就煮好了的。遵照医嘱，她只吃了一小碗，可她还想再吃一碗，甚至两碗。吴小丽在吃小米粥的时候，高天勾着脑袋，一声不吭，他一定陷入某种情绪中了。高天此时的状态，她不止一次地见过。但，这次针对的目标不一样了。高天这些天够累了，从她住院，到做手术，到手术成功，到能吃第一顿饭，十几天来，他一直陪护在她身边。吴小丽把空碗轻轻放下来，没惊动他，心想，让他这么坐一会儿，兴许就能睡着了，就能好好休息休息了。高天果然睡着了。到了十点才醒，正好又是吴小丽吃第二顿饭的时间。放在保温桶里的小米粥，居然还没有冷。

同事来了。同事抱来了一束鲜花。这些天，同事们都来过了，还有一些相熟的学生家长也陆续地来过了，她也接受了许多束鲜花，这一束尤其大。同事就是那天在郁洲教育门口拦住大肚子女人的那位女老师，她在趁高天去洗碗的时候小声说，这束花真好，是鲜花店送来的，委托我们转交给你——他们也不知道是谁订的。吴小丽不愿正视同事的眼睛，同事一定是猜到什么了，猜到鲜花是大肚子女人的丈夫送的。但是，鲜花是退不回去了。吴小丽不想说话，也不想扔了鲜花。她朝身边床头柜上的鲜花看了一眼，望向了窗外。她看到窗外的天空里，有许多东西在飘散，居然是各种各样的花，鲜艳的花。在花丛中，她看到了自己的脸，那张脸有些憔悴，刚过三十岁的她，怎么就会这么地憔悴呢？难道仅仅是胃部不适造成的？不，那不是胃，那是胆。如今，胆被摘除了，那颗工作不力的胆，现在不知道被丢在哪个垃圾场里了。

婆婆突然来了。

吴小丽吃了一惊。婆婆这些天也是辛苦的，带孩子，忙家务，还要给她做饭。居然会在上午来看她。吴小丽赶忙大声招呼婆婆到她床边坐。婆婆不过来。婆婆只是笑。婆婆站在门边上笑个不停，表情还有点羞涩。婆婆这是怎么啦？从来没见过婆婆这么开心地笑过啊？莫非是看她手术顺利、恢复得好才如此开心的？妈！吴小丽又快乐地叫一声。婆婆便往门里挪了一小步，从她身后闪进来一个人。吴小丽认出来了，进来的是在老年大学教美术的退休教师金白焕。金老师手里提着一大袋水果，也笑吟吟的。金老师笑吟吟地走到吴小丽的病床边，说，小吴老师，我来看看你。婆婆接过金老师手里的水果，说，这是金老师——我上周到老年大学报名了……我不叫他来的，这么大岁数了，也不听话，偏要来……对了，我认识金老师都三十多年了，那时候，我们是一个学校的同事。金白焕说，快四十年好不好？是我要来的，不怪你婆婆。婆婆扯了一下金白焕的衣袖，说，你抓紧上课去吧；又对吴小丽说，老金上午还有课，然后，过几天，我们要去深圳旅游一周。吴小丽这才恍然，她看看金老师，看看婆婆，觉得他们真的很般配。吴小丽想要谢谢婆婆，谢谢金老师，还要夸婆婆的小米粥好吃。不知为什么，心里一软，还未开口，眼泪就流下来了。

2019年12月4日修改于北京团结湖

陈　武　江苏东海人，曾在《十月》《作家》《钟山》《花城》《人民文学》《中国作家》《天涯》等杂志发表文学作品，多篇小说被《小说选刊》《小说月报》《中篇小说选刊》《中华文学选刊》《作品与争鸣》《北京文学·中篇小说月报》等选载。中国作家协会会员，文学创作一级。现居北京。

非虚构

树木留乡愁

◎吉布鹰升

山之美

山，我生于斯，长于斯，生活于斯。于是，为走不出山而迷茫。然而，离开山，久而久之，又心生山行之念想。

山之于我，如蓝天之于白云，高山之于云雀，树林之于鸟儿，山谷之于小溪，自在、舒畅。

我时常行走于山。林木葱郁，鸟儿鸣叫，小溪涓涓，空气清新，这一切多么令人幸福！

山中，无世俗之烦扰，无名利之纷争，忘忧愁而愉悦，人的心灵变得单纯和高尚，仿佛受了洗礼。

仰望苍穹湛蓝，白云悠然；聆听风声呼呼，鸟语啁啾；四下山岭起伏如波涛汹涌，山岚氤氲。顿觉，有一种静谧的神圣，比人间的一切高贵、圣洁。

刹那，无论身居高位者，或是草民，无不感慨——"啊，大自然是那么完美、纯净又慷慨，人类又是那么肮脏、自私！"

山之壮阔，绵延无尽；山之秀美，草木锦绣，花朵灿烂；山之温柔，溪流淙淙，鸟语如歌，清风低语。

我依恋山，如白云依恋天空，鸟儿依恋树林，溪流依恋山冈。

山，各有其美，四季不同。

最为憧憬的春。从阳历二月开始，天气日渐转暖，阿拉伯婆婆纳细小的、蓝色的花朵，拥有太阳和蓝天般的夺目；灌木丛林里小簇金色的花朵隐约绽放，虽然是零星的，却让人感到春天已经来临。金翅雀、鹊鸲、灰头啄木鸟、乌鸫叫声激越，隐匿了一个冬季的鸟儿陆续出现了。然而，高寒山区，有时雾凇寒，树林、山岭一片白，大地寂静。甚至，死寂一般，偶尔传来几声依稀可辨的鸟鸣，枯瘦的河流叮咚作响。三月，柳枝如游丝，风中飘拂，不知从何处飞来的柳莺停栖，忽而扑棱翅膀飞翔，忽而探头探脑，忽而啁啾，那是初春欢乐的精灵。雨丝淅沥，枯草丛露出嫩绿的草，几天便洇染了一片。灌丛里，腋花杜鹃已悄然绽放粉红色花朵，胡颓子抽出青绿的小叶，不久的时日花蕾吐露。四月，白杨树褐红色的树冠幻化为淡绿的雾，落叶松林染上了一片青绿，鳞叶龙胆花朝着天空吹奏曼妙的乐曲，水杉树鼓出的点点叶芽早已幻化为一片片鲜绿欲滴的羽叶，珙桐树爆出雪白的花朵，大杜鹃、鹰鹃、四声杜鹃、噪鹃、松鸦如约而至。山林里，人迹罕至，陌生鸟啼鸣，如隐士难见其真容。

远处，山冈草坡前几日依然灰突突的。然而，随着立夏的来临，一夜间变得绿草茵茵。五月，鸟儿声声激越，尤其是鹰鹃、噪鹃在我们近邻的那片树林里啼鸣，似乎不怕人。然而，不管你如何小心翼翼去寻找，也难见其踪迹，好像那仅是人类无法解释的声音。我到海拔三千多米的高山去看树林，那里有噪鹛、山鹪莺、野鸡、白腹锦鸡等鸣叫，然而听不见噪鹃、鹰鹃的声音，大概鸟儿的分布是随着海拔、气候、树木等不同的。

最有意思的是，山鹪莺在小叶杜鹃丛里低低地飞翔，不时发出颤音，时而停在枝上，上下摇摆着尾羽和抖动着翅膀，"嘎点……嘎点……"那声音不住地传来，轻轻回荡着。白腹锦鸡"咻咻……咻……咻"声音激越，使人以为是某种高大的野兽而虚惊一场呢！几种不同的鸟发出近似猫叫声，"喵喵……"仅是粗大、细弱的略微差别。松鸦的叫声，"哇……哩哇哇……"如放牧娃打招呼，极为逼真。它停歇在桤木树上，灰黄的羽毛衬着一绺蓝色，不时张口鸣叫，声音洪亮，使人疑惑它的前世是放牧娃。"瑟瑟洛……"像是鹰鹃的声音，但不洪亮，底气不足；"嗟嚜咿叽……"像是朱雀的啼鸣，但急促，不优雅；"嘘……叮……"像是白顶溪鸲的鸣啭，但不婉转、悦耳——这种鸟儿还能模仿雏鸡和其他鸟儿的叫声。原来，它是聪明的模仿鸟呀！我好几次去探寻都无功而返。它性喜与村为邻的树林，乌鸫也时常栖居那里，大概与村人有某种秘密的约定吧。"嗡嘎嘎……"像是牧人牧羊的声音；"嘟……嘟嘟……"像是微弱的汽车喇叭声；"咕……咕咕……"有人说是戴胜鸟，然而难见其踪迹；"吱……吱吱……"以为是知了，然而这是知了还未鸣叫的时节。于是，定睛一瞧，一只比拇指稍大的灰色鸟儿从华山松上惊飞，真不知是什么鸟呢！

山林里，鸟儿在无休止地演奏音乐，献给寂静山谷。唯有牧人和造访山林的人，方能有幸聆听这比人世间的任何伟大、奇妙的音乐神奇千万倍的天籁之音。

山，是寂静的；溪流清澈而涓涓，是山之血脉；树木葳蕤，晨曦温柔抚摸，是山之毛发；风，时而习习，时而呼呼，是山之气息；鸟，啁啾啼鸣，时而优雅婉转，时而低吟柔和，是山之歌者。我，是山之隐士，聆听溪流、风、鸟，顿觉和山融入一起，无我而美妙！

冷杉直入苍穹，树干一人合抱有余，松萝如淡绿色的胡须迎风飘动。红桦木虬枝张牙舞爪，如闪电划过夜空。乔木杜鹃比肩而立，向着阳光伸展枝叶，花儿朵朵灿烂芬芳。鸡爪槭树干覆盖着苔藓，树叶鲜绿欲滴……各种树木为生存而竞争激烈。瞧，从腐朽的树木上生长出来的杜鹃树和红桦木巧妙地向着空地上方伸展枝叶，从而争得属于自己的那份阳光和空气。万物生生死死，老树倒下或枯死后，有的地方又开始生长出杜鹃，矮小、刚没过脚踝，然而，叶叶翠绿，生机盎然。

树桩枯死，斑纹如流水，和生前一样漂亮。绕树三匝，怀想从前它的风姿，白云从上空飘过，鸟儿停歇于枝上歌唱，风从远方吹拂而来，看着日出日落……每一棵树，都会让人念想生命的伟大、奇妙。

小叶杜鹃紫花绚烂，如地毯铺展，芳香袅袅。湖泊清澈，倒映着白云悠悠。羊群放牧，如白云散落。云雀鸣啭，歌声从天上来。鹞鹰悬在空中，忽而落下，忽而起升。银露梅、黄菖蒲、夏枯草，兀自开花，蜂蝶忙不迭地采蜜。

苦荞、燕麦如锦绣，铺展山岭，馨香浓郁。山下，低洼地，苦荞收割，如斗笠。朱雀、伯劳、三道眉草鹀鸣啭欢悦。

细雨绵绵，寒意来袭，那是初秋。大蓟草、雪绒花、香薷草，依然芳香幽幽。鹰鹃、噪鹃、四声杜鹃等鸟儿，隐匿踪迹，或许过着隐蔽的生活，或许往南迁徙了。伯劳、红嘴蓝鹊、三道眉草鹀、云雀等少数留鸟的叫声，不再激越。到了深秋，山林染了红、金色，色彩斑斓，有几分醉意。

落叶树大都光秃秃，火棘挂着金灿灿的果实，醋栗树红艳艳的果实开始萎缩，小檗的果实变为紫色，那是初冬。青冈、杜鹃等依然保持着四季一样的绿色。白雪飘飞，大地寂静，山林里积雪上留着依稀可辨的狐狸、狗、野猪的踪迹，寒风里山雀瑟瑟发抖。大雪纷纷，积雪压断了一些参天树木，如杜鹃、红桦木、青冈等。然而，阳光和煦，龙胆花、腋花杜鹃零星绽放，令人眼前一亮。草木的生命在寒冬里顽强地抵御严寒！

蜡梅在寒风里绽放，朵朵黄玉般的花朵，清香袅袅飘来。鹊鸲、乌鸫过着低调内敛的隐蔽生活。

噪鹃、云雀不畏严寒，偶尔放开歌喉。鹞鹰盘旋，忽而俯冲而下，忽而上升起舞。高山柏，任凭寒风凛冽，兀自散发清香。

柳树开始泛青，柳莺、鹊鸲叫声欢愉的时候，新的春天又来临了。

山，亘古以来，四季轮回，让每个生命领略大自然，无论恩赐或是困顿。人类不得不赞叹它的壮美和神奇，以及感慨自我的渺小。

树木留乡愁

故乡已荒芜，我去看树木。

四月天晴朗，众鸟归来，空气清新。这个时节，谁要是来到山上，都会感到神清气爽的。

那山冈，绿草茵茵，如铺了松软、薄薄的地毯。一块块黑色的石头，缄默着，仿佛聆听山下潺潺的溪流声。

"你往哪里去？"我向前方背着背篓的老人问。

"你要是去山顶，就往这边走。这边是近路。"他七十多岁，脸上密布着细细的皱纹，头上缠着一条白色的毛巾，停歇下来，回望着我。

我急速往前去，由于是山路陡坡，刚走一会儿，就开始气喘吁吁了。

我们一边上去，一边聊着，翻过前方的山梁，往下走去。

他的房屋坐落在前方不远处的斜坡上。他说："这一座山，只有几户人家了，其他的都已搬走了。"

我知道，很多荒僻之地，人们已经搬走，留下一座座废墟。那里，土地多年荒芜，杂草丛生，鸟兽出没。

老人无邻居，与山朝夕相望，想必也是寂寥得很，尤其夜晚来临的时候。

我告别老人，翻过山梁，来到垭口，往故乡方向的一座山谷走去。

风呼呼吹。树林里的鸟儿啼鸣，此起彼伏，尤其是鹰鹃叫声激越。每年四月初，鹰鹃开始啼鸣，从四山传来。有没有人知道之前它们去了哪里呢？它们的叫声激越，意味着立夏不久就要来临了。

明晃晃的太阳悄然爬上了蓝色的天空，晨曦照耀下，山林、草坡一片片光影交织，宛如谱写曼妙乐曲。

溪流潺潺，响声回荡山谷两岸。白顶溪鸲抑或是红尾水鸲啁啾啼鸣，其声优雅、动听。

天气又是多么美好，蓝色的苍穹仿佛被洗净了，一尘不染！落叶松、云南松、青冈、杜鹃树林相映成趣。

若是错过这个时节是多么遗憾呀！我情不自禁地敞开心扉，尽情拥抱这片山林，心灵如风一样自由。

山林尽绿，如锦绣；鸟鸣啁啾，如天籁。

一只云雀从空中倾泻清泉流淌般的声音。柳莺啁啾啼鸣。杜鹃花含苞欲放，或是盛开粉红、雪白的花朵，宛如云霞之灿烂。

我畅饮清新如初的空气，沿蜿蜒小径穿过灌木丛林，慢慢朝着山谷溪流走去。

溪流涓涓，清澈见底，流向深谷。溪边，几棵杜鹃树上一簇簇花朵灿烂夺目。两岸，密匝匝的树林寂静沐浴着晨曦。

好一处幽静之地，远离人间喧嚣。风，送来阵阵凉爽清新的气息，夹带着草木味；溪流，时时刻刻荡涤我的心灵，令人无欲而舒坦。

几只羊在溪边悠然觅食，有一只好奇地望着我。我轻轻吆喝一声，那两只觅食的羊抬眼无不惊奇地望了望我。它们深邃的眼眸，让人觉着世界是那么单纯。可是，世界远比它们想象的复杂。

我想向这三位自由流浪的羊儿问好，可是它们能听懂吗？

羊儿，好好吃草吧！我不打搅了！

一块湿地，一脉若隐若现的溪水涓涓流淌。溪边，鹿蹄草细小的、绿油油的茎叶闪耀着光泽。雨季来临，它们将绽放金灿灿的花朵，映衬绿油油的湿地，溪流如一支歌，为寂静山地歌唱。

我左手上方，树林里粉色的杜鹃花一片片盛开，宛如朵朵霞云落在那里，又如彩锦飘扬。鸟鸣声声，或低吟，或高亢，或激越，那是四月的大地森林里鸟儿的美妙乐曲。这天籁之音，只有在深山里才会有幸聆听，此刻，我是唯一的听众。此曲只应天上有，人间难得几回闻。

忽然，云雀鸣啭。我抬眼望去，蓝莹莹的天空不见其踪影。那叫声，却不住地传来，久久萦绕在我的上空。

这天空的精灵，隐匿了踪迹，欢快的歌声四处飘荡着，让山谷显得更空旷。伴随着云雀的美妙歌声，不经意间我的脚步已踏上了荒村。

残垣断墙，五六棵柳树，那是废弃的院落。柳树绿绿的花絮，如毛毛虫，迎清风摇曳，飘来青涩的气息。它们向白云招呼，和清风低语，宛如为天空拂尘，从不因寂寞孤独而苦恼。

另外几座土墙坍塌的院子，草木恣意生长。瞧，杜鹃、柳树、红桦，仿佛成了这里的主人。

是啊！这里原本是草木家园，人们仅仅是过客而已。然而，原生树木，如青冈、杜鹃、红桦、冷杉等几人合抱的参天大树早已荡然无存，它们在过去百年间被砍伐殆尽。

村子成废墟，树木留乡愁。

我拥抱着一棵孤零零的青冈，几乎哭了起来。它，当年应该是棵小树，如今是否记得我呢？我轻轻抚摸着那树干上微黄的、松软的苔藓，仰望云朵般的树冠，愿它成为参天大树。

它，像一朵孤云乘风欲飞。

树林里的那些杉树如今长成怎样的呢？

林中，鸟鸣此起彼伏。那土著彝人依其叫声命名的"其啊哦"（噪鹛）、"嘎点"（山鹪莺）的叫声是多么熟悉又亲切呀！它们把歌声唱给山谷树林，唱给涓涓溪流。可是，若要去找寻，是难见其真容的。间或，白顶溪鸲传来银铃般的声音，又如清脆的裂帛声。多么美妙的歌声，令人忘我而陶醉其间。

那条隐约可辨的小径，两旁是郁郁葱葱的树木，一株株粉红的杜鹃花恰似红霞灿烂，散发隐隐约约的清香。

虫子低吟，树木幽香。

一脉若有若无的溪流涓涓流淌，滋润着草木，消失在不远处的沟壑里。谁知道溪流在此流淌了多少年呢？

溪流，是山谷之血脉；鸟语，是山谷之乐曲；树木，是山谷之衣裳；我，是山谷之隐士。

往下走去，抬眼望去，几棵杉树直入苍穹。我伸出手拥抱树干，然而，树围竟无一棵够一人合抱的。虽如此，它们的存在，令我深感庆幸！

遥想从前，这里人迹罕至，树木参天，野兽出没，人是那样微乎其微地存在。可是，后来由于人的破坏，树木纷纷倒下，野兽消失或离去了。

又抬眼搜寻，小径上方有几棵杉树。我拨弄树枝，往那里走去，树枝、青竹蹭到我的脸、手臂，划伤了我的手指。然而，我一点也不觉痛，尽管欣欣然往前探寻。

我站在一棵杉树下，默默然仰望。它，是巨树，枝叶繁茂，直入苍穹，树干上挂着长长的、蓬松的松萝，高不见其树冠。从那扁平的叶子，我确定它是冷杉。之前，我见过的云杉，叶子有棱带刺，手触摸不小心会被扎痛。

用手量一量，树围一人合抱有余。我暗暗吃惊和欢喜！它，竟能在此存活下来，树龄五六十年，躲过人们的砍伐，真是奇迹！这一片树林里，从前几棵巨大的杉树，据说在村人搬迁的时候被砍伐了。农牧时代，冷杉树是珍贵的木材，用来建木屋和制作柜子。

没有了人的破坏，树木可以恣意生长。这是树木之幸运，也是我之幸运！

孩提时代，我在其下穿梭找鸟巢和竹笋。那时，它的树干只有腿粗。经历了四十多年，我们又相见了。这是难得的缘分，我异常珍惜！

我又一次次伸出手臂拥抱着它的树干，轻轻地吻了吻！

它庇护我，在晨曦照耀下投下阴影，为我送来凉爽的气息；它的树荫遮住我，我仰慕它；它是那样高大，我是那样渺小；我依偎它，聆听鸟鸣啁啾和虫鸣。

啊，世界是那样安静，万物吉祥而各得其所。

我拍照又拍照，留下难得的历史瞬间。它的下侧有两棵冷杉，西边几十米处又有一棵冷杉，北边有两棵参天冷杉树。

这几棵冷杉，被密匝匝的树木和青竹护着。我一棵棵数着它们，记住它们，祈愿后人还会见到它们，使他们发思古之幽情，怀感恩树木之念想。

我往下走，绕过它，拨弄一簇簇竹子，走近北边的那两棵参天冷杉树。树下，有一个洞，黄土里露出巨大的树根。我抓住藤蔓，踩上去，刹那，我被轻轻弹上了树干。原来，这是一棵树，生出两根巨大的树干，远处望去像是两棵树。用手量一量，其中一根树干约有几人合抱。

这片树林里的冷杉树就像梦，恍兮惚兮，无不牵动我的思绪。它们是树林里的君子，向上而生，不依附其他树木，独立而不傲然。

我采折了一根细小的冷杉树枝，放进包里，作为对杉树的念想，对着那棵冷杉树心里暗暗祈求它的原谅。

万物有灵，我赞赏它的美德！

然后，轻轻地挥手，向它们告别。沿着来时隐约可辨的小径，我三步一回头，杉树渐渐远去消失。

我家旧院，矮矮的石墙一隅。

那棵灰突突的树木，不远处望去，像是枯死了。我走近端详，它是一株醋栗，比我高出一截，几枚鲜绿的叶子刚长出。它，年龄比我大，五十多岁了，算是醋栗树里的老寿星了。它，躲过人们的砍伐，因为它是灌木不经烧，而不像那些青冈、乔木杜鹃那样经烧，炭火久久不息。所以，方圆十几公里，乔木杜鹃、粗壮的青冈树是罕见的。

山下的醋栗开始结果。然而，这棵老醋栗树木才抽出几枚鲜绿的叶子，不知是否还会开花结果呢？如故友衰老，我为它担心起来。

它，老枝新芽，也令人欣然。

西北墙角，一棵花椒树木，树干似乎有了朽意。不过，令人惊喜的是，它的枝上露出几枚鲜绿的叶子，含着花蕾，倘若闻一下，淡淡的清香袅袅飘来。

自我记事起，它和那棵醋栗已经生长在那里了，每年我们一家人都会采摘花椒果实。在物资匮乏的年代，那一粒粒红红的果实，是极为珍贵的食物佐料，至今记忆犹新。

岁月悄然流逝，一个村子的历史有多久？一棵树的命运又如何？一个人的命运又能好过一个村子和一棵树吗？

村子历史不满百年，人们像那些迁徙的鸟儿飞走了，如今仅剩下那些冰冷的、黑色的石头和可怜兮兮的树木，风中哀叹，无限沧桑。

我担心这些石头和可怜兮兮的树木也会消失。那么，这里全然是一片废墟，多么可怕的废墟，没有记忆的历史，杂草丛生，一片荒芜。倘若，文化也如此，是一片荒芜，人的存在和不存在又有何区别呢？

倘若在此修建一座房屋，过着农耕时代的生活，日出而作，日落而息，又如何呢？这样的生活方式，人们早已感到枯燥乏味和厌倦了，没有多少未来的希望，从而逃离了。那么，它不过是此时我不切实际的幻想而已。

从荒村北边的那条山梁望去，那片树林里的冷杉树木清晰可见，卓尔不群，傲然独立。

鸟语阵阵啼鸣，空山显得无比空旷。

我渐行渐远，去西山探望。

荒地上云南松一丛丛，云杉如稀疏的云朵。它们是外来物种，我从一片松林下经过，松树没过我的头。云杉，何时能成为参天大树呢？

大地上一种植物消失，另一种植物又会更替的。万物生死更替，亘古如此。

山麓一处，高山柏树一簇簇，在炽热的阳光烘烤下散发着阵阵芳香气息。它们是原生树木，在这里生长的历史已经是千万年了；它们适应了苦寒气候，是外来植物难以替代的美丽景观；它们是高山奇树，在山下是无法见到的。曾有人挖走一株株高山柏树，然而无法存活。

高山柏，任凭冬日寒风凛冽和冰雪覆盖。

云雀鸣啭，清风微拂，那是天籁之音。

我躺在草坡上，四下空旷、寂静，云雀叫声从天上来，不知人间有人居。

山崖下，一群绵羊因天气热在岩壁阴影处避暑乘凉，有的在饮水。羊儿肥壮，令人疑惑这是野性十足的野绵羊。我刚走到溪畔，它们一只只惊跑了，不时回头望着，这是很有意思的。

忽然，树林里的一只雄野鸡"布嚯……布嚯……"的叫声响起，"嘎点"鸟发出颤音，其他鸟儿悠然唱和。

没有捕鸟人，我为它们而欢欣。鸟儿，尽情赞美山林吧！

天边，一朵白云停在那里，久久不散。传说，昔日一群神羊驾云落在山冈，饮山泉、漫游山冈、夜宿溶洞，在嶙峋乱石上留下神秘的、花瓣似的蹄印。

山下的城市，钢筋混凝土构筑的楼群，只疯长着欲望，而不会生长神话传说，早已远离滋养人类精神文化的美的自然。

天空辽阔，大地苍茫，树木葳蕤，鸟鸣啁啾……我不知归去，尽兴而作一首诗，权当歌咏故乡行。

故园草木长，人去残垣在。
杜鹃自灿烂，清泉崖下流。
云朵停蓝天，神羊驾云去。
古来人过客，吾辈何渺小。
林中冷杉寂，鸟鸣谷更幽。
白羊岩下卧，不见牧人归。

吉布鹰升 彝族，中国作家协会会员，在《人民文学》《随笔》《美文》《儿童文学》《中国校园文学》《大益文学》《湖南文学》《创作与评论》《滇池》《广西文学》《山东文学》《星星》《当代中国生态文学读本》《散文诗》《小溪流》《文艺报》《绿叶》等刊物发表作品。作品入选多种选本。获首届中国西部散文奖，2011年冰心儿童文学奖新作奖，2012年孙犁散文奖，第二届丝路散文奖，第二届全国十佳教师作家奖等。著有《自然课》《彝人族语》《隐者》《放牧的日子》等。

俚语芬芳

◎陈　纸

1988 年的某一天，我开始写日记。我生活中的每一缕心情，我周遭世界里的每一抹声音，开始像斑驳繁杂的画面，呈现在每一天的每一张纸上。不知怎的，我现在越来越多地去翻阅它，我惊讶地发现，在记录农村生活的那些日子里，曾经有过几年，我在日记本的上端——日期与天气的旁边，陆陆续续地，记下了一些听到的乡间俚语，它们是民间的非正式口语，朗朗上口，通俗易懂，摇曳芬芳。再细细一品，它们或变形，或隐喻，或明喻，或夸张，蕴含无穷的人生智慧和生活哲理。这些俚语与当时的人与事结合，竟是那样贴切，又是那样生动，仿佛就在昨天，仿佛就在眼前，又仿佛就在耳边……

"母鸡坐不得轿，坐在轿里会赖尿"

我第一次听到这句俚语，是坐在从村里运征购粮到县粮站的拖拉机上。拖拉机上除了麻袋装着的粮食，还有坐在麻袋上的我和我的母亲。母亲手里还抓着一只篮子，篮子底部铺着一层厚厚的稻草，厚厚的稻草上妥帖地躺着十几个鸡蛋。那只篮子抓在的母亲手里稳如泰山，而我，从坐到拖拉机上听到拖拉机发动的那一刻起，身子就连同心脏一起在颤抖。拖拉机摇摇晃晃地开动了，我的身子也跟着摇摇晃晃起来。有几次，我害怕堆得像小山似的麻袋会滑下去，而坐在麻袋上的我，随时也会随着麻袋滑下去。我想抓住点什么，但麻袋平滑圆实，没有可抓的地方，我的双手在麻袋上紧张无措地摩挲着。耳边是凉得发寒的风，我想喊，却不知该喊什么。我的屁股在麻袋上滑动着，心在拼命往麻袋上攒。我不敢看前方，也不敢看后方，更不敢往下看。我只能看母亲，那是我最安全的所在，是一个少年最可依附的地方。我想哭出声来，我不敢对母亲说后悔了，真的，此时我真的真的后悔死了。但是，这是我梦寐以求的啊，这是我错失了无数次机会后争取到的呀。拖拉机每跑一趟县城，都会在村里粮仓前的马路边斥责一大群少年儿童，还有妇女，他们都是想搭顺风车去县城的。

我与母亲是在被斥责多年的无数次失望之后，才被作为司机的堂叔允许，上车去县城。那是我少年时的幻想啊，我终于实现了。可现在……我的心脆弱得还不及母亲手中篮子里的鸡蛋。我终于哭出了声来，我的双腿像哭声一样打战。我一边哭，一边喊："呜——我要下去！呜——我要下去！"母亲起初看着我边哭边喊，没当回事，甚至还挂着微笑。但当她看到我站起身子，惊慌地低下头往马路上看时，她的表情也惊慌了起来。她抓住我的一只手，但她发现，她根本没法控制住我，于是，她也喊了起来："停车！停车！"她的声音远远大过我的声音。堂叔终于听见了，把车停了下来。我像一只猴子，马上顺着平滑圆实的麻袋溜下车去。好在拖拉机只开了五六分钟，在邻村的卢家停下了，我跳到马路上，惊魂未定，喘着粗气，看着拖拉机喷着黑烟，再次发动，继续前行。

下午，母亲从县城回来，看见我，笑着说："真是母鸡坐不得轿，坐在轿里会赖尿呢。"我听了，不好意思地笑了。

后来，母亲将这句话拿来自嘲，又拿来说别人。1998年，母亲来南宁，要从村里到樟树市坐火车。我特地包了一辆出租车，这是母亲第一次坐出租车，她刚开始还兴味盎然、信心满满，但还没出县城，她就翻江倒海地吐了起来。那趟行程，本来两个小时，走走停停，硬是花了将近三个小时。到了樟树火车站，母亲捂着空空的肚子，一脸痛苦状，说："真是母鸡坐不得轿，坐在轿里会赖尿。"

在城里生活了两三年后，母亲已适应了坐各种各样的车，她再也不会晕车了。一次，我们全家去桂林"满地乐"玩，大巴车开到桂林市兴安县城，妻子与儿子受不了，双双晕车呕吐。坐在中间的我，只能左手一只薄膜袋，右手一只薄膜袋替他们装着呕吐物，忙得不亦乐乎。我看见坐在前排的母亲扭过头，用家乡的土话说："母鸡坐不得轿，坐在轿里会赖尿。"所幸妻儿听不懂，假如他们听懂了，不知会作何想？呵呵。

"鱼吃跳，猪吃叫"

我二十岁之前生活在农村，村里有十几口池塘，池塘里养着鱼。池塘分到每家每户。春节前几天，家家户户要抽干池塘里的水，抓鱼过年。那时，家里还不富裕，鱼抓上来后，舍不得吃，第二天拿到县城街上去卖。父亲从水盆里捞出鲤鱼、鲢鱼和草鱼，转移到水桶里去，他一边捞，一边不停地念叨："鱼吃跳，猪吃叫。按理说，这个时候杀活鱼红烧是最鲜活好吃的了！"但说归说，父亲到底连只鲫鱼都舍不得吃，全拿到街上去卖了换钱置办其他过年物品了。

那时，家里一年到头，除了卖稻谷，另一个最大笔的收入来源，恐怕就是养猪了。猪一般养一年，到两百多斤重时，便要出栏、宰杀。猪杀了，也就是在当天才能吃上一餐新鲜的猪肉。母亲小心地割下几两还冒着热气的猪肉，加上一大把大蒜，炒上一盘，说："鱼吃跳，猪吃叫。一年到头，也就这顿新鲜肉最好吃了！"

后来，生活好了很多，家庭收入多了不少，鱼肉与猪肉不都拿去卖，能留一些自己吃了，但也不是当天吃完。鱼抓了、杀了，用盐加辣椒粉，放在坛子里，将其腌制起来，做成霉鱼，慢慢吃，很多人家能吃到清明后。特别是到了忙碌的春耕，没时间做菜，便用小碟子盛上几块，放在饭上蒸，不但节省时间，还极好送饭。猪肉就更不用说了，杀了猪，留下三分之一，特别是留下猪头、猪脚、猪肝和猪肚，拌上盐，腌制起来，日出之时，家家户户将其挂在墙上晒，要晒将近一个月，充分晒干后，就是腊肉，放进坛子里，慢慢享用。猪小肠洗干净后，吹气、充大、晾干，填进猪肉，做成香肠，也要放在太阳底下晒干。待过完年，你吃我家、我吃你家的大鱼大肉的日子过完后，这些余下的腊肉、腌内脏和香肠，就可以时不时拿出来"打牙祭"了。

我家在江西省井冈山农村，霉鱼、腊肉与香肠等是家乡人特别钟情的菜，其咸、辣、香的滋味，回忆起来，至今仍让我口齿留香。如今，生活水平提高了，家家户户不愁吃了。虽然乡亲们都明白新鲜的菜好吃，但却舍不得那些腌制的肉食。我总是在电话里叮嘱回乡生活的母亲："平时没事就去县城街上买活鱼和新鲜猪肉吃。"我还告诉母亲，"腌制的肉食吃多了不大好。"母亲总是不等我说完就抢先说："我晓得，我晓得，鱼吃跳，猪吃叫嘛。以前没那个条件，现在有几个钱了，但是，谁又有时间天天跑县城呢？"好在，听母亲说，现在隔一两天就有别村的人拉新鲜猪肉到村里来卖，她经常能吃到新鲜的猪肉。而且，逢年过节，她上街也会时不时买一两条活鱼回家，现杀现煮了吃。

如今，只要是我做菜，买回来的刚杀好的鱼或新鲜肉，总是不喜欢冲洗掉上面的血，因为看上去显得鲜活。我仿佛能看到它们活蹦乱跳的样子呢，所谓"鱼吃跳，猪吃叫"，多好！

"一物降一物，卤水点豆腐"

以前在农村，最难忘的事之一，是冬天与父母一起做豆腐。临近春节，窗外冰天雪地，却要起个大早。母亲从侧房端出前天夜里放在冷水中浸泡的黄豆。石磨已被父亲清洗了，母亲叫上我，与她一起拉磨磨黄豆。母亲左手拉磨，右手用勺子一勺勺舀起黄豆，往石磨上的小洞口放。一次黄豆磨下来，要一个多钟头，脚下早已冻得毫无知觉。这还不算，黄豆磨完了，母亲还要我做卤水。我跺跺僵硬的脚，连动都不想动。父亲将盛了水的盆轻轻放在桌上，看了我两眼，想说什么，但终究什么也没说。母亲快步走进厨房，从饭柜的抽屉里摸出一块砖头大小的石膏，又拎出一块青砖，放进盆里，对我说："赶快磨啊，等一下点卤水要用。"

我极不情愿地走到桌子边，拿起石膏在青砖上磨了起来。父亲探过头，轻声对我说："要蘸上点水磨，让石膏粉随着水冲下去……"我斜了父亲一眼，毫不理会。父亲在我身边站了三四秒钟，轻轻摇了摇头，转身去了厨房，去与母亲一起滤豆汁。豆汁滤在锅里，豆渣倒出来。接着，就要将豆汁烧开成豆浆。父亲与母亲交换烧火，准备压豆腐花的工具。父亲经过我身边，又探过头，看了一下水盆，轻声说："不要使那么大的劲，要轻轻地、慢慢地磨，这样磨出来的石膏粉才细嫩，不然，卤水太老了，点出来的豆腐也老，太老的豆腐炸油果时吃油多……"我白了父亲一眼，没理会他的话。父亲叹了一口气，离开了。

冰冷的水裹着石膏，溅湿了我的手，我的手指冷得伸不直了。我的动作愈加不耐烦了、愈加快了，父亲站在我身旁，一直看着我。我仿佛找到了报复的目标，我的动作越来越快，石膏在青砖上摩擦的力度与速度更重、更快，甚至有点凶狠了。看见水盆中的冷水溅到了我脸上，我斜眼看了父亲一眼。父亲再次摇了摇头，说："反正你不会听我的话……"就走开了。

记不清过了多久，母亲在厨房里喊："卤水够了没有？豆汁烧开了，要点卤水了！"母亲话音刚落，身子就甩到了大厅。她走过来，直接将水盆侧翻了一下，说："可以了，可以了，够了，够了！"说完，她急急地从我的手下抽走青砖，夺走石膏，往桌上一丢，端起水盆跑进了厨房。我急急跟了去，母亲看着我，说："拿勺子来！拿勺子来装卤水！"我忙转动身子，四处寻找。我看见了勺子，便操起勺子，向母亲递去。母亲抢过我手中的勺子，将卤水小心倒进勺子，朝热气腾腾的、盛着豆浆的木桶走去。她俯下身子，吹开雾气，一只手执着小锅铲，一只手执着勺子，慢慢地将卤水倒到豆浆中。她一边倒卤水，一边用小锅铲轻轻地拨动豆浆，不到十几秒钟，豆浆里有小朵的"雪花"慢慢升腾上来——仔细一看，是豆腐花。

母亲手中的勺子空了，她的眼睛不看旁边，仍看着豆浆，却将勺子一伸，说："再盛卤水来。"父亲正欲走过来接勺子，我抢先一步走上前，拿过母亲的勺子去盛卤水。如此几次，我忙得团团转。父亲只好在旁看着，后来，他干脆用围巾擦干双手，双手抱在胸前看着我。他一边看着我，一边笑着说："老辈人说得真的一点没错，一物降一物，卤水点豆腐，也只有你妈能使唤动你。"我听了，没吱声。

的确，我从小就很怕母亲，而对父亲的话，却当成耳旁风。现在想来，敬爱的父亲呀，我后悔了，我后悔很多时候没有听您的话，我很想听一次您的话，可是，您却不在了……

"问客杀鸡"

先讲一个笑话，说驻某贫困村"第一书记"，晚上七点多钟，入贫困户家走访慰问。该贫困户正在烧水洗澡，"第一书记"揭开锅说：

“杀鸡烫毛就不必了……”该贫困户一听，只好狠狠心，硬着头皮将家中唯一一只老母鸡杀了，丢进热水里……

以上笑话，说的是客人问主人杀鸡。当然，可能是主人误会了客人的意思。在农村时，记得一次，姑父的媳妇来我家做客，她是当年刚嫁到姑父家的，第一次来我家，用我们家乡的话说，算是"贵客"。当时，母亲去菜园了，只有父亲与我在家。父亲手忙脚乱要给"贵客"做饭。父亲一会儿跑进卧室瞅床底下有没有鸡蛋，一会儿跑回厨房跳起来看挂在头顶篮子里有没有腊肉，嘴里还不停地问对方："你喜欢吃鸡蛋吗？""你喜欢吃腊肉吗？"父亲手忙脚乱了好一会儿，却什么也没找到。幸亏母亲及时从菜园回来了，她听到父亲问"贵客"喜不喜欢吃这个，喜不喜欢吃那个，就责备父亲说："你怎么能问客杀鸡呢。"说完，她煎鸡蛋、蒸腊肉，还杀了一只小土鸡，热情地招待了客人。

按人情世故，如果"问客杀鸡"，绝大多数客人会拒绝。你想想，如果主人问："你吃鸡吗？如果吃，我杀一只鸡给你吃。"作为客人，你会说"吃吃吃"吗？除非你们之间十分熟稔，不必说客套话。如果真是这样，就不是什么"客"了。所以，要表达一个人的真心真意，最好的办法，就是"先下手为强""先斩后奏"，或者"二话不说"，杀鸡宰羊，端上桌面了再说。而那种"问客杀鸡"的人要么是不谙世事，要么是傻瓜，再要么是舍不得、小气而又不承认。

我有一江西老乡，到南宁做生意，他很热情，逢年过节，喜欢邀一二老乡到他家做客。每每我们到他家，老乡便提出从老家带来的水酒，还对我们说："你们去厨房帮帮我老婆，冰箱里什么菜都有，喜欢什么就拿出来，给我老婆做！"你还别说，还真有不客气的老乡，她跑进厨房，从冰箱里抓出四个鸡蛋，说喜欢吃芙蓉蛋，"给蒸一碗吧"。老乡的爱人恰恰最会"勤俭持家"，她口头答应着，却趁那老乡没留意，偷偷地放回两个鸡蛋，那碗芙蓉蛋蒸出来，水多蛋少，晃晃荡荡，漾得我心里发笑。见到那个细节后，便知道老乡的爱人如此，我心里就有数了，虽然自誉会做两个菜，而且也很想吃某道菜，但断不敢在他家提出来，更不会去开冰箱自取。

后来我想，到底是在别人家，千万别太"痴心妄想"，一定要"客随主便"，即使对方有那份心，也不一定有那份意，有啥吃啥啦。

"铁是打出来的，马是骑出来的"

我从记事起，就见过村里请来的铁匠在祠堂里热火朝天地打铁。看他们手下，再硬的一块铁，放在火炉里滚烫的炭火下焐几分钟，也会变软；再烂的一块废铁，也能敲出各种精美的刀锄犁铧来。能工巧匠们最能让村民们受到启发，在我们村里，很少见到哪个小孩不是骂大的、打大的。

母亲是"棍棒教育"的典型代表。记得我九岁那年，是实行生产承包经营责任制元年。村里分田到户，父母去田里干活，嘱我在家煮饭。首次煮饭，煮得太软太稀了。母亲怪我没用心，从灶间抽出一根树枝，追着我满村跑，一定要揍我一顿。那时，我确实也挺"淘"，还经常爬到树上去掏鸟窝。有时裤子被树枝挂破了，母亲抓住我，在屁股上狠狠地拍巴掌，待我哭够了，停下来，她丢过针钱包，让我自己缝好。

这样被骂、被打多了，村里有旁人心软，劝我母亲说："再聪明的人也会被骂傻打傻呀。"母亲则说："铁是打出来的，马是骑出来的。"依然对我严厉要求。后来，我二十岁到南宁，作为独生子女，我能自己洗、补衣物和做饭，是与母亲的这种严厉的农村教育分不开的。

后来，我读到一则历史故事，说唐太宗得了一匹烈马，名叫"狮子骢"，此马野性难驯。当时的武媚娘（后来的"武则天"）却迎难而上，主动提出了驯马要求。她的条件是"然需三物，一铁鞭，二铁锤，三匕首"。武媚娘说："我先用鞭子抽打它，打得它皮开肉绽，如果不听话，我用铁锤敲打它的脑袋，使它痛彻心扉，如果仍不听话，就干脆用匕首割断它的喉咙算了。"据说，不待武媚娘用铁锤和匕首，那匹烈马就乖乖被驯服了。这是我到南宁之后才看到的故事。当时我想，武媚娘够心狠的。如果是我母亲这样心狠，我心里真的瘆得慌；如果我是那匹烈马，落入武媚娘手里，不是乖乖被驯服，就是活活被打死。

其实，城里绝大多数父母恐怕不赞成"铁是打出来的，马是骑出来的"，他们不但不赞同，反而对自己的子女疼爱有加、溺爱有余。他们教育子女说"好马有人骑，善人有人欺"，做人要强悍，不能太软弱。在学校，如有同学欺负你，要以牙还牙，以暴制暴。所以，现在是"熊孩子"遍地，说也说不得，惹也惹不起。

时代不同啦，城乡有别呀，教育子女的思维与方式也各有不同。我的观点是：一味打骂孩子有偏颇的地方，可一味纵容孩子的教育方法也值得商榷。不是吗？

"得了金子碗，别忘叫街时"

在我的日记里，还记下了乡亲们另外几句与此意思相近的俚语，比如"饱了不要忘饥，稠了不要忘稀"，比如"房怕不稳，人怕忘本"等。小时候，收入不高，生活不好，一天难得吃上三餐米饭，往往三分之一米饭、三分之一芋头、三分之一红薯，放在一起焖。去锅里盛东西时，总会被表面那层白白的米饭迷惑，锅铲操下去，却是芋头与红薯。如果在冬天农闲时，米饭、芋头和红薯都少，多的是水，母亲做成了粥，每天吃两餐。父亲也同意，他带头执行，说冬天光坐在家里烤火，不干活，消耗得少，所以，理所应当吃得少。但奇怪的是，越是这样，肚子越是饿，越是想吃。那时，觉得芋头又软又香，红薯又甜又香，米饭……更是不用说啦。

后来，生活水平提高了，不再将芋头、红薯当主食了，能吃上百分之百的大米饭了，而且，时不时有肉吃。再后来，到城市工作了，我将母亲接到城里。一天，下班回家，赫然见饭桌上有一碗红薯。红薯是蒸的，粗粗长长、泛着暗红色的光泽。母亲说："好几年没有吃过红薯了，还蛮想吃的。"

我犹豫地抓起了一只，嚼在嘴里，却没了小时又甜又香的记忆了。我为难地看着母亲吃得津津有味的样子，只好硬着头皮咬了起来。母亲见状，笑着说："得了金子碗，别忘叫街时。"我听后认真想想：是啊，我曾经虽然没穷到拿饭碗上街讨饭吃的地步，却也是从苦日子走过来的。这样想着想着，我盯着那碗红薯，一时怔住了……

"荷叶包菱角，终究藏不住"

从20世纪80年代末始，我生活的村里不少人家种反季节经济作物了，比如养殖蘑菇，比如栽种大面积的辣椒。一天早上，我见村里一位妇女站在马路边她家的辣椒地旁边骂。细细一听，原来，头天晚上有人到她辣椒地里偷辣椒。她骂小偷缺德，越骂越激动，越骂越具体，显然，她好像知道是谁偷了她家辣椒。

有路过的村里人嘀嘀咕咕地跟着议论起来。有人听出她是在骂谁了，别过脸去偷偷地笑。那位妇女的老公开腔了："荷叶包菱角，终究藏不住。"接着，他说当天凌晨四点多钟，有人赶早去县城卖东西经过这里时，看见谁谁谁在他的辣椒地里，但他只是咬牙切齿说说而已，却不敢说出那个人的名字来。

这事过了不到一个月，又有一件与"那个人"有关的事情在村里流传开来。说"那个人"昨天在县城菜市场顺手牵羊，偷了人家肉案上的一块肉，被抓了个现行，正关在派出所呢。还有一句俚语说得好："世上没有不透风的墙"，那位妇女的老公又意味深长地重复了一句"荷叶包菱角，终究藏不住"，意思是：狗改不了吃屎，做惯了小偷，动作习惯了，总会露出馅来。用村里人经常说的另外一句俚语，就是："狐狸尾巴藏不住"——意思是一样的。

荷叶的确是一种很脆弱的叶子。小时候，看见大人在田里或沟里抓到鲫鱼或泥鳅什么的，就从池塘里折几朵大荷叶包。荷叶并不保险，他们需要用手小心地托着，怕荷叶烂了，鲫鱼与泥鳅掉了。城里人做"荷香鸡"，也是有两三层的，小心地将鸡包着，放在蒸笼里蒸，熟后拆开荷叶，荷叶味渗透进鸡里，格外清香。

江浙、两湖地区，江河湖塘里，生长着红菱。红菱的枝蔓与叶子缠缠绕绕，浮于水面。我们小时候很聪明，在绳的一端绑一块石头，将石头往池塘里丢，然后将绳拉上来，一大堆的菱枝蔓与叶子便拖上岸了。菱枝蔓与叶子拖上岸，我们扒开那些枝蔓与叶子，寻找菱角。菱角以三角形居多，很锐利、扎手，手指会被刺出血来，更别说将菱角包在荷叶里了。

人在做，天在看，"荷叶包菱角，终究藏不住"。还有一句俚语说得好："纸终究包不住火。"是的，你的善行或丑行总有一天会大白于天下。

"痒要自己抓，好要别人夸"

很多人有"两怕"，一是怕痒，二是怕牙痛。痒不是那种别人逗挠的痒，而是身上无缘无故生发的痒。这种痒很多是在看不见、抓不到的地方。我小时候不讲卫生，身上总有一些奇奇怪怪的痒。这些痒大多在背后，我急得直哭，只能跑到母亲面前，叫她帮我挠。母亲放下手中的活，一边问我哪里痒，一边按我指示的部位挠。但奇怪的是，不知是我提示得不准确，还是母亲不领会我的提示，我的痒总是挠不对地方。母亲一边挠，一边问我："是不是这里？是不是这里？还痒吗？还痒吗？"而我，总是一个劲地喊："不是那里，不是那里，痒啊，痒啊！"气得母亲干脆放弃了："你自己抓吧！"便不理我了。我只好蹭着墙搔痒了。

所以，"痒要自己抓"的道理，我很小就深有体会了。上学之后，在语文课上，学到了一句成语，叫"王婆卖瓜，自卖自夸"。老师说这句成语是贬义词，形容一个人不谦虚。后来，又学到一句成语，叫"自吹自擂"，老师也说它是贬义词，也是形容一个人不谦虚。参加工作后，难免要写一些自检材料，于是，这两句成语就像悬在头上的两柄剑，生怕它们会随时落下来。所以，尽是在自己身上找毛病，挖空心思找缺点，诚心诚意求别人批评，发现问题，及时改正。如果发现谁在公共场合自己表扬自己，我在心底里就会嘲笑对方。

小时候，我说我语文成绩好，父母硬是不相信，他们跑到住在我家前门的语文老师家里去问，得到他的肯定回答后，他俩虽然很高兴，但当着我的面还是一脸严肃地说："痒要自己抓，好要别人夸，懂不懂？"我连忙点头，一副似懂非懂的样子。

当然，现在的人抓痒有了很多辅助工具，但归根结底，还得自己抓，要亲力亲为。而"表扬与自我表扬"的毛病很多人却仍然改不了。其实，自己说一万个"好"，不如别人说一个"好"，不是吗？

"打人不打脸，说话不揭短"

这句俚语记录在1989年4月2日的日记里。在当天，还记录了村里一对夫妻的吵架过程。这对夫妻因为菜园里一畦菜地该栽茄子还是该栽辣椒吵了起来。丈夫说辣椒在另外一块菜地已经栽了不少，够了，不必再栽辣椒。而妻子则认为辣椒栽得不够多，将来做霉鱼、豆腐乳都需要辣椒，如果实在多，可以做辣椒酱。丈夫不肯栽辣椒，要栽茄子；妻子不肯栽茄子，非要栽辣椒。两人从菜园争到家门口，仍然争执不下。

他们争着争着，话题跑偏了，偏离了辣椒与茄子，慢慢地夹杂着一两句骂人的话。再接着，演变成了数落。数落跨越了眼前，穿越了时光，回忆了"过往"，"过往"不堪忍受，"过往"不堪回首，"过往"尽是彼此的毛病、缺点，于是，彼此将"过往"的种种和盘托出，越说越难听，越说越激动，越说越伤心。妻子一边哭着，一边恶毒地骂着。丈夫听了，忍无可忍，向妻子扬起了巴掌……

说时迟，那时快，在旁的伯母冲上去，一把推开了男方，然后，扭过头对女方说："你少说两句行不行？净数过去那些芝麻大的小事有什么意思？"女方不但不听劝，反而骂得更起劲了："你说你这些年做对了什么事？你这样冇本事的男人，宁肯钻到厕所里去吃屎！"女方话音刚落，男方一个巴掌结结实实扇在女方脸上。伯母再一次将男方推开，她先是对男方说："打人不打脸啊。"接着，她扭头对女方说，"说话不揭短，你们再这样，我们旁边人没法劝啊。"女方哭得更凶了。

小时候，在村里经常见到这样的吵架场面，双方往往因为一件很小的事发生争执，慢慢演变成了争吵，然后升级为谩骂"祖宗十八代""上下五千年"。吵架最怕对事又对人，最怕就此事论他事，越扯越大，越骂越多，小事化大，最后大打出手，甚至闹出人命的都有。

其实，作为一个人，不管他今天多么光彩夺目，不管他今天多么成功荣耀，不管他今天多么完美无缺，总有黯淡的、失败的、不足的过往，如果这些过往被揭示，并且被大张旗鼓地宣扬，恰似往人家的伤口上撒盐，人家不恼羞成怒才怪呢！

"坐着有福不会享，没事拿羊硬当狼"

这句俚语记录在1989年9月3日的日记里。当天，我记录了说出这句俚语的背景。事情起因是这样的：那天下大雨，我赶着一群鸭子进家门，但不知是因为下雨让它们惊慌，还是因为它们没有吃饱，又或者是天尚早，那些鸭子左推右搡，就是不肯进门。我挥动着小竹竿在门口左驱右赶，就是没法将那些鸭子赶进家门。坐在大厅里的爷爷见状，忙站起身，颤颤巍巍地欲走出家门帮我一起赶鸭子。家门外的门槛是由两块光滑的大石头垫起来的，下雨天，更加油亮湿滑。爷爷刚迈出家门，脚下一滑，整个身子倒在门外的地上。

我吓得连鸭子也顾不上赶，丢下竹竿，去扶爷爷。爷爷倒在地上，一动不动。这时，父亲刚好从田里干活回来，他也忙放下肩上的犁，跟我一起，小心地将爷爷抬进家门。

爷爷还没被抬到床上，就说可以站起来了。爷爷在我们手中挣扎着要站起来自己走，可父亲却不让我松手，他也紧紧地抱着爷爷的双脚。爷爷的双脚在父亲的手里乱蹬，父亲还是不放手，直到将爷爷放在床上。爷爷嘀咕着，似乎对我们这样做很不满。

父亲对他说："你七十多岁了，这些事你不要做，你坐着就行了。外面下那么大的雨，地那么滑，出了事还要有人来服侍你，现在是农忙时，谁有工夫呀……"爷爷一听，由嘀咕变成埋怨了，他说："你们把我当成废人，以为我只晓得吃，只晓得睡是吧？"父亲说："我不是那个意思。"爷爷将身子扭向墙壁，背对着父亲，说："你就是那个意思！"说完，不理我们了。我们以为他只是生一会儿气，很快就会顺过来。谁想到，当天晚上叫他吃饭，他竟然不理我，假装睡熟，硬是不起床。父亲去叫他，他也不理。父亲没办法，只好去叫他德高望重的伯母来。

父亲的伯母走到爷爷床前，猛拍被子，喊着："起来吃饭啊！别七老八十了还耍小孩子脾气。"爷爷的被子依然一动不动，父亲的伯母站了两三秒钟，她去掀爷爷的被子："噫——你还不当哄，是吧？你以为我不晓得你为啥生气是吧？你不要坐着有福不会享，没事拿羊硬当狼啊，我们都是为了你好，你不要不识好歹。你七十岁人了，万一走路不小心，摔伤了哪里，谁有时间服侍你？"足足又等了二三十秒钟，爷爷的被子终于挪动了，他坐了起来。

"做了就有恰（吃），不做嘴挂壁"

先解释一下这句俚语的字面意思。在我们江西老家，说"吃"，念成"qiā"，吃饭，往往说成"恰饭"。这句俚语的意思很通俗：如果勤奋干活，总能养活一张嘴；如果游手好闲不做事，那你的嘴只能挂在墙壁上，任它风干枯死，无法养活了。

这是从小到大母亲对我经常念叨的一句俚语。特别是实行生产承包经营责任制的那一年，从来没去田里干过农活的我，要跟着父母出去做农活了，插秧、割水稻……样样都要干，这让以前只会读书当"秀才"的我痛苦万分。母亲可不管我想当什么作家，一到农忙时，一定要我与他们一起下田干农活。

那时的我才十来岁，记得有一年春插季节，遇上"倒春寒"天气，前一天还是二十多度的艳阳天，第二天便是零度的雪花飘飘。我赤脚立在田里被冻哭了，母亲对我嘀咕着："做了就有恰（吃），不做嘴挂壁。"嘀咕完，她摇着头，赶着我回家，怕我真冻坏了。

后来，我仔细一想，母亲念叨的这句话也不一定对。在这之前，我总见父母一天到晚、起早贪黑地在外面忙碌，可收入却低得可怜，经常吃不饱饭。

再后来，我相信母亲的这句话是正确的，因为它蕴含着"一分耕耘一分收获"的朴素真理。套用现在的话说就是："幸福是奋斗出来的，我们唯有'撸起袖子加油干'，才能创造出美好的未来……"

结　语

唐代诗人刘禹锡在《插田歌》里说："但闻怨响音，不辨俚语词。"我估计他是沉入乡间有感而发的吧？在农村生活的那些年，从记事开始，特别是从记日记开始，我几乎每天都能从乡亲们的口里搜寻到接地气、有温度的俚语。这些俚语散发出泥土与鲜花的芬芳之气，使我在辛苦劳累之余，生活显得没那么枯燥乏味。

还有数不清的俚语，如"走的路多，晓得事多""油多炒坏菜""救人要救个活，送佛要送上天""不经冬寒，不知春暖""不做贼心不惊，不吃鱼嘴不腥""木要成材，人要成群"……俚语道来岁月长，若知朝中事，去问乡下人。这些俚语，足以使人的目光更直接、更深邃、更高远。甚至有些俚语如甩鞭，时时在我的头顶呼呼作响。

祖祖辈辈留下来的那些俚语，是时光的划痕，永远镌刻在我成长的记忆里。现在，我远离了乡村，也远离了那些俚语，思维麻木了，但我时时告诫自己：艺术创作要像乡间的俚语一样，要形象生动、通俗易懂，要讲人话、贴人心、有人情，要接地气、有温度、有道理……

陈　纸　本名陈大明，曾用笔名橙子，1971年8月生于江西省永丰县农村，发表长篇小说"断裂三部曲"：《下巴咒》《逝水川》《原乡人》，出版中短篇小说集《天上花》《少女为什么歌唱》《玻璃禅》《问骨》《寻

找女儿美华》、随笔集《拨亮内心的幽光》、诗集《时光图案》、文艺评论集《纸风景》等，在《人民文学》《中国作家》等文学刊物上发表中短篇小说一百多篇，有散文、小说被《散文选刊》《小说月报》转载，并译成俄文在俄罗斯出版。系中国作家协会会员、广西作家协会理事、广西写作学会常务理事、广西文艺理论家协会会员、南宁市作家协会副主席，获第十届"作品"奖、第六届"北京文学"奖、中国小说学会全国短篇小说大赛一等奖，曾就读于中国文联第七届全国中青年文艺评论家高级研修班、鲁迅文学院第八届青年作家高级研讨班。

许多花

◎王国华

　　我要感谢那种花养花之人，感谢雨水阳光和土地，感谢松土的蚯蚓和小虫子，感谢传播花粉的蝴蝶和蜜蜂——感谢所有的付出。他们让我和花朵相遇，让我就着这花香度过余生。

　　笔下每一种花，我都要以文字描述其状貌，或长或短。让没见过的人脑子里先有一个大致的轮廓。我写这些花，决不能让读者因为没有见过而感到疏离。

　　笔下的这些花，每一种至少要亲眼看见两次，每次对视不少于五分钟。如此，我才能听到它跟我说些什么，才知道自己该怎样介绍它。

　　笔下的花，或活泼，或沉郁，或淡然，或跳脱，但我每每落笔，常有忍不住大哭一场的悲伤。花儿们各自芬芳，开了，谢了，哪里知道我已经陪伴了它们的一生。

　　这些花草，我必须了解一下它们基本的习性和相貌，但不刻意去做更深入的研究。若钻研，每一种都是一本厚书，有无限的深度可以挖掘。若以后有机会，就跟着机会走。如无机会，就到此为止。保持一定的距离和神秘感，我们会爱得持久。

　　我写完一种花，另一种花就跑过来，站在我面前，说，我已经排队，轮到我了。

五彩苏

昨日上午，在路边见到五彩苏，半人高。叶片两两对生，心形，稍有锯齿，正面背面均被细绒毛，叶脉粉红色，边缘绿色，中间大片棕红色，看上去五彩缤纷，故曰五色。叶间突兀竖一长穗状花束，上面缀满紫色小花，似招魂之物。泡菜系列中，有一种是苏子叶，有嚼劲，爽口。此苏与彼苏不同。但仍想，若做一盘菜，周边绕以五彩苏叶，会增加食欲。

晚上做一梦，爷爷正在喝酒，见我，问，我的菜呢。我说，哎呀，忘了。爷爷埋怨说，光记着你们自己的事，我的事记不住。醒来，天光微亮，窗帘轻晃，心里特别难受。一个月前回乡，特意到坟上祭拜爷爷，好像真的没有带菜，只带了烟酒。

赶紧给父亲打电话告知此事，边说边忍不住流下泪来。爷爷已去世十多年，心里还是放不下。父亲说，我马上去炒两个菜，再去买个猪蹄，送到坟上去。人已入土，坟地就成了家庭的一个分部，是所有房间中的一个。亲人随时等着我们。

对父亲说，送后记得告诉我一声。

昨日见到的彩色苏叶倏忽闪到眼前，那么真切，久久不散。想着遥远的华北平原上，荒凉的坟地前面，父亲已经摆好菜盘，热气隐隐蒸腾。我把苏叶一片片摘下来，小心地摆在盘子边缘。它们呵护着菜蔬里的一点点热气，被风吹得微微翘起一角，仿佛是爷爷的筷子在拨动。

草海桐

海浪从远处跑来。近岸处，开始有了声音。哗啦哗。比呜咽大，比轰鸣小。在岸上附和它的，是草海桐。

滨海灌木，一人多高，枝干粗似小孩胳膊，圆而壮。叶片油亮、厚实，纷纷向上伸着，密集有序，好像佛手。海风勉强吹动它们。随着海浪的起伏，轻微起伏。

一坨坨绿叶中间，夹杂着白色小花，如藏在指缝里的宝贝。每朵五瓣，平摊开，每瓣有瓜子仁大小，边缘有锯齿，手感较硬。但花就是花，再硬也硬不到哪里去。整朵花呈半圆形。在那种夹缝里，很难圆满。此为花、叶间的妥协。

这棵草海桐身后，几棵紧挨着的同伴仿若跟班。镜头拉远，是一小片树林，更后面是一大片。极目远眺，望不到边的草海桐，叶子挨着叶子，绿挨着绿。一株草海桐，只是一棵植物。无数草海桐站在一起，变成了生命大合唱。

草海桐果实可食用，树皮可治脚气，叶子可治风湿关节痛。如它这般脾气好，人畜无害的，真不多。草海桐乃海边的草根阶级，金字塔最下面一层，经常被平均。如果说还有办法不让自己慢慢消失，那就是拼命繁殖。该物耐盐耐旱，抗风耐寒，浑不吝，扎根就活。斗争成为反作用力，你消灭我越多，我的子孙后代就增加越多。人类越来越重视技术，忽视了生命的原始力量。繁衍是价值观，也是能力，一如蟑螂的生生不断。不要小瞧一棵萌芽，生命不止，繁衍不止。只要同类在，希望就在。

近处，秋茄树、无瓣海桑、厚藤等滨海植物集结成片。草海桐向远远的空地跑去，不与人争，只和自己赛跑。它们把繁衍当成终极理想。

海浪似掌声。

竹节草

长什么样好呢，竹节草想了又想。

近处的凤凰花、悬铃木，鲜红、艳丽，随风摇摆。远处的紫薇花、扶桑，硕大、开阔，不怒自威。其他，金苞花、决明，黄灿灿一片；红鸟蕉、蝎尾蕉，翘首顾盼。像谁都不错，窘在选择太多。

躲在草地深处，竹节草叶片似竹叶，一指长，手感涩。茎直而细，稍硬，高不过膝。分支对称，像一个一个的V字形，连环套在一起。每一个分支上伸出刺一样的花梗，长长的花苞里，有一个极小的紫红色花朵。那简直称不上花朵，一小长条，最多几毫米。凝神静气，定睛观瞧，星星点点的红，断定就是花。就这，估计也使出了吃奶的劲儿。

要相信，每朵花都试图与众不同。它不说，但会做；亦晓得镜鉴他人之美，为我所用。竹节草想，长成凤凰花那样子吧？于是要红。后来寻思寻思，扶桑花也不错啊，于是变长。再一想，决明吧，反正闲着也是闲着。

憋着一股劲儿，最后成了个四不像。对照打量，竹节草跟学习的对象简直一点关系都没有。

我已近视，最近似乎又老花。摘了眼镜，凑近打量这个失败者，脸对着脸的时候，突然发现它在笑，很开心的样子。

洋金凤

凤凰树不远处，摇晃着丛丛灌木，名洋金凤，堪称普及版的凤凰木。茎硬，而且有刺，叶如羽毛，所谓羽状。花有红、黄两色，红的多，黄的少。花朵由四大瓣、四小瓣组成。大瓣者，下窄上宽。小瓣长条形，穿插其间。花蕊多，细长。单朵的花，个个都像飞翔的凤凰，仿佛对路人演示：那高高在上的，十米高处的密集花朵，都是我这个样子。

幼时有一女同学，名杨金凤，忘了长什么模样。在街头见盛开的洋金凤，不免联想。另有二三当年同学，三十年未见，也在深圳，加了微信，曾约有空见面。好几年过去了，也未见。

蝶 豆

西乡铁岗村，街道整洁。一幢三层小楼，乃打铁文艺社所在地。楼顶天台上，摆着一排沙发和塑料凳，访客随来随坐。秋日阳光，暖烘烘的，不再潮湿。一只胖猫躺在沙发上睡着，发出呼噜声。不要轻易打扰它。曾经的流浪猫，因公司同事定点喂食，已自认为创始成员之一，脾气渐长，偶被触碰，弓腰奓毛，尾巴直竖，一副"不服就干"的架势。

初醒，它会定定地盯着楼沿儿四周的植物。随季节变化，那儿长出各种各样的花。此刻，蝶豆开得正欢。

这是一种藤类植物，茎细。小叶，两两对生。五个花瓣，深蓝，互相搂抱着，外三内二，皱皱巴巴，仿佛一只蝴蝶。万紫千红的花朵中，似蝶者众多。宇宙玄妙，动物和植物交互神似，绝非随遇而安，摸着石头过河，一定经历过各种推演，目标决定，一击而中。但到底是蝶参照了花，还是花借鉴了蝶，如同询问先有鸡还是先有蛋。不好说。

确定一条：蝶豆模仿蝴蝶，或蝴蝶模仿蝶豆，不是源于残酷的生存，而是为了好玩。蝶豆想，长成这样不错哦，于是变成了蝴蝶样。明天想，变成人的样子也可以，于是长出耳朵和头发，甚至神似王国华。王国华进门见一个王国华站在那里，定要搂着它自拍。

胖猫远远看着，眼神渐渐由暴烈转为慈祥。众人早知道，它是神派来观察花花草草的。无论它们以什么姿态呈现，都需与王国华琴瑟和谐。否则，胖猫不答应。

厚　藤

河流入海处，水汽带着咸腥味。淡水涌入咸水，咸水亦倒灌进淡水。

一排灵活的蛇悬于岸边，貌似入河饮水。细看，是藤带着绿叶和花，在风中飘荡。

其名厚藤，叶子椭圆，浅绿，较厚，火柴盒大小，顶端一个V字形缺口，略似马鞍，故又名马鞍藤。花朵漏斗状，像喇叭花，浅红色，手感薄而滑腻。太阳充足时，花朵卷曲内收，一副害羞状。

咸水是植物的毒药，再渴也不能玩命。厚藤之奋不顾身，让远处那个人忍不住大声吆喝起来：停住，傻瓜，停住。

厚藤们没听见。尽管叶子像耳朵，满地的耳朵都听不见。它们前赴后继地涌向河边，挤挤插插，一个压到另一个身上。满世界写满"危险"两个字。

多年过去了，花朵们一个都没浸入水中，也没有花儿因此枯萎、死掉。曾为它们担心的那个人，早进了骨灰盒。他的儿子从这个地方走过，不再如其父那样发自肺腑地焦灼和关爱。他甚至看都没看一眼。

有一种鱼生活在温水和热水之间，但极少发生被烫死的恶性事故。人类端着滚烫的热茶，一杯又一杯，收放自如。火候就在他们的直觉中。厚藤何尝不是。

动物和植物们都站在临界点上，刀口噬血，钢丝上跳舞。涟漪轻泛的河水，如刀，一次次挥起、落下；落下，又挥起。厚藤的红色花朵随着起起伏伏，做游戏一样。

垂茉莉

农村有人过世，门口要挂一长串白纸做的幡。城市里不太挂了，怕惊扰了邻居。

垂茉莉便如那幡。

其实垂茉莉很漂亮。此为灌木之一种，高者像树，须仰头才见。枝头垂下一个个圆锥形的大花，长约一尺，蓬松，洁白。每一束上有无数的小花，近瞧，均五瓣儿，并没平衡摆开，左二右三或左三右二。有浓郁香味，似茉莉花。

人类对花有偏爱，赋予其寓意时，多追求所谓"吉利"。如垂茉莉这般雅致，类比白幡，稍显惊悚。泰国有一电视连续剧，名《垂茉莉的诅咒》，鬼故事，亦惊悚。

一次，两次，三次。站在垂茉莉前面，越来越淡然。透过花瓣玲珑的缝隙，似乎看到一条界河。

一生一死。生，为之狂喜和眷恋；死，为之悲伤和恐怖。活着的人，都未亲见另一世界，却想当然地将之分为天堂和地狱。天堂，是放大了的人间至喜。地狱，是放大了的人间至惨。已踏入那个世界的人，没一个回来报信，前方到底是什么样子。可见另一个世界的超然远胜当下的蒙昧初开（或未开）。

人对死的恐惧，莫不如说是对未知世界的恐惧。大朵大朵的垂茉莉在风中轻轻荡漾，指着另一个世界的方向，安抚来人的情绪。人们在这个招牌前喝茶、发呆、聊天。距死颇近，低头不见抬头见。墨西哥的亡灵节，定期把失去的亲人请回家，快快乐乐。站在死的边缘，生便不那么紧张。所以必须有这样一个招牌，一个符号，一个开关。垂茉莉当之无愧。它的香味，总是那么令人迷醉。

瓶刷光萼荷

迷迷蒙蒙中，镜片裂成两半，是压碎，是摔坏，还是本身质量问题，搞不明白。一个似可明显追出原因的结果，实则有着无数的指向。不问最好。此时，一尺之外的事物都看不清。整个世界压迫着我。我对妻子说，刚配的眼镜，怎么就坏了呢，眼镜店太坑人。妻子说，我才查过这家店铺的评价，打分很高，拉不到底的好评，也许只是我们倒霉。

写下上面这段文字的时候，我戴着的眼镜完好无损，镜片干干净净。

镜片莫非是在梦中坏掉了？我不敢确信自己写下这段话的时候，是不是在梦中；读者读到它们的时候，是否也在梦中。

我就是戴着这副眼镜，看到了人工养殖的瓶刷光萼荷——低矮的一丛草本植物。叶子长条状，手感似塑料，向内卷曲。有的叶片中伸出一支细秆，秆的顶端是一个瓶刷一样的花。瓶刷上插满深粉色的"火柴棍"，火柴头是蓝色的，手感凉而硬。这是刷奶瓶用的。我家孩子小的时候用过，而我幼年没有用过，那时连奶都没喝过。

可是我的童年过去了吗？回忆一下眼镜，再照照镜子，想，也许我的童年还没开始。如果那个童年即将到来，现在的我，似乎有经验去承受和担待。

冷水花

路边一排冷水花，高及膝。

冷水花的花也算花吗？就是干巴巴的一小撮儿白，像崩开的爆米花，又比爆米花略小，星星点点挂在整株植物的上面。算是花吧。有，总比没有好。茎细，绿色，直立，含水量多，被叶子挡在下面。目力所及，都是冷水花的叶子。

叶片长圆，有非常明显的条形白斑，手感稍硬，无生气，纷纷低垂着，一副蔫头耷耳状。太阳毒辣时如是，清晨潮湿时亦如是。终日不仰起。就像一个小孩儿，埋头护着自己的衣兜，生怕给人抢走宝贵的财物。余幼年得到五分钱，见人就是这个样子。

路边这群孩子，叶子后面到底藏了什么？

那些花，应该是个掩护，故意引人入歧途的。

吊 兰

吊兰花期已过。整盆吊兰，只剩一朵小白花，挂在纤纤的一根茎上。细长的花瓣，每一瓣儿都是米粒儿大小，平摊开。黄色花蕊从中间突兀而出，与花瓣垂直。小巧、精致。

其叶似苇叶，边缘白色，向内卷曲。密密麻麻，挤挤插插，于半空中迎风飘荡。南方的秋天，万物竞绿，终于还是在这飘荡中感到一点点凋零的迹象。

我爱这凋零。它是年轻和冲动的弥补。冲动越多，枯黄就该对应着增多。这里的凋零远远不够。更远的地方积压了凋零，却也没办法运过来。

此处和彼处，各按着自己的步调在渐渐变老。

高处的榕树上，两片黄叶掉落。斜躺在吊兰花盆里，挡住那朵花。

我拿走黄叶，把吊兰上的灰尘擦了又擦。很小心，就像静静整理母亲头上的白发。

吊兰又名桂兰，与我母亲同名。

文心兰

是谁把文心兰挂在了那么高的地方。

不是挂，是种上去的。它的根紧紧围绕着树干，几为一体。文心兰的枝叶，亦好像直接出自大榕树。叶子细长，约一尺。藤蔓耷拉下来，上面挂着一个个黄色花朵，手感滑润。花朵一大瓣、三小瓣。大者近圆，有一个裂痕。小者交叉成"上"形，顶在最上面。交接处，有浅棕色的条纹。

细察花形，很像一只黄蝴蝶，灵动，轻忽。牵强附会一点儿，又像一个"吉"字。传说中，宋美龄访问美国白宫，见此物，读出"吉"字，引种回国，并起名吉祥兰。

文心兰形美寓意好，常用来做切花，插在花瓶里，是与人交接较频的植物之一。

抬头望，却未见个中端倪。它挺身昂扬，凝神静气，任何世俗的酸甜苦辣，似都与其无关。它对人不会有任何帮助，既不带来好运，也不会带来霉运，更不指导生活。

那是一扇生死门，灿烂的黄令人晕眩。如果它开口讲话，也就是和人谈谈生死、生命的意义，以及宇宙的深处。它不会让谁多活几年，或少活几年。这种事，想想都跌份儿。它只是默默站在那里，迎来送往。在我之前已存在多年，在我之后，依然如此。直到有一天，我的灵魂飘然而至，穿越而过，从其正面来到背面。豁然开朗，一片大光明。

这一片文心兰，悬于深圳最繁华区域的公园内，不被尘世的嘈杂污染一丁点儿。经过了神的点化，它的身上浸透谕令和暗示，早已百毒不侵。

树荫挡住太阳，文心兰的金黄越出叶子，向上，再向上，和阳光合二为一，带着沉默的大大小小的灵魂。

十字爵床

那种黄，介于土黄和牙黄之间，有点暗，除了用"黄"浮皮潦草概括一下，找不到更准确的另一个词。

十字爵床所有花均披此黄。这朵花和那朵花之间，不会因深浅争吵不休，彼此看一眼即达成共识。

小灌木。茎直。叶片不大不小，油亮，边缘有波浪形锯齿。花梗绿色，长约一指，如未熟的麦穗，幼时在农村常见。顶端一簇小黄花，每一朵都是三瓣，每一瓣又像是两瓣粘连在一起的。薄如纸，手感滑腻。因形似鸟尾巴，又名鸟尾花。

回头审黄，颇具南亚风格，易联想到印度或斯里兰卡之类。此种印象，或来自饮食（如咖喱），或来自影视背景。一个地域有一个地域的刻板印象。蓝色、绿色、红色，常被提炼成某一个地域的最大公约数。旁观者心有灵犀，一望便懂。

十字爵床确原产于印度和斯里兰卡，今在深圳已不罕见。路边，花坛里，小区内，时时遇到。忍不住想问，那么大老远，跑来干什么？让谁看呢？心事重重的人，眼皮都不抬一下。一天下来，至少一千六百个人擦肩而过，他们宁可看手机，也不看花。按理说，花儿们都该尴尬一下，尤其像十字爵床这种远道而至的。

但花儿们认认真真地舒展着花瓣，叶片闪闪发亮。从寂寞的清晨到寥落的黄昏，毫不懈怠。在远方，它们并没开给那里的人看；到了深圳，亦非开给这里的人看。人类的身体倏忽飘过，只会让花朵皱皱眉，揉一揉鼻子。它们是开给神看的，知道自己的一举一动，尽收神的眼底。神高兴，它们也高兴。它们舞蹈，神也在空中轻轻哼起小曲。

此时，我不打扰它们，应是对的。

鱼黄草

树林深处，土地肥软。踏进去，双脚深陷。草木茂盛，应该隐藏着小蛇。至于蚂蚱、蝴蝶、蚂蚁、粗壮的蜂，都不在话下。

曾经整整齐齐的园林植物们，零星逃到这里来。植物也有脚吧，月黑风高夜，这些不肯就范的家伙，趁同伴睡着，拔腿就跑。假马鞭、碧冬茄、鼠尾草、千穗谷，散布于各个角落，成双成对的少，大多孤零零一个。这一块地上的植物，大的大、小的小，高的高、低的低，绿的绿、红的红，毫无规划，随心所欲。全部呈歪瓜裂枣之态。人工种植的若长成这样，早被狠狠修理了。

一个个夜晚，接应它们逃亡的，乃鱼黄草。

这是一种攀爬类植物。匍匐于地，或登顶鹅掌藤、水茄。茎细长，叶子桃形。花朵全圆，手感薄而软，比一分钱硬币略小，边缘有钝钝的十个锯齿，整体上略似齿轮。花蕊白色。

植物们将鱼黄草围在正中间，黄灿灿一片，却无百鸟朝凤之意。大家都是野鸡，流浪汉。鱼黄草凑巧站在了中间。它站在边上，也没谁觉得不妥，更不会往里面让它。

鱼黄草确有不同处。它是至今唯一未经人工种养过的植物，身上带着原始的野性。这个柔软的家伙，野性令其金光闪闪，镇住了曾在人类手上辗转反侧者。诸物仰慕它，接近它，爱它，愿意围绕着它而不逃走。它们要模仿鱼黄草，把磨掉的天性一点点找回来。

这块化外之地上，花花草草获得绝对自由，无须担心被人类操纵。随随便便站着，想躺下也没关系，那株假马鞭就是前仰后合的，也没人讲大道理教育它。相应的，没人浇水，它们靠天吃饭。旱上几天，就集体仰头看云彩。台风来时，没人为它们关窗、盖被子。这些所谓的代价，在它们那里什么都不算。获得自由的时间越长，形成习惯，就越担心失去。

不远处，林立着一栋栋百米高的大楼，晚上霓虹闪烁。灯下黑。楼里的人咫尺天涯，眼皮都没往这儿抬。

这里是自由的狂欢。在围剿到来之前，将快乐放大到极致。

十万错

十万错，柔软的草。茎稍微长高一点就弯下来。谦虚谨慎。叶子两两对生，下圆上尖，纹理清晰，摸一摸，稍有绒毛。花朵有一个硬币大小，呈小喇叭状，五瓣儿，白色，其中一瓣上有蓝色。每一朵花都如此。也不知那一点蓝对它意味着什么，以致如此坚持。

谁为它命名为"十万错"？其他人为何同意？不得而知。

它以前都做过什么？到底错在哪里？不知道。

左看右看，没有一个理由主动跳到你面前。十万错在烈日下开得正艳，绝不解释。

有好多错，都是被强加其身的，从天而降，管你服不服气。本来老老实实，偶尔一点小误，被有意制造成大恶，成为出气筒。于是，那些人的愤怒和怨气得以发泄，并因此凝聚了群体的幸福和快乐。

沟壑边，鸟鸣啾啾。掌有话语权者，一代又一代，说了多年。

十万错在这种地方也一代又一代，花、叶自如，对谁都不抱歉意，甚至不知自己已背负了人间至恶。十万错，于它们只是代号，如同王国华三个字，并无实际意义。

且也无实际的打击降临。这已足够幸运。

八　宝

一丛八宝，围绕着中间一个圆点，向四面八方放射出去。因此，绿色的茎看上去都是斜的，长不到一米，若有机会，似乎可以更长，直插云霄。其叶片，厚而水分足，长椭圆形，有点像俗称的"多肉"。挤碎后，汁液抹到身上可以止痒。顶端一簇花，似半个绣球。又由若干豆粒般大小的花朵组成，白色花瓣，似五角星，稍微外翻。粉色花蕊完全吐露在外，以致喧宾夺主，整朵花均呈现粉色。

寒气从上至下笼罩过来，竭力要把包括八宝在内的植物压入地内。八宝的枝干如同伸向空中的若干只手，努力撑出尽量温暖的一块地方。这是华北的秋天，晨风刺骨，白霜轻披，地面干硬。全球变暖趋势越来越强，但冷还是冷。树叶们绿色渐消，抱紧身子。

此物在华北地区常见，是主要的绿化用植物，每年八月到十月盛开。盛开与枯萎，皆遵天时。我曾在深圳的阳台上见到过它们。那是春天，八宝在北方刚刚萌发，但它在南方潮湿的空气里开放了。不知道的，以为植物到了南方便无法无天，其实此亦遵守天时。

黄　葵

脚手架。绿色安全网。轻尘。远处林立的新建小区。近处淌着积水的小沟壑。

柏油路边。长条状的空地上，种满蔬菜。扁豆、小白菜、小萝卜、辣椒、茄子、小葱。踩进去，双脚半陷入土中，有微微的大粪味。

几株黄葵。笔直的茎，一人多高，上有疤节，似权被打下的痕迹。叶子细长，有锯齿，摸上去不是很柔顺。顶端长黄色大花，拳头大小，五个花瓣，互相掩一半。花蕊如黄色小棒，藏在中间。一只黑色的蜂在花朵深处手忙脚乱地忙活。它们什么时候才能淡定下来呢?

见我拍照,该蜂嗡嗡飞出来,在我头顶附近转来转去。也许是我侵犯了它的地盘,它在威胁我。或许,好不容易见到人来,赶紧亲热一下。

远近都无人,更远的地方有人影晃动,不知谁是种植者。

若逼我做贼,不偷茄子不偷葱,摘一朵黄葵花即可。

牵牛花

华北平原上有个村子,乃吾故乡,秋季村中最显眼的植物是牵牛花。

家家户户门口或者墙边,常堆一堆乱柴。那真叫一个乱。支棱巴翘,扎里扎煞,有的干枝几乎搭到旁边的墙上,正好为牵牛花提供攀爬便利。其藤如蛇,蜿蜒而上,也不嫌扎得慌。原本闹哄哄的一堆,被拥挤的绿叶子覆盖,成为另一种事物。

叶子上面跃出几朵花,喇叭状,故又名喇叭花。颜色以紫红为主,兼有蓝色、绯红和粉红。村庄曾经人丁兴旺,鸡飞狗跳。一千多人口,如今常住的老弱病残不超过三百人,以后只能越来越少。大家看清这个趋势,更加争先恐后地搬走。喇叭花让这个日渐衰败的村庄显露出一点点生气。在初秋的午后,顶着阳光,对着旁边睡觉的老母鸡吹出呜呜的声响。

每年探亲返深,我都会捡几粒种子。豆粒大小,像小地雷,黑黑的。种在花盆里,凡三种方式。

一是扔进长有簕杜鹃的花盆里。簕杜鹃是粗壮小灌木,撑满花盆。俯视着这个入侵者,如猛虎俯视吉娃娃。牵牛花瘦瘦弱弱,长到一手指高便停住,似乎不敢往簕杜鹃身上缠绕。合理怀疑,簕杜鹃半夜薅着牵牛花的脖领子狠狠揍了一顿。牵牛花不但把汲取的养分都吐出来，还保证改变生活习性，不致影响到这位高大室友。

其二，在一花盆里单独撒了几颗种子。牵牛花长出两棵，顺着阳台上的不锈钢栏杆，一路向上，差点爬到顶上去。在深圳这酷暑似的秋天，开了零星两三朵花，手指肚大小，但它们依然让我感受到了原始之美。深圳的花太多了，有一些，外表形似喇叭花，黄蝉、紫蝉、五爪金龙，等等。窃以为它们都是在牵牛花的基础上创新、发展起来的，牵牛花乃吾之原点，其他诸多事物只好随我。

或是水土不合，牵牛花刚一绽开便枯萎了，又黄又干，也没来得及打籽，被岳父一把一把拽下来，扔进垃圾桶里。

另一株，种在卧室花盆内。嫩芽钻出土后，左顾右盼，无处攀爬，仿佛被人骗到悬崖边，扔在那儿，却不指给它一条路，不管不顾地走了。及后，戏谑般地插了一根筷子。牵牛花貌似不情愿，抱住那根筷子，向上爬了几天便到头。再几天，死掉了。

这几株牵牛花，终身都不知道其祖上在遥远的北方，曾有过富足而自由的生活。当然，它们也不会将此视为艰辛。没有比较嘛。

木芙蓉

木芙蓉，高近丈，若按树木观照之，显得太弱了。树干细而直，青白色，枝蔓少。说是灌木似更准确。叶如手掌，指尖儿尖尖，呼扇呼扇。

粉色花朵，大如拳，绽开后像一个粉色的浅碗，花瓣十余片，手感又湿又软又薄，中心是淡黄色花蕊。高处的木芙蓉花，向上承接着阳光，阳光掉在里头叮当作响。低处的花大大方方对着路人。敢于和人这般对视的花朵，其实也不多。

未开之花，像一个一个倒置的小灯笼，蒜瓣大小。由此至彼，迸裂的力量，没有例外。

木芙蓉俗称"芙蓉花"，后者比前者名气更盛，乃成都的市花，成都因而得名"蓉城"。作为姹紫嫣红的构成元素之一，木芙蓉漂亮归漂亮，但也难以艳压群芳。谁压得了谁呢。而一有市花称号（其他如深圳的簕杜鹃，广州的木棉，上海的白玉兰等），立刻光环逼人，一览众山小。本来济济一堂，如今此消彼长。一暗弱，一虚胖。仿佛在赛事中得一大奖，身份和身价都不一样了，可以靠着这个奖项吃一辈子。自然，有了影响力，说话行事便会带风向。若因此突然谨慎起来，甚至待价而沽，别人也只好表示理解。

小岩桐

小岩桐花，通红，圆筒状，长约一个指节。花冠外翻，钝钝的五角。一个挨着一个，整整齐齐，像一个个张开的嘴，露出黄色的内里。心中想的是黄，嘴里说的也是黄，所谓心口合一。

与其相似的花，应该还有一些。从各个角度拍摄之，以各种软件搜索鉴定之，得出若干不同的结果。急得抓耳挠腮。不为追求真相，只为证实自己不蠢。终在花朵旁边的木牌上发现其准确名称。

我记下小岩桐三个字，覆盖了曾不期而遇的半米高的盆栽植物。小小的花，肚子略鼓，虽不大，也像一个陷阱。里面藏着的，还真就不一定是我看到的黄。

丁香蓼

丁香蓼本是杂草，水稻的政敌。人类怀了私心，发明出专门消灭丁香蓼的除草剂。此刻，它长在花坛中，不知是自生还是人为种植，用来点缀一旁的天门冬。

一尺多高的草本植物，茎呈四棱状，小叶狭长，绿色。有一片显露出一条条棕色。不小心长走样了，也没人管它。或是自己跟自己玩，如猫戏尾。豆粒大小的一朵小黄花，四个花瓣，方方正正摆在一起，在微风中轻轻抖动。

它旁边有凤仙花、三角梅、黄蝉、兰花草，等等。往来无白丁，再无生存之困扰，仿佛一个三流作家（或画家）来到了深圳，在这养士之地，安稳地度过自己的一生。

刺蒴麻

刺蒴麻掩映在一汪杂草中。依次扒拉开，才露出它的真面目。

并不粗壮的小灌木，茎棕红色，有些分支嫩绿，估计长成后也会变红。叶片如幼时见到的蓖麻的叶子，但要小一些，钝圆，尖头，手感像纸又像布。朴素的黄花，突兀于顶端或叶腋处。花似苍蝇大小，细弱的花瓣仅几毫米。有的已结出果实：一个个绿色的小珠子，上面布满小刺儿，并不怎么扎手。它们像萌萌的孩子，让人心喜，也能给不明其详的人以一飞冲天的想象。但它的未来就在这里站着呢。

如果不小心真的出现了有别于此的世界，我会惊讶并且祝福的。

酢浆草

最早见到的酢浆草应是红花酢浆草，在公园草地上，礁石一样隐于海面之下。单独的一根茎，强撑着站直，长五厘米，手感稍显毛茸茸。小花呈五角星状，红色，内敛。整株柔软。叶子自动地低于花朵，让花朵露出来。

那叶子一枚硬币大小，分三瓣，每一瓣又似对开的、粘连的两瓣，亦可把每一瓣想象成倒置的心形。

脑子里迅速闪出一词：三叶草。

那公园是我偶尔路过的，具体地址记不得了。红花酢浆草也就见过那一次。

后在某单位门口见到另一种酢浆草，花为黄色，五瓣小花平摊开，如一个小小的风车，与前者有较大差异。但叶子酷似，也是三叶。

查资料，真有三叶草（喜其名字，有神性），爱尔兰人视为圣物。至于酢浆草与三叶草之区别，有人列出不同之处一二三，有说三叶草乃酢浆草之总称。另一种则说，对于"真正的"三叶草是哪一种植物，研究界至今尚未达成共识。我爱最后一种说法，它们本来差不多，拥有如此叶片者，如兄弟之血缘关系，又如高大的乔木都可叫作树，将之统称为三叶草有何不可。没有黑白对立，此亦可彼亦可，适当混沌，你可进入我，我可进入你，大家都不纠结。

但我也一直没有动笔写它们。在一个分工越来越细化，越来越讲求专业化的年代，含混处之，总不理直气壮。再一天，从那个单位门口经过，一片绿莹莹的酢浆草不见了。它们的消失，无声无息，于世界没有任何干扰。我若不看它，它本来就似不存在。但我已为其付出了相当的想象和煎熬，而它们或许也在痴等我的描述，等待我对它的暗喻，等待一个人和一种植物之间经谁指示的联系。

我恍如失去了一个最熟悉的朋友，一道闪电在脑海闪过。

它的名称已不再重要，甚至性情也不再重要。它于我无害，姓甚名谁又怎么样？它是我沿途所见的一根草，是我目力所及的万物之一。我再也看不到它了，即使下次遇到，也已经是另外的它。那个它并不认识我曾经见到的和它们长得一模一样的"它"。

一片空地上，新翻的泥土散发出微腥的气息。

黑面神

黑面神，小灌木，高尺余，茎红色，叶片心形，稍细，油亮。在叶片和小枝条之间，长着一朵朵小花，大小、形状均似钉子帽。六瓣，钝钝的，萌萌的，可视为极微缩的荷花。有的中间已长出一个果实，豆粒一般。

我告诉你，这花是绿色的。没错，绿色的。姹紫嫣红的路边，黑面神低沉无语，成一异数。风传当年植物们选择花朵颜色的时候，它只顾玩手机。抬头看，万物全走光，盘子里空无一物。回来跟绿叶商量。绿叶说，凑合用我的颜色吧。

假地豆

湖面很大，荡着层层波浪，应该沿湖边林荫路走一圈，让潮气拍到脸上。妻不肯下来。她说，昨晚大雨，湖水一定会漫上来的。于是我在下面走，她在坡上的柏油路前行。不一会儿，我的前面没有路了，木桥被碧水淹没。妻子在柏油路上向我招手。更远的地方有石阶上下，我不想回头，便沿斜坡直接爬上去。这会踩了坡上的野草，但我知野草生命力旺盛，踩一下，或可令其更壮实。总共也就三四米高，十几秒便爬上去了。在坡中间，我看到了假地豆。

这是一种小灌木，半米高，叶子青绿，略圆。茎直立，分杈。各个杈的顶端长花，像一个小穗子。穗子上都是更小的紫色小花，似小蝴蝶。花落后，穗上剩下密密麻麻的花梗，小刺一般，仿佛因失去小花而伤心。

所谓地豆，有说是花生，说是蔓花生、马铃薯、链荚豆者均有。各地叫法不同。它们都"真"，唯我见到的这株植物是"假"的。假在何处，鬼才知道。假地豆的花，与上述几种植物的花略相似，根茎却完全是两个路子。为其命名者，只知其一不知其二。如无此名，路人不一定会将它们联系到一起，而假地豆自己亦不知有此故事。它们世世代代为自己起的，应为另外一个名字。那个名字所有人都不知道。植物有植物自己的逻辑和梦想。

所以人类丢到"假地豆"身上的三个字，完全约束不了它们。那是另外一个世界里的运行。我停在那儿，仿佛看到了一个事件的发生和进展。而假地豆看到的我，并不叫王国华。它一定悄悄给我起了个名字，或许是一个跟颜色有关的名字，甚至香香的。

莲子草

莲子草又名节节草，绿色的蔓，一爬一大片。有的直立起来，如蛇攻击猎物。叶片瓜子儿状，长而窄，比较硬。茎蔓上，一寸一个关节。每一节上冒出一朵小白花，苍蝇大小。所谓小白花，就是毛茸茸的一个小球，摸上去有点扎手。

此物繁衍甚快，在农村常被当成杂草清除掉。在海边，见它们铺天盖地地蔓延出去。风吹过，气息空前清新。于兹，没人防备它们，况其既可固堤，又算美化环境。彼之砒霜，我之蜜糖。而莲子草何辜，以砒霜喻之。其嫩叶可作野菜食用，亦可当饲料喂猪喂鸭。愿它们一代代繁衍，千万不要灭绝。万一有一天，人类吃不上饭，逃到海边，或可解一时之需。

人类的确有进步，但谁敢拍着胸脯打包票，他们没有那一天呢?

链荚豆

草地上，链荚豆开出一片小花，每个也就是钉子帽大小。花瓣三。两瓣在上，灰黄，对开；一瓣在下，紫红，细长。形似蝴蝶在飞。紫红色重，灰黄色轻，潮湿的风吹来，无数紫红的小蝴蝶摇摇摆摆。其叶椭圆形，有的近圆，也不大，非常灵动机巧。走近，触摸一朵花，发现它长在一段枝杈上。另一朵花在另一个枝杈上。细而硬的茎，数条枝杈。追根溯源，每一个花朵和花梗，都没有扎根在土地上。这么一大片，同源于一个硕大的根。好似一个家族，四世同堂，兄弟众多，还没有分家，它们小嘴犀利，共同喊出一个内容：不要分离，不要死亡。

落葵薯

如果将落葵薯比作一条蛇，你抬头即可看到一条条蛇信子，雪白、弯曲、灵动，随时闪电一般伸出又闪电一般缩回的蛇信子，在假连翘的枝条上舔舐。假连翘本是一种长满了刺的灌木，一辈子怕过谁呀，比豪猪生猛，谁来扎谁。但此时的它，找不到对方七寸，且根入土地，跑不掉，只能可怜巴巴地挣扎。

落葵薯，红色的藤（有的部位呈浅绿色），结实如绳。其叶猪耳状。藤结处，长出一条穗子，细长，一根挨一根，此即蛇信子。每一穗上都布满了碎米般的小白花，单朵小花像五角星，花蕊扎煞，仿佛蚊子脚。

它紧紧缠绕着假连翘，一圈一圈，越勒越紧。好似那是它的猎物，稍一放松，猎物就会溜走。其实灌木上挂了不少藤类植物，没谁像落葵薯这般，一副置对方于死地的架势。五十步笑百步，一度被当成笑话。回头检视一下，便觉五十步是可以鄙视百步的。五十步是暂时退却，仍可进可撤。一百步便是彻底逃走，定无回头的可能，所谓量变引起质变。藤缠草木，稍微松一下，便是和谐共生。走至一百步，任你怎么表白也是不共戴天了。你听，假连翘正在凄厉地呼号。

落葵薯的信子越来越长，在风中飘摇。昭示着两个特性：其一，它具生化能力，可致他物绝种；其二，它有药效，可滋补、消肿散瘀、拔出毒疮。

天光大亮，一个瘦高挑的男人，手持一把锋利的小刀，刷刷刷将落葵薯割下来，扔到后背的竹篓里。回家收拾一下，卖给中药铺。

落葵薯拉直了身子抗争，在瘦男人泰山压顶一样的气势下却不堪一击。瘦男人想，真蛇我都吃过多少条了，还治不了你这条假蛇？

臭鸡矢藤

臭鸡矢藤扒拉开身边密密麻麻的蟛蜞菊的叶子，不让它们挡住自己。天越来越阴，雨要来了。臭鸡矢藤抬高身子，要把体内的味道清洗干净。

臭鸡矢藤其实很漂亮。茎较硬，分权，上面挤着密集的花朵，像炮仗竹，一个手关节长，圆柱形，细，顶端外翻开，开出五个钝钝的花瓣儿。中心花蕊黑紫色，从远处看，像是花朵的嘴巴被打肿了。未开的小花，一个一个，大米粒儿似的挂在那儿。

如果叶子不被揪下，身体不被打开，那股被视为鸡屎一样的味道就散发不出来。它依然完美。可以站在百花园的高台上，让风吹来赞美的声音。且，那是世世代代流传下来的自保手段，祖上的智慧恩泽至今。但这一代的臭鸡矢藤像是有了新的打算，一切重新来过。

它们需要水。

本来洁白的花朵，都泡成了灰白颜色，略似浮肿。它们仍在不断地一遍一遍地清洗，盼雨祈雨，越洗越灰。路人每天经过这条人行道，余光扫到臭鸡矢藤，所见只是一个漫长过程中的顿号，正如他们自己的前方，亦是看着明确，却具备多种可能性。

泥花草

雨后的绿坪，一大片被称为草的植物，水水亮亮地开花了。母草、白花蛇舌草、旱莲草、一点红、夜香牛等，开得上气不接下气，全都蓬勃成中年。还有一种，即泥花草，最矮，嫩嫩的，叶片大小和外形均似瓜子，有轻微的锯齿，花朵白色，透露出一点紫，呈喇叭状，四个花瓣非常小，不是均匀摆布，三瓣均匀，一瓣平摊，像是那一瓣托着另外三瓣。

萌发晚了，还处于幼年阶段，被一群虎视眈眈的植物逼视着。它们匍匐于地，如小狗见雄狮，叶片上沾满了泥点子。不过泥花草渐渐就会明白，世界并非那么凶险，非此即彼，非黑即白。有一个长长的过渡带，足够它们平安走过一生。

它们亦不知道自己在农田里属被清除的对象。在这一片人工种植的草地上，其作用是丰满画面。长得越大，它们离悬崖就越远。

明天还会有雨，催促着它们加速再加速。旁边的旱莲草睨之，一点红睨之，眼见这帮小毛孩子越来越不像它们自己。不知道它们的底细，却也等不到它们的未来。

苦蘵

苦蘵（音"知"），俗名灯笼泡。典型的路边杂草，茎如小手指一般粗，健壮，分枝杈。叶片下宽上尖，大枝上长大叶子，小枝上长小叶子，故，同一株苦蘵，叶片大者如手掌，小者似飞蝶。花朵若纽扣大小，黄色，下垂，像一把倒扣的小伞，五角星状。旁边果实已成熟，如灯笼，剥开纸一样薄、松松垮垮的皮，里面是一个绿色的圆珠，比玻璃球略小。

"能吃吗？"上次去台湾，一个导游说，大陆朋友见到无论什么植物和动物，常常问这三个字。我脑子闪过同样三字时，顿生愧意。苦蘵老老实实待在那里，一个不缺吃、不缺喝的人冷不丁冒出这样一句，它一定会听到的。

妻陪我来。摘下一个果实，十分肯定地回答，这不就是东北的红菇娘吗？妻乃土生土长东北人，我信她。何况余亦于彼生活十八年，最常见的水果之一，还是认得的。

查了一下。二者同出一源，却有差异。生于南方的叫灯笼泡，学名苦蘵。生于北方的，学名酸浆，另有灯笼果、红菇娘等一大堆小名。

各种学术描述云里雾里，窃以为直觉更重要。其一，一生于南，一生于北，这本身就是巨大不同。水土决定物种。物种极少能反作用水土。同时长在南方北方的也有，如稻米，但口感并不一样。其二，北方将其当作水果吃，南方无此例，只作草药用。若可食，南人定不会放过它。中国人食材广泛，与农耕社会长期穷困，吃不饱饭有直接关系。尝遍百草，能将就的都将就着吃了。甚或沿袭成癖，渐成一方美食。一个地方，一个族群拒食某物，一定有其道理或伦理。"不食"即"有所不为"。余对此向来尊重。不为向内，是约束；敢为向外，是放纵。不为，总比天不怕地不怕、无所顾忌更令人放心。

我把那个果实放在嘴边比画了一下，扔进远处的野地里。它在那里会生根发芽的。

银胶菊

这种有毒的草并不常见，我却见过几次。此次相遇于郊外一条溪水边。

银胶菊，茎直立，有分杈，手感较硬。小花像满天星，白色，每一个都有钉子帽大小，中间圆，布满极小的颗粒，也许是花蕊。五个花瓣，钝钝的，更小，围在四周，勉强能看出那是花瓣。特别之处是它的叶子。叶亦分杈，如细长的手掌。那么多的手掌捧着上边的小白花。这就对了——花得有人捧。

银胶菊挺拔，冷峭。模样不算难看，毒性却不小，人若接触，能引发皮炎、鼻炎及哮喘。据称，澳大利亚、印度等地都有牛羊因大量接触银胶菊中毒而亡的案例。余所见银胶菊，均在人烟稀少的路边或犄角旮旯，未成规模。对于只求风景宜人的城市，也算不得什么毒物，如山菅兰，毒性更大，还有人种植；海芒果，剧毒，也没被砍掉。它们与那些伤人的动物不一样。动物会追你，植物不会。你不惹它，便无事。

有毒的植物，更多是防御而非攻击，但排他性过强，也就成了攻击。银胶菊生命力强，悄悄攻城略地，实际与其他植物保持了一种有你没我、有我没你的关系。如此自然被警惕。其自身的野性令其能顽强地坚持下来，亦令其无法真正得以泛滥。

曾经接触过一个人，从底层一步步熬上来，成为所谓"成功"的标杆。另一人评价他说，那个人的心中是天天带着刀的。

银胶菊已被定为外来入侵物种，尽管它似乎永远成不了气候。

鳢　肠

鳢（音"李"）肠是手感柔软的草，茎相对粗一点，棕绿色，长约一拃。叶片两两对生，大小和形状与瓜子相似，边缘有微小的锯齿。顶端一朵小花，像浓缩版的向日葵，一个苍蝇大小，但比向日葵要薄。向日葵是金色的边，它是白色的。

此物在古代可用来染发。李时珍的《本草纲目》中说："鳢，乌鱼也，其肠亦乌。此草柔茎，断之有墨汁出，故名，俗呼墨菜是也。"我折了一根，只有断处略露一点点黑，汁水仍白。《本草纲目》中常有荒诞不经的内容，但这种东西好验证，折一根就看到了。故李时珍不可能是错的。错在我。或许这是一种与鳢肠极其相似的植物，而我不知。或者是等的时间不够，没见变黑就走了。或者，时光流转，水土变化，征战的土地上洒下了鲜血，原来地面以下的土被剖开翻到了上面，所以养出来的东西也不一样。

其能否染发也值得怀疑。现在染发需求这么多，无数白发人想一夜之间变成黑发人，若多多少少有一点成果，定会被夸大效能，吹得神乎其神。鳢肠之技如某些青年之技，先被惊喜地发掘，接下来是长时间的消耗，最后被无奈地放弃。

鳢肠又名旱莲草。用前者舍后者，不过希望读到这篇文章的人多认识一个字。

毛草龙

我始终没搞清毛草龙是草还是木。

见到的植物越多，越觉其复杂。虽不能行走，其可能性并不比人的可能性更少。物种与物种间的差异。植株与植株的差异。一株之上，叶与叶，花与花的差异。无数的差异，无数的指向。草和木，并非截然断开，黑白分明。站在此地就是草，跳过去就是木，没这事儿。互相之间其实有一个模糊地带的，此亦可，彼亦可。

毛草龙便如此。身高约一米，茎直立，棕色，枝枝杈杈向四面八方伸出去。千手观音的手从身子两侧伸出来，毛草龙则是从身体的每个部位伸出去，均匀又整齐，自下而上地端着。叶子细长，顶端尖锐。小黄花长在每个枝杈的顶端，四瓣儿，像纸一样薄，每一瓣都呈圆形。整体上不过一枚硬币大小。手感润滑，轻轻一碰，就掉下一瓣儿，令人心疼。再触碰时就要更加小心。

因其果实类似微型香蕉，故又称水香蕉。

毛草龙茎硬，略似木，但除了当柴烧，木质的功能几乎没有。说是草，又比草硬多了。打量它，似可见证物种的行进。草站久了就是木头吗？木头不一定是草的既定方向，也可能是石头，甚至可能变成肉。它们的速度太慢太慢，超不过蜗牛行进速度的万分之一，却义无反顾。

我这个好奇者，很想追随它，直到它变成一个相对成型的东西。在我死后，灵魂也会追随着它。生生世世能把这一件事搞明白也算不错。

红苞花

红苞花的花朵即手指。不止五个、十个，已超过二十个、三十个，一根挨一根，排布在棕色的茎上。那手指细若火柴棍，通红，多数未展开。已经开放的，四瓣小花长在长而硬的花苞顶端，每个花瓣不过米粒儿大。

风从远处来，一路走一路裹挟。它空无一物，其实是最大的独裁者。世间事物多为愚氓，跟着头羊走，就觉得安全和幸福。走着走着，便身不由己。风每过一地，定增加一些追随者。走的地方越多，追随者越多。事物之外，各种各样的气味，都跟它走。千奇百怪的大杂烩，滚雪球般，轰隆隆扑来。

迎面就遇到了红苞花。

如一个壮怀激烈的人，扭头注视其他地方，绝不正眼看来敌。伸出胳膊，手掌与之垂直。花朵的手指，毅然而决绝。万籁俱寂，却仿佛巨大的音响从它的身体里涌出来，火车对撞似的轰隆声。

那么多手指，上下左右中，从各个方向发表自己的表情。动物植物都摇头摆尾附和之时，这种姿态殊为难得。

它应知道，这姿态背后，伴随着巨大的孤独和冷漠。整个花园都排斥它，疏远它，对其敬而远之，乃至直接动手打击。花儿们的自残并不比人类更小。它亮出手掌之时，即断然踏上不归路。

无人等它归来。众叛亲离。一天又一天，红苞花固执的手势没有松懈。整个世界亦逐渐习惯了它。而它自己，在紧绷之后，定格为苦修。风在与不在，已不重要。它闭口问心，冥思苦想，花朵越来越红。有一天，它突然变大、变色、变凋，或枯萎，我都不会惊讶。

嘉宝果

嘉宝果不走寻常路。叶片对生，革质。树皮常常莫名其妙掉下来。有的高达数米，有的种在花盆里，但都开白花。很小的花，长在树干上，分辨不清形状，一嘟噜，一嘟噜，仿佛贴上去的，越看越生硬。远望，该树也有枝条，且茂盛。花朵这么干，总得有个理由。答案一，汲取营养更方便快捷。答案二，见识少，选择开花路径时，没找到参照物，以致成为另类。找到参照的都被参照物拐跑了。其三，亦为我最相信的，舍枝就干，是为去接近什么。那里，有一个影影绰绰的目标。凡夫俗子目力不及，嘉宝花却可以看清。那个目标可能是一棵草，是一个死尸，是一个小圆点，也可能是一个我们想不到的东西。花朵不顾指指点点，跳到树干上，半夜起来爬行，永远抵达不了，却可以无限接近那个目标。花朵因此会更幸福和温暖，更加芬芳。

终于一天，花朵凋落，结出一个个果实。先青色，后紫黑。圆如葡萄。那么多的"葡萄"，由一根枝条拽着，在风中晃啊晃，似更合理一些。现在的它们，密密麻麻贴在树干上面，好像一个人胳膊上长满毒疤，触目惊心，甚至有点恶心。

果实可食，营养价值高。花朵磕磕绊绊向前走的时候，给种植者一点甜头。而花朵还是花朵。果实是凝固了的花朵，此时它离目标应该更近了。目标越近，花朵（即果实）就越自由，你说它是黑的，它可能是白的和绿的。你说它长在树干上，它可能在腾云驾雾。你说它是圆的，它可能是方的。你所见到的，是你的目标。而它眼泪汪汪凝视的，是它的目标。那气息，它已经闻到。

黄钟花

黄钟花一丛丛矗立于高速路中间的隔离带上，远望一片黄。正是决明盛开的季节，黄色花朵水一样流入这个城市的缝隙和沟壑。想当然地以为那就是决明。有一天，开车路过，近在咫尺，余光扫一下，马上明白以前错了。

黄分很多种，深黄、浅黄、牙黄、土黄……黄钟花与决明的黄几可互换。纷繁世界中，如此一致，可见其爱是真的。但叶子与花形暴露了彼此的不同。爱归爱，泯灭自己就是另一回事了。

第二天特意去看它。站在路边，将镜头拉至最近。镜头中的它们，毛发毕现，叶片长椭圆形，边缘有锯齿，叶脉明显。花朵吊钟状，长柄，花冠打开，类似喇叭花，一朵一朵肩并肩。

两边车流滚滚，一刻都停不下来。也不知哪来这么多的车。黄钟花如同激流中的礁石。我不敢靠近它们，即使暂时无车，等我走过去，远处的车亦要突然驰来。那是一片汪洋大海，激浪滔天，海水下面隐藏了一万个阴谋。每一个阴谋都稳准狠，随随便便置人于死地。

这么大一块地方，有必要准备这么多阴谋吗？想来，人的计谋太多太多，本是防备别人，防来防去，防了自己。

车辆带起的灰尘和油烟，一刻不停地围绕着黄钟花。它必须鼻子失灵，呼吸系统变异，以叶护脸，方能抵住这般侵害。受那么大罪，躲那么远，对一个只是把它当成临时爱人的人，何必呢。

我本可以在晚上车少的时候，提着手电来找它。可惜那时我已休息。没什么值得我打乱既有生活。路灯昏暗，全世界不允许任何探视。荡漾的大海下面，掩埋着无数枯萎的黄钟花。

蓼

风凉，劲吹，湖水涟漪起。近岸处，有涛声。诗经中的"蓼"，一丛丛，淹没在各类杂草中，摇个不停。这种草，高不到半米，茎稍硬，有节，分杈。叶片长条状，似苇叶。顶端有穗状花朵，较狗尾草沉实，上面一个个青白色的颗粒，比谷粒小，一碰就掉。或是成熟的种子？管他呢，称其为花也无所谓。花即是实，实即为花。

诗曰，"其笠伊纠，其镈斯赵，以薅荼蓼"，大意为，头戴斗笠，持锄翻土，薅除杂草。可见，蓼并非什么贵族。人类一代二三十年，蓼草一年一代。接续不断绵延两千多年，遭遇灭绝的可能性，或是我的一百倍。以百分之一的机遇，从诗经中一直走到我面前，其情也笃。而我，眼睛盯着的是它身后。

两千年啊，影影绰绰的场景，似见似不见。我的先人，亦在那千万人中间。彼时的遭遇和喜怒哀乐，又神圣，又隐秘。我一度哀伤于这遥不可及。此刻触摸着一丛丛蓼，只须一闪念，他们便随着湖面的波纹漾到我身边。

或峨冠博带，仙衣飘飘；或短袖紧身，头裹葛巾；有男有女，有黑黑的胡须和白净的元宝耳朵。他们的举止带着那个时代的共性，他们腔调怪异，我得侧着耳朵，聚精会神才能听清。

彼时的衣食住行，鸡毛蒜皮，如棉花糖塞满我身边的空间。宏大叙事的史书中绝不会有，士子的闲笔中亦凤毛麟角。我摸了又摸，闻了又闻，很快失去兴趣。是的，他们的"满"，不是丰富，是寡淡，是矫揉造作，是矫情，是野蛮，是索然无味，统统裹在一起。与吾之日常并无二致。我从没跳出两千年前的车辙，且势必一代代覆辙前人。不知多年以后的我们，是否按部就班变得神圣。

蓼花有白有红。眼前之蓼，因湖水而白。一只蚂蚱在草丛里爬来爬去。湖水的波纹层层叠叠，多过我额头的皱纹。它的愁事压过我的愁事。

薇甘菊

薇甘菊小巧、干净。藤类，爬在旁边的芦苇上。花朵如同韭菜花，是一撮儿小白点的集合，呈开放的穗状。叶子心形，顶端尖锐。与世无争的外表下，隐藏着酷爱杀生的心肠。薇甘菊所过之处，寸草不生，它凌驾于所有植物身上，影响其光合作用，致其无法繁衍生息，数量越来越少，某天终于绝迹。高大如血桐、紫薇、小叶榕，顽强如马缨丹、盐肤木、叶下珠，可爱如荔枝、九里香、铁冬青，等等，皆伤于其手。谁也跑不脱，只能咬牙忍受着。

好在有人类介入。谁对人类有用，谁就应该活下来。搅局者出局。他们的手段多得多，只几个回合，一个岛屿的薇甘菊几近灭绝。剩下的仓皇逃窜。

午后阳光和暖。一条刚刚整治好的小河，流水潺潺，芳草萋萋。薇甘菊夹杂其中，偶露峥嵘。其他植物没有惊呼求救，薇甘菊亦未立马横刀。天下太平。

此时，空中传来布道者的声音。万物皆入睡，只薇甘菊仰头倾听。布道者确实就是直指薇甘菊一个。从天而降，空谷回音，和缓，冷静，鞭辟入里，就连睡着的植物在梦中都为之微笑，甚或流泪。关于仁慈、爱与死，关于杀戮与救赎、流血与和平，薇甘菊入耳入心，被那言辞的美丽所打动。它心跳加速，甚至想把那些句子复制下来，用自己的花苞传播出去。另一方面，它又觉众多的道理，统统和自己无关，布道者所讲，乃另外一个世界的事情和主人公。自己是一个安安静静的美男子，只关心岁月晴好与否。身外的植物们，偶尔会给自己带来一点点悲伤，但慢慢消化一下也就是了。那个布道者的声音真好，应该让更多的人听到。让自己的忧伤，也在这声音里悄悄消解。

岭南的深秋，四季中最好的天气，万物的心都变柔软。仅存的这几株薇甘菊，自定义为虔诚的倾听者，柔弱的妥协者。它们在午后的阳光里伸展枝节，扎根，汲取他者的营养，悄悄蔓延，并坚信世界会更美好。

芙蓉葵

又大又圆又白——六个最普通的字，简洁，干净，就是给芙蓉葵度身定做的。

古时见人相貌好，喜用"面如圆月"，总觉少了点什么。中间过渡一下，面如芙蓉葵。葵如圆月，便顺理成章。

该花大如小孩的脸，五瓣，完全张开，互相掩着一点，围成一整齐的圆盘。花瓣上有清晰的直线纹路。花心红色，花蕊白色。其叶椭圆形，四五片叶加在一起也顶不上一个花朵大。茎高不及膝。一眼望去，只见硕大花朵悬于空，不见其他。

既然是花，开就开透。舍末求本。将所有的能量集于一端，认真干好一件事。人也可以这样，突出身体最帅的一部分——一双美丽的大眼睛、一个挺直的鼻子、两条白皙的胳膊——在大街上行走，其余部分忽略不见。刚开始触目惊心，看习惯了，就是姹紫嫣红形态妙，一如芙蓉葵。

番石榴

番石榴长得像梨，刚摘下时呈绿色，表皮疙里疙瘩，口感生硬。放一段时间，变软糯，气味随之变大，怪怪的，说香不香，说臭不臭。有人就好这一口，吃一个还想再来一个，比如我。番石榴里藏着若干米粒儿大小的籽，硬如石，因软糯放松警惕的牙齿，常用力过猛被崩坏。名中加石榴两字，或跟籽多有关。

其树自然高大。我所见到的番石榴，却长在花盆里，与众多的小叶紫薇、簕杜鹃排排坐吃果果，置放于大太阳底下。灌木一样，质感硬。叶子浅绿色，长圆形，脉络清晰。白色的花，大小、形状，均似蝴蝶。五瓣、六瓣不等，瓣片薄，稍内敛。一丛毛茸茸的花蕊几乎盖住花瓣。凑近闻，有香味儿。

番石榴的花，紧挨着叶片，一点都不默契，像两个不搭调的事物硬凑在一起，又像花朵自上面掉下，落在叶子上。

吃番石榴的时候，从没想过它的花是什么样。现在见到，又马上诱出果实的种种信息。果实永远盖住花的风头。幼年在华北，村子周围种满杏树，杏花粉红杏儿黄。鱼和熊掌不可得兼，肯定取杏而舍花。家中还承包过苹果园，品种涵盖国光、黄元帅、红香蕉等，年年果实累累，花朵什么样，完全不记得。邻近的村子梨树成片，据说梨花白得神奇，亦未亲见。想来橘子、橙子、西瓜、桂圆、荔枝等，都该开花。所有水果店旁都该配一个花店，卖各种水果的花。买苹果送苹果花，将一种水果的童年和壮年打包带回家。

蓝星花

咖啡店门口，花坛上，一丛丛蓝星花。花朵深蓝，卷曲在一起，呈倒锥形，藏在叶子中间。叶片长圆，小巧如豆，披灰白细毛，顶端有极微小的豁口。拥挤的叶片像是小嘴巴，在为花朵解释什么。

此花上午盛开，下午闭合。跟店铺开张时间相反。三次经过，都是下午，都是卷曲的花。生物之倔强，一旦成型，谁也说服不了。小嘴巴叽叽叽讲个不停。蓝星花沉默始终。我凑近一朵花，几乎眼对眼。看见它的话藏在花心里，憋一个下午、一个晚上，明日天亮还是会说。

广防风

蹲在墙根的广防风，从哪个角度都拍不好看。一根斜立的茎，分杈较多，高约一米，非圆，略方。叶片心形，边缘有锯齿，叶脉明显。花朵像一个谷穗，高高扬起，上面应该布满紫红色小花。此时只剩不多的几朵，风来即落。花穗渐如斑秃。繁华落尽，便是这恓惶模样。

该花乃传统草药中较重要的一种，可祛风止痛。防风之名，或与此疗效有关。一生被定位为药，如鸡鸭被定位为肉，个体的喜怒哀乐皆泯灭。本该生于山林，长在沟壑旁边的植物，自己跑到城里来了。似乎在说，你吃，你吃，吃个够。

王国华 河北阜城人，曾在长春生活十八年，现居深圳。中国作家协会会员、深圳市杂文学会副会长。已出版《街巷志》《书中风骨》等二十部作品。曾获深圳青年文学奖、冰心散文奖。散文作品散见《散文》《作家》《福建文学》《湖南文学》《时代文学》《安徽文学》《西部》《文学报》等。

翻译

〔以色列〕阿摩司·奥兹 ◎杨振同 译／等 待

等　待

［以色列］阿摩司·奥兹

◎杨振同　译

1

特里兰村是一座拓荒者的村庄，已经有一个世纪的历史了。村子周围是一片片的农田和一个又一个的果园。葡萄园顺着朝东面的山坡蔓延而下。引道的两旁杏树成行。一座座屋顶掩映在古树浓密的绿叶当中。许多住户在外国劳工的帮助下，依旧耕田种地，这些外国劳工就住在农场场院的小屋子里。不过，有的住户已经把土地租了出去，靠出租房屋、经营画廊或时装店，或者到村外打工为生。村子中央已经开了两家美食店，还有葡萄酒厂和一家出售热带鱼的商店。一个本地的企业家已经开始生产仿古家具。当然，到了周末，村子里到处都是游客，有来一饱口福的，有来淘便宜货的。然而，每到星期五下午，大街小巷就都空无一人了，居民们就在关闭上的百叶窗窗帘后面休息了。

村长本尼·阿夫尼是个高高瘦瘦、衣着不整的汉子，两个肩膀总是耷拉着。他习惯穿一件套衫，而他穿着又太大了，就给人一种傻傻的感觉。他走路总是一副坚定不移的样子，身体向前倾着，好像他要走进大风里了。他总是一脸和善，高高的眉毛，莫测高深的嘴唇，棕色的眼睛里总是一副专注、好奇的神色，似乎要说："我喜欢你，关于你的情况，我倒希望你讲得越多越好。"然而，他还有一种本事，拒绝了你的要求，却能拒绝得不露声色。

二月份一个星期五的下午一点钟，本尼·阿夫尼独自一人坐在办公室里，回复本村居民给他的来信。村议会所有的工作人员都已经回家了，各部门办公室星期五十二点关门。每到星期五，本尼都待到很晚，为他收到的信件亲自写回信，这是他的习惯。他只消再写几封信就完了，然后他计划回家，吃午饭，冲个澡，睡个午觉。晚些时候，他和妻子娜娃应邀要去位于泵房岗尽头的达莉亚和亚伯拉罕·莱文夫妇的家，参加一个社区歌唱晚会。

他还在写信，这时候听到有人怯生生地敲了一下门。他所处的是一个临时办公室，里面只有一张办公桌、两把椅子和一个档案柜，因为村议会各部门的办公室都在进行重新整修。"进来。"他说着，从信纸上抬起头来。一个名叫阿德尔的阿拉伯年轻人走了进来。他是一个学生，或者说原来是一个学生，他给拉海尔·弗兰科打工，在她家花园最下面的棚子里住，她家的花园在村子的边上，离那一排标志着公墓分界线的柏树不远。本尼认识他。他冲阿德尔温和地笑了笑，叫他坐下。

阿德尔个头不高，瘦得皮包骨，戴着眼镜。他仍旧站着，面对着村长的办公桌，离桌子有好几步远。他恭恭敬敬地鞠了个躬，对在工作时间以外打扰他表示道歉。

"没关系，坐下。"本尼·阿夫尼说。

阿德尔踌躇了一下，在椅子边上坐了下来。

"是这样的，"他说，"刚才，您妻子看见我朝村中央走来，就让我到这里看看，把这个给您——是一封信。"

本尼伸手接过那张便条。

"你在哪儿见到她的？"

"在纪念花园的附近。"

"她在往哪个方向走？"

"她哪儿都没有去。她当时就在一条长凳上坐着。"

阿德尔犹犹豫豫地站起身，问村长还有没有别的事情需要他做的。本尼微微一笑，耸了耸肩，说他什么都不需要。阿德尔谢过他，就离开了。直到他走开了，本尼·阿夫尼才把那张折叠着的字条打开。这里从厨房里的便笺簿上撕下来的一页纸，上面是娜娃用她那不慌不忙的圆体字手写的五个字：

别为我担心。

这几个字让本尼摸不着头脑。娜娃每天都在家等他吃午饭。他一点钟到家，十二点钟她那个小学就放学了。结婚十七年后，娜娃和本尼依旧互相爱着对方，只不过他们之间的日常关系有一种标志，即大多数时间相互之间有些许的漠不关心，某种程度上还带着一层克制着的不耐烦。她对他从事政治活动和村议会的工作深感不满，他还把村议会的工作带到了家里，她受不了他不管对谁都不加区分地和蔼可亲，平等相待。而他这方面呢，他不喜欢她对艺术的热爱，不喜欢她用泥巴捏成型，然后在特殊的窑里烧制的小雕塑。他讨厌那股泥巴的焦煳味，有时候她衣服都沾上了这种味道。

本尼·阿夫尼往家里打电话，电话铃响了八九声，他只好暗自承认，娜娃不在家。她居然在吃午饭的时候出去，他发现这件事很蹊跷。更加蹊跷的是她给他送来一张字条，连她去哪儿了、什么时间回来这些话都懒得说。他发现这张字条很是不合情理，她选了个送信人，这件事很是出人意料。不过，他并不心急。他和娜娃如果是不期然要出去了，都是在客厅里那个花瓶下面互相给对方留字条的。

于是他写完了最后两封信，一封是给阿达·德瓦什的，回复邮政所搬迁的问题；一封是给村议会财务主管的，答复有关一个职工津贴权利的问题。然后他把收信托盘里的信件归档，把他所有的复信放到邮出托盘里，查看了窗户和百叶窗窗帘，穿上他那件绒面革的短大衣，给门上了双把锁。他打算从纪念花园那儿路过，叫上妻子，跟她一块儿回家吃午饭。她这会儿说不定还在那条长凳上坐着呐。然而，他转过身去，又回到办公室，因为他有一种感觉，他可能忘了关电脑了，或者是厕所里的灯还亮着。不过，电脑关过了，灯也全都关灭了。所以，本尼又一次把门上了双把锁，去找他的妻子了。

2

娜娃并没有在纪念花园旁边的长凳上坐着。事实上，在哪儿都见不到她。可是，那个瘦骨嶙峋的学生阿德尔在那儿坐着，就他一个人，一本翻开的书面朝下放在他大腿上。他两眼盯着大街出神，而树上的麻雀在叽叽喳喳叫个不停。本尼·阿夫尼把手放到阿德尔的肩上。

"我老婆来这儿了没有？"他问的声音很轻，仿佛害怕会伤害了这孩子似的。阿德尔回答说，她原来在这儿来着，可是现在已经不在这儿了。

"这一点我能看得出来，"本尼·阿夫尼说，"可是我原以为你可能知道她朝着哪条路走了。"

"很对不起啊，"阿德尔说，"我真的很对不起。"

"没关系的，"本尼·阿夫尼说，"这又不是你的错。"

他就走了，经过会堂大街和以色列部落大街，回家了。他一边走，身子一边朝前倾着，仿佛在和某种看不见的障碍搏斗似的。路上遇到的每一个人都冲他笑笑，和他打招呼，因为村长是个颇有人缘的人物。他也笑一笑，向他们问好，问他们有没有什么新鲜事，有时候还会加上一句"铺路的石头裂缝的问题正在处理中"。不久他们就都回家吃午饭、睡午觉了,因为是星期五嘛。全村的大街小巷不久就空无一人了。

前门没有锁,收音机在厨房轻声播放着。有人在谈铁路网的开发问题以及铁路运输之于公路运输的优越性的问题。本尼·阿夫尼到老地方——客厅里那只花瓶下面——寻找娜娃留下的字条,可是一张字条都没有。然而,他的午餐在等着他,在厨房的餐桌上放着,盘子上盖着另一只盘子,用以保温:四分之一只鸡子、土豆浓汤、胡萝卜和豌豆。盘子两旁摆放着刀叉,刀子下面放着一块折叠得整整齐齐的餐巾。本尼·阿夫尼把盘子放进微波炉,加热了两分钟,因为饭菜虽然是盖着的,但已经不很热了。同时,他从冰箱里取出一瓶啤酒,给自己斟了一杯。他饥肠辘辘地吃完午餐,可是几乎没有注意到都吃了些什么。因为他在听收音机,收音机里这会儿在播放轻音乐,中间常常插播很长的广告。有一次播放广告的间歇,他以为他听见了娜娃在外面花园小径上的脚步声。他朝厨房窗户的外面望去,那里一个人都没有。草丛和垃圾堆里有一根断裂的马车车轴,还有几辆锈迹斑斑的自行车。

他吃完饭,把那些脏的碗盘放进洗碗池里,顺手关上收音机,就去冲澡了。整个房子笼罩在深沉的静默之中。唯一的声音是墙上挂钟"嘀嗒嘀嗒"的声响。两个十二岁的双胞胎女儿尤瓦尔和因巴尔都不在家,参加学校组织的旅游团去上加利利旅游了。她们卧室的门关着,他从门口经过,开开门,朝里面瞥了一眼。百叶窗窗帘关闭着,有一股香皂味儿和新近熨烫过亚麻被单的味道。他轻手轻脚地关上门,去了洗澡间。在脱掉衬衣和裤子之后,他突然想到什么,就走到电话机旁。他并不担心,但他想弄明白娜娃消失到哪里去了,她为什么没有像平时那样等他吃午饭。他拨通了吉丽·斯泰内尔的电话,问娜娃是不是跟她在一起。

"没有哇,她没有跟我在一起呀。"吉丽说,"怎么?她对您说过她要来看我吗?"

"问题就在这儿，她什么话都没有说。"

"杂货店开门一直开到两点，说不定她出去买什么东西了呢。"

"谢谢，吉丽。没事儿，她可能很快就回来了。我并不担心。"

话虽这么说，但他还是查到了维克托杂货店的号码，拨了过去。电话响了很长时间，才有人接听了。老利贝尔松那鼻音很重的男高音终于出现了，拖着像礼拜仪式上诵经般单调的腔调：

"维克托杂货店，我是什洛莫·利贝尔松，请问有何贵干？"

本尼·阿夫尼问娜娃在不在那里，老利贝尔松不无哀痛地回答：

"不在啊，阿夫尼同志，我很抱歉地说，今天在这里就没有见到您可爱的妻子。我们也未能荣幸地陪伴在她身边。我们也没有可能陪伴她了，您看，再过十分钟我们的商店就要打烊了，我们就要回家去欢迎安息日新娘了。"

本尼·阿夫尼回到洗澡间，脱掉内衣内裤，调好水温，冲洗了很长时间。在他擦干身体的时候，他觉得他听见门"吱呀"响了一声，于是他叫了一声："娜娃？"但没有人应声。他穿上干净的内衣裤，穿上一条卡其料的长裤，像用篦子篦一样把厨房仔仔细细搜索了一遍，寻找线索，然后去了客厅，查看放电视机的那个角落。他朝他们的卧室里面看了看，又朝封闭的阳台看了看，娜娃把阳台当工作室用。在那里，她一工作就是几个钟头，捏泥人，捏想象出来的动物，或者捏拳击运动员——那些拳击运动员都长着四方下巴，鼻子给打断了。她在库棚里的一个窑里烧制这些泥塑。他走到库棚里，开了灯，站在那里眨巴了一阵眼睛，然而，他所能看到的都是那些七扭八歪的小泥人，还有那座冷冰冰的窑，四周是在那布满尘土的架子上跳荡着的黑影。

本尼·阿夫尼拿不准是不是应该去躺下来，不等她了。他去厨房，把他的脏碗碟放进洗碗机里，寻找娜娃出去以前是不是吃过饭了的线索，可是，洗碗机差不多满了，他认不出来哪些盘子是娜娃曾经用来吃午饭的。

炉子上坐着一个炖锅，里面有一些炖好的鸡肉，可是要弄清楚娜娃吃过饭没有却是不可能的。本尼·阿夫尼在电话机旁坐下，拨通了巴特娅·鲁宾的电话号码，看看娜娃是不是跟她在一起，可是电话响了一声又一声，就是没有人接听。"真是的啊。"本尼自言自语，然后就去卧室躺了下来。娜娃的拖鞋在床边放着。那双拖鞋小小的，色彩明亮，后跟磨得很旧了，看上去就像是一对玩具小船。他仰面躺了十五或二十分钟，两眼呆呆地望着天花板。娜娃动不动就发火，经过这么多年他已经学会了，你要是企图让她消消火吧，她火气只会更大；所以，他倒更喜欢什么话都不说，让时间的流逝来抚慰她。她能够克制自己，但她从不会忘记。有一次她的朋友吉丽·斯泰内尔医生提议在村议会的美术馆举办一个娜娃泥塑的小型展览。本尼微笑着承诺，他会考虑这个提议，并且给吉丽一个答复。最后他认为，在村议会的美术馆举办展览是不合适的。娜娃毕竟只是个业余艺术家，她可以在她工作的那所学校的走廊上展览她的作品嘛，这样也可以避免偏袒之类的责难。娜娃倒是什么都没有说，然而她一连几夜都在他们的卧室里站着熨烫衣服，一熨就熨到凌晨三四点钟。她什么东西都熨，连毛巾和被单都熨。

大约二十分钟以后，本尼·阿夫尼起床，穿好衣服，下到地下室，开了电灯开关，"嗡"的一声飞出一群虫子，他朝那些包装箱和行李箱瞅了瞅，用手指摸了摸那把动力钻，拍了拍酒桶，酒桶发出空洞的回声。他关了电灯，拾级而上，回到厨房，踌躇了片刻，把那件绒面革短大衣套在那件没了形的套衫外面，连门都没有锁上，就离开了家。他向前弓着身子，像是跟一阵强劲的顶头风搏斗似的，去寻找妻子了。

3

星期五的下午，村子周围从来都是不见一个人影。大家都在家里休息，准备着晚上出去。天气灰蒙蒙、湿漉漉的。屋顶上云块低垂，缕缕薄雾飘荡在街头，街两边家家关门闭户，人人进入梦乡。一片旧报纸飘飘荡荡吹过空旷的大街；本尼弯腰捡起来，扔到一个垃圾桶里。到了拓荒者花园附近，一条硕大的杂种狗朝他走来，并开始跟着他，狂吠着，露出了牙齿。本尼冲狗大吼一声，但那狗发火了，好像是有可能向他扑过来。本尼弯腰拾起一块石头，在空中挥了挥手臂。狗继续跟着他，和他保持着安全的距离，尾巴夹在两腿之间。就这样，人和狗两个都沿着空无一人的大街往前走，相距三十英尺的样子，向左转，上了创建者大街。这里所有的百叶窗窗帘都关闭着，人们都在睡午觉。这些大多是旧的木质百叶窗，涂上的绿色油漆都已经褪色了。有的板条不是弯了，就是丢了。

在各处，零星分散地有一些院落，这些院落原来是农场的场院，但现在已经无人照管了。在这些院子里，本尼注意到一个不用了的鸽笼，一个已经改造成仓库的羊圈，一辆在一个锈蚀得起了皱褶的铁皮谷仓附近停放着、已杂草丛生的废弃卡车，还有一个不再使用的养狗场。房子前面种着巨大的棕榈树。他们家房前原来也种着两棵老棕榈树，但是在娜娃的要求下，四年前就给砍了，因为他们卧室的窗户外面，棕榈树叶在微风中"唰唰"响，夜里闹得她睡不好觉，使她感到很窝火、很难过。

有的花园里种着茉莉花和芦笋，而有的花园里则什么都没有种，只有杂草，高高的松树在风中低吟浅唱。本尼·阿夫尼还是那样子朝前猫着腰，沿着创建者大街和以色列部落大街走，经过纪念花园，在那条长凳旁停了片刻。照阿德尔的说法，娜娃叫他把那张写着"别为我担心"

字样的字条拿到本尼的临时办公室，交给他的时候，就在那条长凳上坐着。

那条狗也停了下来，离他约莫三十英尺的样子。它这会儿又在嗥叫，露着牙齿，不过是以智慧、探寻的样子盯着本尼·阿夫尼看。当初他和娜娃两个人都是单身，都在特拉维夫读书。哪时娜娃怀孕了。她毕业了是要当老师的，而他则在学习商务研究。他们立即达成一致意见：这次意外的怀孕必须终止。本来他们和位于雷内斯大街的一家私人诊所约好了时间，但就在约定时间的前两个小时，娜娃变卦了。她把脑袋靠在他胸脯上，哭了起来。

然而他拒绝让步。他求她理智些，没有别的选择，毕竟整个事情并不比取掉一颗智齿更糟糕吧。

他就在那家诊所马路对面的一家咖啡厅等她。他看了两份报纸，连体育增刊都看完了。两个小时后，娜娃出来了，看上去脸色苍白，他们打的回到学生公寓他们住的房间。有六七个叽叽喳喳的同学在等本尼·阿夫尼。他们是来开一个会议的，这次会议早就安排好了。娜娃在房间角落里那张床上钻进被窝，把被子拉过来蒙住头，可是吵闹声、喊叫声、开玩笑的声音，以及吸烟的烟味，还是渗透过来，传到她身上。她感到虚弱无力，感到恶心。她摸摸索索从这一帮集会的学生当中穿过去，把身子斜靠在墙上支撑着，直到来到了洗手间。她的脑袋在旋转，麻醉剂的效力消失了，疼痛感回来了。在洗手间，她发现有人在整个地板和坐便器上吐得到处都是。她无法控制自己，就也吐了个昏天黑地。她在那儿站了很长时间，哭着，两手扶着墙壁，脑袋靠在手上，直到那些闹哄哄的来访者走了，本尼找到了她，见她在瑟瑟发抖。他抬起胳膊搂住她的肩膀，轻轻地把她领回到床上。他们两年后结婚，可是娜娃就是怀不上孩子。他们找各色各样的医生，用了各种各样的办法治疗。又过了五年，那两个双胞胎尤瓦尔和因巴尔才来到这个世上。娜娃和本尼从来没有谈到过在特拉维夫学生宿舍里的那个下午的事。就好像他们一致认为没有必要谈这件事似的。娜娃在学校教书，业余时间用泥巴捏怪物和断了鼻子的拳击运动员，然后在库棚里的一座窑洞里烧制。本尼当选为村长，大多数村民都喜欢他，因为他处事低调，不张扬，还很善于听人讲话，不过，他也有一种本事，在不知不觉中让别人做他想让他们做的事情。

4

在会堂大街的拐角，他站了一会儿，转过身看看那条狗是不是还在跟着他。那条狗站在一个大门旁边，尾巴夹在两腿之间，嘴大张着，怀着耐性十足的好奇心看着本尼。本尼轻声叫那条狗，狗竖起耳朵，它那条粉红色的舌头耷拉出来。狗似乎对本尼很感兴趣，但更愿意保持距离。周围没有什么别的人，连一只猫或一只鸟都没有，只有本尼和这条杂种狗，还有那低矮的云层，低得几乎擦到了柏树树梢。

水塔矗立在三根水泥柱子上，紧挨着水塔的是一个防空洞。本尼·阿夫尼试着推了推金属门，发现门并没有锁，就走进去，往下走了十二级台阶。他摸索着找电灯开关，一根潮湿污浊的柱子碰到了他的皮肤。没有电。即便如此，他还是走进那片黑黢黢的空间，在那隐约可辨的东西之间摸索着：一摞床垫或者折叠床和某种破旧的五斗橱。他吸了口滞重的空气，穿过黑暗摸索着回去，朝台阶走去，经过电灯开关的时候又试了试。还是没有电。他关上铁门，回到了空旷的大街上。

风小了，但薄雾依旧缭绕，使那些旧房子的轮廓影影绰绰，模糊不清，有的房子确实有一个多世纪那么旧了。墙上那黄色的灰泥裂开了缝，损坏了，留下一片片脏兮兮、光秃秃的裸墙。花园里种着灰蒙蒙的柏树，一家一户以一排排的柏树丛相互隔离开来。杂草丛里，荨麻丛、茅草和旋花丛中，不时地可以看见一台生锈的割草机或者一个碎得七零八落的洗衣盆。

本尼轻轻地吹了声口哨，但那条狗仍旧保持着距离。教会会堂早在二十世纪初村子成立的时候就建起来了，会堂前有一块公告板，上面钉着一些当地电影院的电影广告和葡萄酒厂的产品广告，还贴有几份村议会的通知，上面有他本人的签名。本尼停了一会儿，看那些通知，但说不上为什么，这些通知似乎都是多余的，或者说是完全错误的。他以为他看见街道拐角有一个弯着腰的人影，然而当他走近了，却只看见薄雾中的树丛。会堂的屋顶装有一个金属大烛台，门上雕刻着狮子和大卫六角星。他爬上五级台阶，试着推了推门，门没有锁。会堂里面几乎是黑的，空气清冷、肮脏。存放《圣经》的约柜前面挂着一道幕帘，长明灯那微弱的光线照亮了"我总是把上帝放在我面前"几个字。本尼·阿夫尼在若明若暗的光线里漫无目的地徘徊在那一排排条凳之间，然后上楼来到妇女画廊。黑色封皮的祈祷书散落在条凳上。他突然闻到一股陈旧的汗味，还有旧书的气味。他用手抚摸着一条长凳的靠背：看样子仿佛是有人把一条披肩或头巾落下了。

本尼·阿夫尼离开会堂，发现那条狗就在台阶的下面等着他。他跺了跺脚，说："嘘！走开！"狗脖子上套着一个项圈，上面挂着一个身份牌。它把脑袋朝一边一歪，张开嘴喘着气，就像是在等着一个说法。可是没有人要给它一个说法。本尼转身继续走他的路，双肩隆起，那件不成形状的套衫从他那件短绒面革大衣下面偷偷地向外张望。他迈开大步，身体前倾，宛若一艘轮船的船首那样破浪前行。那条狗没有抛弃他，但依旧保持着距离。

她会去哪儿了呢？说不定是去找她的一个女友，就弄不清时间了。或许她因为一些急事在学校待得晚了。兴许她就在诊所。几个星期以前，有一次吵架，她对他说，他的友善只不过是一个面具，而面具后面是一片冰冻的荒地。他没有还嘴，只是爱怜地笑笑，每当她生气的时候他总是这样。娜娃勃然大怒。"你什么都不关心，对不对？"她说，"不关心我，也不关心两个女儿。"他依旧是一副爱怜的笑模样，把手放到她肩膀上，可是她使劲把他的手甩开，"嘭"的一声把门一甩，走了。一个小时后，他把一杯加了蜂蜜的花草茶端到她的工作室。他想她或许会着凉的。她没有着凉，但她接过了茶，轻声说了一句：

"谢谢你。你真的没必要端茶来。"

5

或许就在他在薄雾弥漫的大街上游荡的时候，她已经回到家了。他思索了片刻，要不要回家，然而一想到那空荡荡的房子，尤其是那空空的卧室里，她那双彩色的拖鞋像两只玩具船一样放在床脚，一想到这幅画面，他就踌躇不决了，就决定继续往前走。他双肩向前微倾，沿着维内大街和塔尔帕特大街走，一直走到娜娃工作的那所小学。一个月前，他曾经和他在村议会的反对者，甚至和教育部斗争，终于争来一笔资金，修建了四座新教室和一座宽敞的体育馆。

由于是周末，学校的大铁门锁着。学校的大楼和操场周围围着铁栏杆，铁栏杆上面布满曲里拐弯的铁丝网。本尼·阿夫尼转了两圈，才发现一个地方有可能爬进操场里去。狗在马路对面看着他，他对狗挥挥手，一把抓住铁栏杆，把铁丝网扒拉到一边，纵身一跳，在这个过程中擦破了手。他半是跳，半是滚，进了操场，落地的时候还扭伤了脚踝。他一瘸一拐地穿过操场，鲜血从他那擦伤的左手上滴落下来。

通过一个侧门进了学校大楼，他发现自己来到一条长长的走廊上。走廊两侧开着好几个教室的门。有一股汗味儿、食品味儿和粉笔味儿。地上散落着碎纸片和橘子皮。他走进一间开着门的教室，在教师的讲桌上，他发现一块脏布，一片从练习本上撕下来的纸片，纸片上潦潦草草写着几行字。他仔细地查看笔迹：这的确是一个女性写的字，但不是娜娃的。纸片现在沾上了本尼·阿夫尼的血。他把纸片放回讲桌，转身看了看黑板，上面是同一个女性写的字："乡村生活的宁静和城镇生活的喧嚣之比较。最迟请于星期三完成。"这行字下面出现了这些字："请在家里仔细阅读下面的三章，准备回答问题。"墙上挂着西奥多·赫茨尔、总统和总理的画像，还有几张宣传诸如"热爱大自然的人尊重花草"之类的海报。

凳子放得杂乱无章，仿佛铃声一响，学生们急急忙忙的，只是把凳子一推，就离开了。窗台上，花盆里的天竺葵看上去一副无精打采、遭人冷落的模样。教师讲桌的对面墙上挂着一幅很大的以色列地图，上面有玛拿西崇山峻岭中的特里兰村，用绿色圈了起来。一件套衫孤零零地挂在衣帽钩上。本尼·阿夫尼离开教室，步履蹒跚地绕着一条条空荡荡的走廊转起圈来。擦破的手上一滴滴血留下他走路的印记。他走到第一条走廊尽头的厕所那儿，不知道是什么东西吸引着他进了女生厕所。他发现女生厕所气味和男生厕所稍有不同。里面有五个分隔间，本尼·阿夫尼查看了每一扇门后面都有什么东西。他甚至还朝清洁柜里看了看。然后他向后退了几步，走了另一条走廊，又走了一条走廊，直到他终于找到了教师公共休息室的门。在这里，他停留了片刻，摸了摸上面写着"教师公共休息室。未经特许，学生不准进入"字样的金属牌。有一阵子，他有一种感觉，这紧闭的门后边在召开某种会议，他害怕打搅了会议，然而他也很渴望打搅会议。可是，公共休息室里空空的，黑黑的，窗户关着，窗帘拉得严严实实的。

靠着两面墙排放着书架，中间是一张很大的桌子，旁边放着几把椅子。桌子上七零八落地放着几个空茶杯，几个喝了一半的茶杯和咖啡杯，还堆放着书籍、课程表、打印的通知和笔记本。紧挨着远处一个窗户的是一个大橱柜，每一个老师有一个抽屉。他找到了娜娃·阿夫尼的抽屉，拉出来，放到桌子上。里面有一摞练习本，一盒粉笔，一盒喉片和一个旧太阳镜盒子，盒子里面什么都没有。他思索了片刻，还是把抽屉放回了原处。

在一把椅子的靠背上，本尼·阿夫尼注意到一条花格子围巾，看着眼熟。但是光线太暗了，他弄不准是不是娜娃的一条围巾。他还是把围巾拿起来，擦掉手上的血，叠起来，装进了他那件绒面革短大衣衣兜里面。然后他离开公共休息室，沿着一条开着好几扇门的走廊一瘸一拐地走，接着沿着另一条走廊走。他一边走还一边朝每个教室里瞥上一眼，试着推了推医护室的门，门锁着，又朝看门人的屋子里看了看，最后通过一个和他进来时不同的门出了大楼。他步履蹒跚地穿过操场，爬上围栏，又一次把铁丝网推开，然后跳下来上了大街，这一次，他的大衣袖子给撕了个口子。

他站着等待，不知道在等待什么，直到他看见了那条狗蹲在对面的人行道上，在离他大约三十英尺的地方一本正经地盯着他看。他突然想到要试图走近一些，摸一摸那条狗，可是那狗却站起来，伸展了身体，在前面慢慢地走起来，一直保持着既定的距离。

6

大约有十五分钟，他跟在那条狗后头，踉踉跄跄地穿过一条条空旷的街道，他那只流血的手被他用从教师公共休息室里拿来的围巾裹着，那条花格子围巾或许是娜娃的，或许仅仅是看着像娜娃的一条围巾。灰蒙蒙的天空很低很低，在树梢上乱作一团，沿着一座座花园轻轻地飘着缕缕轻雾。他觉得他感觉到了细细的雨滴落在他脸上，但他不敢肯定，他也不在乎。他朝一堵矮墙瞥了一眼，他以为看到了一只鸟，可是最后一看，只不过是一只空罐头盒而已。

他顺着一条窄窄的小巷走着，路边是高高的叶子花树篱。他最近曾批准重铺这条小巷，有一天上午还过来查看铺路工作。他们从这条小巷又转到会堂大街上，狗领着路，这一次光线更为灰暗了。他不知道是不是应该直接回家。她此刻也许已经回到家了；她也许躺了下来，弄不清楚他去哪儿了，大概也弄不清楚谁知道他去哪儿了，正为他牵肠挂肚呢。可是，一想到那空荡荡的房子，他就心惊肉跳，于是他继续跟在狗后面蹒跚而行，狗在他前面走，连头都不回一下，鼻子垂得低低的，像是在闻着路。说不定过不了多长时间，天不黑就会下起大雨来，把落满灰尘的树木、所有的屋顶和人行道都冲洗得干干净净。他想到本来可能是怎么回事，而现在根本不可能实现了，但他的思绪跑到了别处。娜娃过去常常和两个女儿坐在房后的阳台上，跟她们轻声细语地谈天说地。阳台下面正对着那丛柠檬树。她们都谈了些什么他从来都不知晓，也从来都没有费神去弄清楚。现在，他想弄清楚，却没有了线索。他觉得他必须做出一个决定，然而，尽管他很习惯于每天做出许多决定，可是这一次，他却举棋不定，犹豫不决，被搞得心神不宁；事实上，他搞不清楚别人要求他做什么决定。与此同时，狗停了下来，在离他三十英尺的人行道上蹲了下来，于是他也停下来，在纪念花园前面停下来，在一条长凳上坐了下来，很显然这条长凳他妻子在三四个小时之前坐过，当时她请阿德尔到他的临时办公室去看看，给他送她那张字条。就这样，他在长凳的中间坐了下来，他那只流血的手裹在围巾里。他把大衣扣子都扣上了，因为一场细雨已经开始下起来了。他就这么坐着，等待他的妻子。

阿摩司·奥兹（1939—2018）以色列最著名的作家，主要作品有《何去何从》《我的米海尔》《了解女人》等十余部长篇小说和多部中短篇小说集、杂文随笔集、儿童文学作品等。

杨振同 1965年出生，河南省新乡县人。文学翻译家，广东外语外贸大学南国商学院英文学院副教授。中国翻译协会专家会员、广东省翻译协会专家会员和广东省作家协会会员。已出版《致命约会》《追寻达·芬奇密码》等六部翻译专著。在《世界文学》《译林》《外国文艺》《当代作家评论》和《湖南文学》等刊物上发表文学翻译作品二百多篇，逾三百万字。

艺 术

奥登：探索二元性

◎马永波

1907年出生于英格兰约克郡的奥登，是继艾略特之后最重要的英语诗人，他对现实生活的关注极大丰富和发展了现代主义诗歌。他曾访问过德国、冰岛和战时的中国，也曾在西班牙服役。在英国的青年时代，他是弗洛伊德精神分析学说和马克思主义的热情拥护者，他将两者结合起来，从中吸收了不少营养。1939年他移民到美国后，诗风也由早期的艰涩隐晦转向明朗开阔，皈依了基督教，其思想历程接近于克尔凯郭尔所论述的审美、伦理、宗教的人生三阶段。

在涉及艺术与真实的主题时，奥登起初认为，艺术既是心理上的补偿，又是影响他人意见的手段。后来，他认识到，艺术在最好的情况下是对上帝这个超级艺术家的模仿，单是艺术就能够完全协调生活的矛盾。在次一等的情况下，艺术是一种语言游戏，是个体人格整合的途径。这种对诗歌的人格整合作用的寄托，颇为类似于艾略特从玄学诗人那里得到的启示，那就是，诗歌能在复杂纷纭的世界中创造出情感的统一、动作的统一以及声音与意义的统一，而在破碎有限的现实经验中，是不可能实现这些统一的。

因此，奥登诗歌中最引人注目的主题就是探求人的双重性、性之善、动物（或自然）与人的区别、个性的整合、相信理性之外某物的需要、艺术与真实的关系。这些主题是彼此结合、互相关联的。比如，探索很可能是对个人整合（人格统一性）的探索。在英国阶段，诗人探索的主要是一个新社会，尽管这种探索不能看作是独立于对一个新自我的探索，而往往是通过探索自我来探索社会，或者是通过探索社会来认识自我。奥登从来也没有彻底接受人完全是环境产物的这种马克思主义观点。他认为死亡欲望和个人再生的需要会将人引向应许之地，然而，他的主要观点仍在于新社会将从旧社会的废墟中建立起来。后来，这种探索变成了对一种新生活（生命）的探索，其完整形式表现为克尔凯郭尔式的从审美经由伦理而走向宗教阶段的人生旅程。

美国神学家尼布尔认为，人作为受造物具有二元性：肉体和精神。人是"肉体"，是指人是自然之子，要服从自然的规律，受自然必然性的支配，受自然的冲动所迫使，限于自然所允许的年限之内；人是"精神"，指的是人具有自由，能使自己成为自己的对象，超出他的本性、生活、自我、理性以及世界。因此，人处于自然与精神的交汇处，在自由和必然之间辗转挣扎。作为具有理性的人，必须认识到人的这种有限性。奥登受到尼布尔思想的影响，他起初将人的双重性定位于超我与本我之间的差异，道德意识与黑暗神秘力量之间的差异；后来，则更多地着眼于传统的身心差异之上，或者是人希望成为的样子和实际之所是之间的区别。人的超越动物的技能使人悲剧性地意识到自己与自然的脱离，但依然如恩格斯《反杜林论》中所言的那样："我们凭借需要生活在自由之中（we live in freedom by necessity）。"奥登在《在战时》系列十四行诗的结尾，便挪用了恩格斯的这句话——"我们为需要所迫，生活在自由中"。

卡西尔将人定义为"创造象征的生物"，人与动物的区别在于人再也不是首先直接地在大自然里生活，而主要是在由他自己创造的、由符号和象征组成的世界里生活，也就是说，在一个语言构成其重要因素的文化宇宙里生活。人与作为家园的自然的分离，以《圣经》中人类始祖被逐出伊甸园为象征，伊甸园可以看作一种人与自然还没有分裂的那种浑朴合一的状态。《圣经·创世记》第二章中有关智慧树与生命树的比喻，就表达了这样的思想。人类始祖品尝了智慧树上的果子，结果却是人类的堕落。这种理智知识是人类意识上的一个飞跃，但是它同时在人类生活上产生了一个裂缝或分裂，在事物的自然秩序上产生了一个缺口。动物并不会做出罪恶的行为，因为它压根不知道善行与罪恶的分别。而人是唯一一种知道自己是动物的动物。海德格尔在《存在与时间》中对存在与存在物（being and existence）作了区分。关于人的重要之处不在于他存在，而是他知道自己存在，他有力量感知存在的意义。人的存在包罗了脱离存在物，进入存在真理的力量和觉醒。若人不能超越他的存在限度，他也就等于被宣判了死亡与虚无。自我意识的发展当然是不愉快意识的发展，因为所有分裂的意识都是不愉快的意识。但是，退出与环境的一体状态也是有意义的，那就是它打开了人类自我发展的空间，直到在更高层次上重新获得与环境的和谐统一，亦即重返"伊甸园"。人本是自然之子，生活之善与自然之善之间存在着内在关联，自然之善是生活之善的源始和基点，但是现代工业社会使这两者分离开来。工具理性将自然当作冷漠的、无价值的、机械的力量，认为自然本身无所谓"善恶"。"在这样一个世界里，人类伦理就没有了基础，伦理价值只是个人的看法或感觉。现代工业社会里的战争、不以人的意志为转移的官僚主义、无意义的工作及文化堕落都缘自这种分离行为。"机械论世界观的症结在于将描述性的方法误认为是创造性的原因。实际上，按照怀特海的过程哲学的说法，将有机界和无机界进行精确区分是不可能的，虽然这样的分类对于科学研究也许有着实际用处，但对于自然界而言却是危险的。在自然界的连续统一体之中没有明显的分离线，在生命有机体和无机实体之间也没有明显的分界线；无论存在着怎样的不同，都只是一个程度方面的问题。例如"病毒"

就既拥有生命又有非生命特性。再如"细胞器"（cellular organelles），能再生繁殖，但是离开了它们的环境——细胞，它们就不能生存了。

在奥登的诗歌中，动物起初遭到人的妒忌，因为和人不同，它们生活在自己与之完全协调的自然环境中，并且缺乏预知，因此没有对死亡的恐惧，对逼近的命运也一无所感。比如在《我们的偏见》中，无视时间流逝的"狮子的纵跃"和"玫瑰的自信"。在《步后辈的后尘》中，也表现出人不如动物的判断。我们游猎的父辈毫不担心他们的动物性，因为他们知道自己是"创造"的顶峰，是上帝创世的最后行动，是按照他的神圣形象所造，仅略低于天使。他们视自己为伟大的存在链条中核心和重要的一环，其力量和欲望是"自由的"。被亚里士多德定义为理性动物的人类，认为动物王国嫉妒人的理性天赋，这天赋乃"移动太阳及群星的爱"所赐予。很久以来，人就是这样思考自己与其他造物的关系的，这种思维方式引出了问题，为什么如此受宠的一种生灵结果只不过是"灰尘的化身"。人类怜悯野兽缺乏理智，没有"进步"的能力，但恰恰是讲理性的人，却由于道德的自信而导向复杂的罪恶行为，为了正确的目的而做出错误的行为，自愿仿效起仿佛与理性不能并容的野兽的阴险来。人不仅命运不幸，而且因其动物性和罪恶的骚扰而心怀沮丧。我们可以用弗洛伊德原罪情结的机械决定论来解释，但更为古老而持久的原因，正是这"美好传统"的结果。到了后来，在奥登诗中，动物在遭到人的妒忌的同时，也遭到些微的蔑视，这同样是由于它们没有预知，因而也没有内疚或道德感。它们是天真的，但不能是有德性的。动物和植物是像我们人类通常想象的那样缺乏智慧的吗？事实恐怕并非如此。混沌理论的协同进化原理告诉我们，其他物种是与我们人类一同进化的。迈克尔·波伦曾经提出过一个有趣的例子："如今在美洲有五千万条狗，而狼只有一万只。所以，狗对于自己生活在这个世界上——它那野性的祖先不在其中生活——会作何感想？很重要的一点，狗是知道的：从我们这一方面所说的它们得到了进化的这一万年的时间里，它们掌握的对象是我们——我们的需要和欲望、我们的情感和价值观念，所有这些它都将其融入它的基因，成为它们聪明的生存策略的一个部分了。如果你能够像读一本书一样阅读狗的基因组，那么对于我们到底是谁，是什么使得我们那样去做，你就会了解很多。对于植物，我们一般不像对动物那样关心。但是，苹果、郁金香、大麻和马铃薯的遗传之书的道理是一样的。在它们的书页上，我们可以读到自身的许许多多，它们用自己发展出来的一系列聪明的做法，把人类变成了蜜蜂。"但是，作为意识程度最为发达的物种，我们超越二元性的努力，并不是摆脱理性，回到蒙昧不明的原始状态。"我们不能摆脱自我意识的压力。治疗我们不安的方法并不是回到无意识的发源地，而是要升入到创造性的意识中去。我们的目标是圣贤的开明，而不是新生孩童的稚嫩。"圣人的智慧与儿童的单纯之间有共通的东西：恬静的信赖与纯洁的愉悦。孩童时代的幸福状态几乎就是人类心灵业已失去的天堂。

对于奥登来说，人有理性还不够，还不足以自立于天地，人需要信仰理性之外的什么东西。这种需要一开始是弗洛伊德式的需要，那就是不去压抑不受欢迎的知识或感觉进入无意识，因为它们能造成不可预期的灾难。而后这种需要往往变成了克尔凯郭尔式的——需要信任荒谬，以便最终从黑暗中跃向信仰。例如，奥登起初把性当作一种好的东西，对心理、生理健康有益，而且会导向新社会所需要的普遍的社会之爱。后来，性爱的可接受是由于它会导向上帝之爱。爱情主题的这种发展可以从他对《1939年9月1日》一诗的修订过程中见出，起初的句子是"我们必须相爱否则死亡"，后来被他改成了"我们必须相爱并且死亡"，而在战后编辑全集时又干脆将整首诗删掉了。现代人的灵肉分离的大背景是现代性二元分立。而人性完整的生活，必须是灵与肉和谐的生活，灵与肉的自然平衡、相互自然地尊重。英国作家劳伦斯曾惊世骇俗地宣称，性爱能让英国复活。诗人帕斯也认为，只有通过对"爱"的追求，人才能发现已经失去的团结和一致，才能重新获得自由，这是人类生存的最原始的条件。他的著名长诗《太阳石》中就蕴涵着这样的思想。文明化的人类已经把说与做、思与行分割开来，生活成为分裂的生活，思而不行、行而不思，思与行互相排斥，而非和谐相处。这种分裂反映在性爱之中，使肉体成了头脑的工具和奴隶。因此，劳伦斯特别强调要警惕那种抽象、抽离的"精神性的爱"，要追求理智与肉体感知的同步与和谐。他认为，性是宇宙中阴阳两性间的平衡物——吸引，排斥，中和，新的吸引，新的排斥，永不相同，总有新意。人类的性是随着一年的节奏在两性体内不断变幻的，它是太阳与大地之间关系变幻的节奏，亦即性的勃发、高涨、渐衰、平缓这样的循环节奏，是内在于宇宙自然的节律的。如果将爱仅仅变成一种个人的感情，失去与季节神秘转化的岁月节奏的联系，与太阳和大地的和谐，会是一种莫大的灾难。他说："我们的问题就出在这上头。我们的根在流血，因为我们斩断了与大地、太阳和星星的联系；爱变成了一种嘲讽，因为这可怜的花儿让我们从生命之树上摘了下来，插进了桌上文明的花瓶中，我们还盼望它继续盛开呢……离开了太阳的轮回，地球的震动，星球的陨落和恒星的光彩，婚姻就没有意义了。"而回到与整个宇宙和世界的生动、有益的关联的途径就是每日的仪式和复苏，重新与肉体、性、情绪、激情与大地、太阳和星星融为一体。因此，人的个性的整合来自自我认知，并将从其本身和对创建新的世俗社会的贡献中获得价值。这种观点逐渐与世界的"荒谬"联系起来，和身体与精神的冲突不可分割，因此逐渐变形成了本我对真实性的需要，以便成为完整的人，成为合格的基督徒。如在《短歌》中诗人就这样写道："在一生中，他将发现/肿胀的膝盖或疼痛的牙齿/威胁到他对真理的探求。"

在涉及本我与超我的张力关系时，在奥登的诗歌创作中表现为，当

"诗人"变得浮夸时，一个非罗曼蒂克的"反诗人"就会出现，刹刹他的嚣张气焰。也就是说，奥登的诗歌不是单向度的线性诗歌，而是内里有着复杂的多声部对话和盘诘的复调诗歌，当诗歌中的一个声音角色音调过高时，总有一个反讽的声音角色将其拉低，使诗歌的主题意义始终保持在暧昧的张力之中。

神话，在奥登那里首先是一种特殊的想象方式，是理性的选择，这使得作者和读者能从感官和情感两方面对内在与外在生活事实做出反应。象征与隐喻的普遍运用使抽象具体化，具体概括化。神话因素的加入将抽象与概括变得富有戏剧性和特殊性，而喜剧式的夸张，则会使其意义更为生动。神话方式使他倾向于使用具体但并不特殊的例子来体现一般概念，也就是说，这些例子是在时间与空间之中，但并不是在某个特定时刻和地点。如《一个暴君的墓志铭》——

> 他所追求的是某种完美，
> 他创造的诗歌易于理解；
> 他了解人的愚蠢，有如他的手背，
> 并且对陆军和海军兴趣极浓；
> 他笑时，体面的议员们也迸发出笑声，
> 他哭时，小孩子在街道上死去。

此诗作于1939年，奥登和他的读者无疑心里是想着希特勒和墨索里尼这样的独裁者，但"墓志铭"指称一个死亡的暴君，"议员们"虽与现代的意大利吻合，但更有可能是暗示着古代罗马，"诗歌"尤其让我们想起尼禄。这种神话方式可以包括奥登所有具有原型意象的诗歌。和艾略特一样，古今并置的神话方法的运用使奥登的诗歌获得了历史的深度透视效果，但与真诚相信将历史时间置于和永恒生命的关联中能够使时间获得拯救与宽恕的艾略特不同，奥登对历史循环多是采取悲哀的观点。这在其名诗《阿喀琉斯之盾》中就有所流露：

> 她俯视着他的肩头
> 寻找葡萄和橄榄树，
> 大理石水井统治的城市
> 和野性大海上的舰队
> 但是在闪光的金属上
> 他的双手却已放置了
> 一片人工的荒原
> 和一片铅似的天空。

这首标题诗将战后场景用某种间接而戏剧化的原型语境表达出来，充满了恐怖和宗教意味。西蒂斯女神在她儿子的盾牌上寻找古典的美德。她寻找秩序和善良的统治，结果找到的仅仅是其消极形象，一种无情的极权主义；她寻找宗教，找到的只是对十字架上的牺牲构成戏仿的军事屠杀；她寻找艺术，得到的只是一种无目的的暴力。奥登一生都对古老神话和现代机器怀有浓厚的兴趣，他把机器改造成了现代神话。

时间，在奥登的英国阶段，因其易耗性而被视为否定性因素，正是时间过去造就了基督教和资本主义沉闷而致命的体系，造就了妨碍变革的传统。在美国阶段，时间被纳入了奥登的基督教信仰体系之中，成为从尘世获得拯救的一个切入点，通常更多地被认为是对永恒的一种必要的补充。

奥登诗歌的主题往往是和他处理主题的方式分不开的，将他极其独特的对神话、自然（主体之外的一切）、想象的运用与主体完全分开对待是没有益处的。同类意象可以用来体现不同的主题，同一主题可以在不同种类的意象中体现。风景可以政治化道德化，自然可以神话化，历史和神话可以交织。某种诗体可能与主题或对象没有特殊关联，仅仅是作为一种乐趣而存在，而有时诗体形式却和内容有着有机的关联，是内容的一部分，是内容的延伸。诗体形式的稳定性可以用来表现或是对抗自然和现实的不确定性，在严格的形式和混乱的内容之间创造动人的张力领域，结构化的努力是为了保持与真实的和谐。

奥登善于巧妙利用意象的组织来实现其诗歌的主旨，其中最为突出的是舞台布景或灯光型意象（stage-setting or lighting）。奥登吸收了表现主义（expressionism）电影将布景灯光也作为意义的一部分的思想，创造性地动用画面线条的冲突和光影的投射实现了诗歌中的视觉造型。表现主义不把自然视为艺术的首要目的，而是以线条、形体和色彩来表现情绪与感觉作为艺术的唯一目的。在发源于20世纪20年代德国的表现主义电影中，演员、物体与布景设计都用来传达情绪与心理状态，不重视原来的物象意义，既反对印象主义中残存的中心透视的传统空间法则，也反对再现现实，而是主张以浓重的色彩、强烈的明暗对比创造出一种极端的纯精神世界。

这种对灯光意象的运用，我们可以在奥登1938年所作的《首都》一诗中观察到其是如何与意义结合在一起的——

在各种娱乐场所，富人们总是在等待，
奢侈地等待奇迹的发生。
哦，灯光暗淡的小饭店，情侣们在那里彼此吞噬，
流亡者在咖啡馆里建造了一座恶毒的村庄。

你用你的魅力和你的设备废除了
冬天的严厉和春天的强制；

136

暴怒的苛刻的父亲远离了你的灯光，
纯粹顺从的沉闷在此显而易见。

用管弦乐队和闪光，哦，你背叛了我们
让我们相信自己无限的力量；而无辜的
粗心的犯人在一个瞬间倒下
心的无形愤怒的牺牲品。

在未照亮的街道你藏起了可怕的东西；
工厂里生命被制造出来，为了暂时之用
像衣领或椅子，孤独者在房间里
像卵石被慢慢地砸成偶然的形状。

但是你照亮了天空，可以看见你的闪光
在遥远黑暗的田野中，巨大，冰冻。
那里，像一个邪恶的叔叔暗示着禁忌，
你夜复一夜召唤着农夫的孩子们。

    在此诗中，灯光或者是暗含的，或者是明确写出来的。"各种娱乐场所"中灯光当然是明亮的，到处都被照亮着，这与城市的贫困地区，与那些"未照亮的街道"形成了尖锐对照。类似的，城市作为整体，它的"灯光"，与屈服于季节的光与暗的自然界形成了对照；而城市温暖的"闪光"，照亮了天空，构成了对"黑暗田野"的诱惑。这种明暗对照法是含义深刻的，在说教超过了抒情，使诗容易变得沉闷的时候，它可以充当一个额外的意象。此诗之所以没有变得沉闷的另一个原因，是它的意念被转变成一系列虚光照，词语的摄像机从一个照亮的场景切换到另一个，让每一个都自我解释，且凭借对比互相评价。最后一个诗节完全是长镜头切入，从远距离上我们看见首都在夜空中漫射的闪光：诱惑成为可见的。对于那些命运抛到巨大冰冻田野的外部黑暗中的人，那可以是一座港口、一个天堂。"严厉""强制"和"沉闷"使得与农场相关的生活远非罗曼蒂克的惬意。你可以看见为什么农夫的孩子会被首都吸引，或者用心理学的术语来说，为什么无辜者会被引诱到错误的追求上去，这样的追求将通向地狱，它也在闪光，甚至超过了天堂。因此，首都成了诱惑的心理学隐喻。

纵观奥登的诗歌创作，对二元性造成的诸多关联领域的破裂所带来的人与自然的双重异化的危险，以及重新弥合两者的努力，可谓是诗人创作探索的主要动力。这种弥合实际上是不具有实践性的，它至多是在各个关联域之间的某种动态平衡，而要求平衡的诗艺追求本身又带来了诗人的限界意识，在将两者统一的同时却保有清醒的分离意识，不至于将两者混合。意义作为诗的素材，只能是构成因素之一，它绝无凌驾于艺术的形式冲动、心理释放与美学立场之上的特权，它也仅仅在与其他因素紧密融合的前提下，才能获得其真实的表达与可理解性。奥登诗歌中就体现出这种对"限界的意象"的关注。他常以飞行员的角度俯瞰事物，使其在超越的视野上显示出清晰的轮廓。他也常常用"狭长花坛"（构成花园通道的 border）象征事物的界限，因此可以称其为"边界体验"诗人。奥登推崇规范和形式，因为如果没有了界限，我们就永远不知道自己是谁，需要什么。正是这些界限使我们知道自己与谁相关，与谁交流秘诀，与谁相爱，与谁抗争。一旦丧失了自我的身份与视角，我们就无法观照他者与世界，没有自身的独特性，就无法达到同一性。如果说自我只有在与他者的关联中才能补足其自身，他者作为自我的镜子和完整的可能性才具有意义，那么，整体上的"他性"也正是以这种意义对"我"构成意义，有明确分野的两者不是对立而是互相补足，成为整体。对此，伯尼斯·马丁说道："只有通过创设具体的形式和结构，具有无限可能性的混沌状态才能变成有意义的世界。如果没有显示守界神神圣性的标志和界限，人类的同一性和相互交流都是不可能的。"边界是结束的地方，也是对话开始之处，边缘正是变化的机遇之所在。

席勒坚持认为，只有通过审美愉悦，人才能从"经济的人"走向人性的全面解放，而人的自由是万物自由的必要前提，因为人类只有在情感上不再卷入"行动的果实"，他才能有效地行动，那时，他已经将自身与遍布万物的神圣中心融合在一起了，是宇宙卵的一部分。奥登曾在悼念叶芝的名诗中这样说道："爱尔兰刺伤你发为诗歌，/但爱尔兰的疯狂和气候依旧，/因为诗无济于事：它永生于/它的辞句的谷中，而官吏绝不到/那里去干预。"他在早年认为，外在社会环境的改变，会导致自我内在的改善。然而，随着他对克尔凯郭尔的神学存在主义而不是萨特的无神论存在主义的接受，他开始认为，人类状况的改善必须从自我开始，而不是社会。诗歌不会使任何事情发生。艺术是历史的产物，而不是历史的原因。和其他历史产物（比如技术发明）不同，艺术不会作为一种有效的媒介重新进入历史，因此艺术是否应该是宣传行动这样的问题是伪问题。奥登在该诗结尾指出，艺术的价值就在于它"教给自由的人们在岁月的监狱里如何赞美"。和史蒂文斯类似，奥登最终相信只有艺术想象力才能赋予混乱的世界以秩序。要在自我与他者、美学愉悦与道德关注之间达到了某种"危险的平衡"——这更近乎在深渊上的独木桥上向朦胧的对岸的踊身一跃，阳光只照亮独木桥一侧的深渊！

综观中西现代主义文艺，我们可以发现一个共同的诉求，那就是企图用文艺重新弥合已经分裂的人性，将感性与理性、自我与他者、内与外、经验与超验等等二元对立的关联域整合起来。这种理想其实也就是席勒所谓的经由审美达至人性完整的理想。在希腊时代，人与外在自然还处在统一体之中，所以能如鱼与水一样"相忘于江湖"；人的内在自然（感性与理性功能）也还没有分裂，人在自己身上就能认识到自然。而今人与自然已由分裂而对立，成为主体与对象的关系，自然对于人已不是与人结成一体的直接现实，而是已成为一种"观念"。由于近代社会职业分工的日益专门化，人与人的自我也分裂了。在这样的情况下，"自然之所以引起我们的喜爱，一方面是由于它表现我们失去的童年，失去的那种纯洁天真的自然状态，那种'完整性'和'无限的潜能'……另一方面也是由于它表现我们的理想，即通过'文化教养'（审美教育），又回到自然，恢复已经遭到近代文化割裂和摧残的人性的完整和自由"。理性与美绝不是截然分开的和对立的。现在我们将理性与科学联系在一起，认为理性仅仅是一种逻辑、分析、冷静客观和超然的能力，但是，在过去，理性之神阿波罗，同时也是音乐与诗歌之神。甚至上溯到中世纪，理性还依然意味着能够看出事物内部的精神联系、主观与客观之间的律动和精妙的平衡。正如阿波罗与狄奥尼索斯是始终相伴的。因此，超越二元性就需要一种新的理性，它不仅包括分析和逻辑推理能力，也包括对自然界的移情和审美反映。

众所周知，二元性是现代性得以确立的重要基石，几乎所有的现代主义者都试图以艺术弥合种种的二元性对立。华莱士·史蒂文斯亦曾说过，诗歌是生活的一项律令。"我们相信它是想象与真实之间一份必不可少的婚约。这份婚约如果成功的话，其结果将是完满的。我们还认为，诗歌是意志用来感知无尽的和谐的工具，无论是想象的和谐还是真实的和谐，它使生活不同于没有这种洞见的生活。"可见，弥合二元分立的诸领域，是众多大师共同的着力之处，其中，诗歌作为感性的强化形式，应担当起相当重要的作用。人类不仅和其他生物一样，要冒生存之险，受制于自然规律，还要冒存在之险。这种冒险来源于人的意志性生存对外物的摆置。人的危险在于语言，语言会扰乱存在。因此，真正的诗人总不肯让发自渺小自我的喧嚣扰乱存在的秩序，掩盖存在之天籁，而是以澄怀静虚的态度倾听存在之声，并以对物的非功利性的赞美在大地上传扬这天命的召唤。尽管诗人的声音因其谦卑奥妙而闻者甚寡，但他们总不会放弃赞美的天赋使命，为荒野中透出一丝红色灯光的农舍，为一只沾满大地新鲜泥土的农鞋，为矗立于悬崖而使山峦与天空同时敞开的教堂，为一切因存在本身而庄严的事物留恋驻足，用歌唱将它们挽留。因为，歌即存在！他们的任务便是替没有语言的万物发出声音，为那些痛苦而无法言说的爱情，为那些默默地没有回报的暗中的牺牲，为那些打断了严霜寒冷构思的褴褛的早行者，为那些因劳累而骨节突出颤抖着点燃炉火的手……作为存在的喉咙和耳垂，诗人以苍苍白发和被酒神的女祭司们撕碎身躯的方式得到了祝福，以生前被蔑视死后遭遗忘的方式得到了祝福，以本应该幸福却两手空空的方式得到了祝福，以自身睡梦一样消失而使诗篇长在的方式得到了祝福……因为他经历了神圣的恐惧，因为他作为所有的他者而仅仅不是其本身而遍历了地狱、炼狱而窥见了永恒之美，因为他曾从梦境中为我们采回了一枝鲜红的玫瑰。

马永波　文艺学博士后，出版个人专著《以两种速度播放的夏天》《九叶诗派与西方现代主义》《荒凉的白纸》《树篱上的雪》《词语中的旅行》及译著《1940年后的美国诗歌》《1950年后的美国诗歌》《1970年后的美国诗歌》《英国当代诗选》《约翰·阿什贝利诗选》《诗人与画家》《史蒂文斯诗文录》《肖邦在巴黎》等60余部。现任教于南京理工大学。

一个人的学诗与读书路

——片段及反思

◎宋宁刚

1

在别处我曾提到，自己是在高四时，比较密集地写诗。回顾我的高四，过得还是很愉快的。因为中考成绩不好，高中三年我是在一个农村高中念的。那里相对闭塞，老师的教学方法、同学们的学习状态等等，都不大如人意。虽然看起来学得很苦，可效果却很是有限。不过，我还是很感念那三年，感念那里南倚秦岭、北临渭河，出了校门不久就会走向一片水道密布的沙滩地，还有密植的树林……总之，很感念那里能够与自然亲近的环境。现在想起来，那种环境对于青春成长期自己的趣味养成、个性塑造，还是很有益的。

农村高中教学质量有限，但老师和学生总体上都很朴实，也算是让我见识了中国农村学校的真实情状。比如那时已经是20世纪90年代末了，学校里还有磨面机，每个周日，同学们去学校时都会从家里带些小麦交到学校，以换取若干粮票。比如学校操场边上还养了几头猪，由学校食堂的厨师负责喂养，主要是用学生的剩饭喂。每年元旦就杀了猪，老师和同学们一起聚餐……

也有不如意的事。比如那时的校长不允许同学们看课外书——虽然这根本是挡不住的。下午自习课的时候，他从教室外面巡查，要是看到有学生在教室里看课外书，就会冲进来收走。我没有被抓过，但是这给我的印象很不好。说不出更为充分的理由，当时只是直觉地认为，学校不应该是这样的。

高四的时候就不同了。我到了位于市里的一所省级重点高中——长岭中学。那是一所子弟校，我们那一带很有名的长岭阿里斯顿电冰箱厂（其实原来都是军工企业）的子弟校。学校的学生，应届班的大都是厂里的子弟。复习班的同学，也大多是城里孩子，学校的整个风气和管理方式，都要开放和文明很多。比如，学校不仅允许同学们看课外书，班主任还给我们班里订了《中国教育报》《杂文报》等，就放在教室最前面一个角落的桌子上，自习的时候同学们可以自己取了看，看完再还回去。这种尊重学生，信任学生，让学生学会自主、自治的做法，我至今感念。学校里有阅览室，我曾去那里看过杂志，包括诗歌刊物。在那个班里，我跟着同学开始读《南方周末》读《读书》杂志，思想上有了长进和变化。

在同样位于秦岭山脚下的那所学校既宽松又紧张的环境中，我几乎莫名地不时处于灵感涌动的亢奋状态，想写东西，也写了不少。但那时眼界太有限，笔下的文字也太不像样，只是开始写分行的文字，远没有入门。所以回头去看，连自己都觉得脸红。后来上了大学，才渐渐明白，我摸索着写了几年，不过是知道了自己与诗的真实距离。当时的心境确实是这样的，有些清醒，同时也很沮丧。

2

据说我身上有许多标签：诗人、诗评家、哲学博士、学者……其实，我们身上的标签一点都不重要，重要的是自己做了什么。一个写作者同时是学者，或者相反，既是在全球化的今天的一种必备素质，也是中国现代大学一开始就存在的现象，也可以说是传统。只是后来，我们越来越错失了它。对于人文知识分子更是如此。在文学院里工作，将文学创作和文学研究并重，是自然而然的事。如果说，它显得有些另类，我只能感谢上天的眷顾，给了我一点儿这样做的天赋。

这么多年，做了一些事，回头来看，似乎都在围绕着"诗性"打转。程千帆先生曾说过，文学研究有两端：一个是品鉴，也即文学性的追求；一个是考证，也即历史性的勘定。在文学评论上，我的方法和路径，比较侧重于前者，也就是"诗性"。

对我来说，诗意味着什么？从狭义上讲，诗——尤其现代诗——是我从事创作的三种主要文体之一（其他两种是随笔和评论），也是我从事文学批评时要去面对的主要对象之一。从广义上讲，诗是文学中的精华，具有其他文体无法比拟的浓缩性和简洁性，是以少取多、以约取博的一种文体。当然，也可以说，诗不仅仅是一种文体，它远远超出了我们对文体的划分，而是与哲学遥相对应的一种人类思维方式，涵纳了具体的文学体裁如散文、戏剧、小说等。诗与哲学，在西方文化中具有同等的高度，甚至诗更有引领性、启示性。很难想象，把诗改成散文、戏剧或小说等，与哲学并置、对观。

3

好像木心说过，一无所知的人不痛苦，大彻大悟的人也不痛苦；知道一点、但远谈不上通透的人，既自知糊涂，又感到痛苦。大意如此，原话说得更漂亮。大学的时候我的感觉正是如此：知道自己写得很差，又难以改善，很痛苦，很焦虑。因为从内心里，还是想成为一个诗人的。说起来很不好意思——从高中起，身边就有同学叫我诗人。可是我直到大学阶段，都没有写出什么像样的诗，当然会很焦虑。

"二十岁的写作梦像是一场热病，以为不写作，生活也就没了意义。"这是我写在第一部诗集《你的光：诗集2001—2016》的"代后记"里的。后来收入了随笔集《纸上的关怀》。我的一个也喜欢写作的学生看了说，老师你写得太"诚恳"了。这个"太"字里，有略微的批评的意思。这一点我得承认。我觉得这篇文章算是一个自我回顾、自我审视，以及自我清理吧。

激发自己写作的原始动力是什么？很难说清楚。也许潜意识里有虚荣、有自我证明的冲动，当然，也有对写作本身发自内心的喜欢——甚至迷恋，有对神秘事物的探求冲动，等等。说可以不写，其实是在自我宽解，从内心深处讲，则是不甘的。那的确像一场热病。好在我是学生，学习分散了我的注意力，尤其是我那时先后在中文系和哲学系旁听，读哲学书——对哲学思想之深湛的惊奇与赞叹，分散了我由于自身创作力的贫乏而产生的焦灼。

后来也是这样。我读硕士、博士，学业的压力分散了我的注意力，让我部分地放下了要成为一个诗人的执念。在堪称漫长的做学生的时光里，我都是在等待诗的到来。它来了，我就写——或记录；它走了，我就读书，专注于自己的学业。很庆幸，能有这么长时间的自我成长和积蓄。必须承认，我不是很有才华的那种诗人——更不用说天才型诗人，而是缓慢成长的诗歌写作者。直到三十岁博士毕业参加工作，我才感到自己写诗比以前自如了一些。虽然在意识到自己特点的同时，也意识到了自己的缺点，但是能够坦然地面对它。就像陆机在《文赋》一开头就讲的，一个写作者经常甚至永远都会担心"意不称物，文不逮意"，他这不是不知道自己写得不好，而是没有办法（"非知之难，能之难也"）。好吧，那就接受这种没有办法，带着缺点和遗憾继续写吧——对于写作者，我想这才是最重要的。我也相信，很多作家都是这么做的。当然，这并不是说要作者故步自封，而是说，写作本身的问题只能在写作过程中以及对写作的摸索中去逐渐克服——虽然可能一生都无法克服。这也是写作艰难而又有趣的地方。

4

我曾讲过，希望中国能够多一些伍尔夫所说的普通读者。伍尔夫笔下的普通读者，实际上一点都不普通——至少对目前的中国人来说是如此。那种普通读者，实际上是文明程度很高之后，普罗大众的审美能力、鉴赏水平水涨船高，整个社会的艺术趣味（taste）为之提高，才会有的。在我们这里，则是非普通读者占绝对多数。这些非普通读者，不是说不一般、超出了普通，而是说达不到普通、够不上常识的水平。这个判断，是我从对大学生的阅读观察中得出的，并不夸张。

普通读者之外的，"渴望从阅读中汲取写作营养"的人，我想首先是个渴望写作的人——这样的人，不应该是因为怕写得不好而不敢去写的人。很多人以害怕写得不好为借口，而不去写。在我看来，这些人称不上爱写作。真正喜欢写作的人，首先要写——勤于动笔，无论写得多烂。所以，喜欢写的人，一定有相当程度的写作实践经验，至少是写作体会。这个体会，会使他在阅读的过程中，自觉不自觉地从写作的角度去注意，甚至主动地去琢磨，一个作家，是怎样写出好作品的。

这自然就与单纯的欣赏型、观望型的读者不同。或许可以这么讲，如果说欣赏型的读者是站在写作者的对面看写作的结果的，那么，"渴望从阅读中汲取写作营养"的人，要有意识地站到作家的身后去，"看"（包括观察、猜测、想象）作家是如何写作的。就此来说，作家们谈写作的书里，蕴藏着很多宝藏，值得读者留意。

当然，也不是所有的作家，都会成为我们学习写作的榜样。有的作家是供我们瞻仰的，比如柏拉图、莎士比亚等等，他们太丰富、太伟大了。面对他们，我们只有学习的份。说得不好听一点，他们的存在几乎就是为了"打击"我们——消除我们的狂妄和自以为是。另一些作家，则可以成为我们写作中的老师、邻居甚至同伴。他们显得亲近、容易学，读他们的作品，会让我们有信心，觉得写作的门槛不高，只要你足够努力、足够认真，还是可以写、可以长进的。写作缺乏信心、灵感和动力的时候，可以看看后一类作家；写作得意的时候，可以看看前一类作家。

5

写作者的使命是写出好作品。这是他唯一的责任和道德。米兰·昆德拉尤其强调这一点。所以他说，愚蠢也是一种恶，庸俗也是一种恶。也即，恶趣味实际上是一种恶。

我说的给词语以生命和尊严，也就是写作中的准确和不苟。而在这个过程中，一个写作者，你也会体会到准确和不苟带来的高度的愉悦——当然可能也伴随着强烈的痛苦，"吟安一个字，捻断数茎须""两句三年得，一吟双泪流"，就是这种痛苦的表现。

这样的写作过程，实际上会对写作者有所塑造——因为你对词语的掂量和推究，你不会对什么都无所谓，你会变得"挑剔"。这是写作者在写作之外的生命力的表现。在写作之中，就更明显了，写作成果本身，就是写作者生命力的外化。

所以我在《你的光：诗集2001—2016》的"代后记"中也说，写作是对写作者心灵的净化——至少它应该是这样。不然的话，不写也罢。反正我不愿做那种遭人唾弃的无耻文人。

诗的道德与责任，就它自身来说，首先是昆德拉所说的准确，以及它所表现出来的品级（taste）。这也可以说是——词语的真；此外，还有用词表现的物之真。而有了真，就有美，就有善。说起来简单，实际上非常复杂、非常麻烦。但是最根本的，还是真。准确是真，充分地表现现实（物），也是真。

在我们的生活中，充斥着多少毒害读者的虚假文字？能说它是道德的和负责任的？

6

《沙与世界：二十首现代诗的细读》是我关于诗歌细读的第一本书。有人说这种细读是"字斟句酌"的。的确，好诗需要也值得字斟句酌。这种缓慢的细读，跟我学习哲学有关。在哲学系读研究生的时候，我们上了好几门精读课程，比如康德《纯粹理性批判》精读、解释学经典文献精读、现象学经典文献精读、维特根斯坦《哲学研究》精读，等等。上课的时候，老师和学生，每人摊开一本要精读的书，一句一句地读，谈理解。遇到不懂的地方，就一起讨论。我们常会遇到文意不通的地方，所以，除了中文译本，还要同时参照英文译本和德文原文。我看不懂德文，但老师可以。后来，就有同学开始学德语了。

不光外国哲学这样学，中国哲学也这样学。在哲学系的读书沙龙中，我们就跟着老师一字一句地读过《心经》《尚书·洪范》。这种老老实实的读书过程，真是叫人受益无穷。至今我都认为，读书就应该这样老老实实，容不得半点偷懒和虚假。经过哲学系的读书磨炼，再去看世间的各种读书相，说夸张点——似乎有了火眼金睛。

在《沙与世界：二十首现代诗的细读》的前言——"细读不只作为方法"中，我曾比较详细地谈到过，我对诗的细读是如何受到在哲学系学习的影响的。这篇的删节版，曾以《细读的中国样式及态度》为题发表于《光明日报》。它的增修，则改为《作为方法与信念的细读》，在《诗探索》上发表。有些做诗歌评论的同行，在报纸或刊物上看到，都表示认同，或者表示感兴趣。

两年后，这本书在省内评奖的时候，据说某评委指出，它是读后感，不是评论。我听了一笑了之。同时，也对这些不负责任、大放厥词的所谓专家，看低了不少。我知道他们是为了自身利益而说这些话的——现在很多评奖，已经成了评委们排排坐分果果的游戏，不值得一提。

且不论，有多少读后感能动辄写上万字，并且基本上都在细究诗句甚至字词本身的。经过在哲学系多年的学习，我对自己的理论能力，多少还是有点数的，书也算看过一些。但我并非生硬地套用理论，而是更希望将之化用到分析中去——就像让盐粒化入水中，肉眼看不见它存在，但一喝你就知道是咸的。我觉得好的理论运用应当是这样的。所以，偶尔我听人说我的文章缺乏理论支撑时，我也是一笑了之。理论我学了多年，不大会迷信理论，也不会去写那些所谓理论的八股文章。

要我说，我觉得自己的诗论文章写得还是比较平实的，不夸大、不过分拔高，有一说一，有二说二。也许正因为这样，才被认为不够"理论"吧。

虽然西方哲学的学习对我的诗论有影响，但是具体到它究竟怎样有影响，似乎不大好说。就像吃了这么多年的粮食，很难说吃的哪些粮食长到了哪里一样。它对人是一个整体提高、整体消化，然后提高你的感知力、洞察力的过程和结果。我偶尔能感受到，自己在读某一首诗的时候，如果瞬间直觉到某种内在的东西，它除了自己那时的精神状态比较好，除了你会感到灵光乍现，还有一个堪称基础和前提的东西，就是通过阅读哲学书，所铺垫起来的内在的理解力，以及对世界的一些看法。究竟怎样，也许读者——比如你——会比我看得更清楚。

7

诗人天真、善良吗？也许。事实是，并非所有的诗人都天真、善良。毋宁说，他们只是在写作的时候，才是天真、善良的。我信赖画家德加的一句话："艺术家只在他自己特定的时间内、在做出一定主观努力的时候，才是艺术家。"也只有在这个时候，他才是天真、善良的。别的时候，也许依然天真、善良，却不必然。更可能的是，在写作之外，他们也是日常的，甚至平庸的人。不过，就其心性而言，总体上说，他们可能会天真、善良一些，同时也会任性一些，像小孩一样，不成熟，但是有单纯的美好。

写作本身是美好的。对于福楼拜和果戈理这样的作家来说，是痛苦、折磨大于美好。看他们的书信你就知道了。不过，叫人疑惑的是，既然如此痛苦不堪，为什么他们还是会写作，而不是放弃？

相比之下，写诗，要比写小说愉快、美好得多了。首先，它不像写小说那样是重体力活。写诗轻松多了——也有人说，正因此，诗人不可靠。因为小说家是在工作，几乎像每天都要打卡一样辛苦地工作，诗人则悠闲散漫。也许吧！

关于写诗，我不知道有什么可以分享的。硬要说，那就是——有时意外的发现，会叫人很开心。此外，就是写作本身的快乐。我不知道，写诗的快乐是否只有写诗的人可以体会。那是一种内在充盈和饱满的快乐。仅仅写作本身，就给你带来巨大的快乐。内心的充实，难以为外人道。发表的快乐，受到他人称赞的快乐，都是写作之外的。甚至他人的认同和称许，也叫人尴尬。

8

总觉得自己不善于总结概括——像卡尔维诺那样概括对于经典的十四条界定，对我来说难以胜任。一个好的读者应具备哪些素质？很难回答。试着向大作家学习一下。

好读者一定是认真的读者，不会怠慢好文字。好读者应当有基本的判断力，尤其对坏的文字，要有敏锐的判断——还应包括对烂书的痛恨。好读者也许有丰富的储备和前理解，也许没有，都不要紧，重要的是放下自己的成见，先去看作者讲了什么。就此来说，好读者一定是虚心、谨慎的读者，不会书没看几页就肆意发挥，更不用说大放厥词。此外，我想象中的好读者，其阅读应当是缓慢的，在阅读、欣赏的同时，也带着沉思。读一读，也许就要朝窗外看一看，或者起身，独自走一走，然后再坐回去。好读者应当是爱惜书籍的——我非常受不了那些不爱惜书的人，卷角、折页……这些恶习我都难以忍受。乱涂乱画更是难以忍受。不是说不能写旁批、做笔记，都可以，但是要写得认真。最好用铅笔。

在我心目中，美国作家理查德·福特、中国台湾作家王文兴都是好读者，他们读得很慢，甚至有阅读障碍症。余华和毕飞宇也是好读者，有他们的读书随笔为证。古往今来最好的读者，也许是金圣叹、张竹坡，还有朱熹等人。看朱熹的《四书集注》和《朱子读书法》，你会知道他读书多么用功，体会多么深。他是要求切己的，通过读书，要让自己的个性、气质发生切实的改变。他说：要是读过《论语》和不曾读《论语》时一样，不就白读了吗？听他这么说，会不会有棒喝之感？不过，他要看到我将他与张竹坡放在一起，怕是要生气的。

在读书的态度上，卡夫卡倒是和朱熹有点像。他说：读书不是用来消遣的，我们读书就要读那些像用冰锹凿开冰面一样，能够凿开我们的大脑，让我们感到震撼甚至脱胎换骨的书。可见他是个眼光很高的读者。一般的书很难入他的眼。

托尔斯泰和纳博科夫是另外一种类型的好读者，前者看了作品会给作者写信（比如给契诃夫写信），赞美作者，当然也提些批评的意见；后者讲起已逝的作家，会有精辟的比喻，给人豁然之感。此外，他们有时会以坏读者的面目出现，比如托尔斯泰对莎士比亚的误读，比如纳博科夫在《独抒己见》中有很多"毒舌"的话，未必公允。

9

据我观察，青春期的某种躁动和求索欲，可能会很自然地将人引向诗和哲学。虽然在有的人那里不那么明显，但我想，这个意思大致是没错的。从我自己来看，就是这样。

高四复读的时候，有两本书一直陪着我，一本《朦胧诗选》，一本《尼采文集》。后来跟一个诗人朋友聊起来，他说：这两本书就像一个象征，你后来喜欢的诗与哲学，在这里都有了。想想真是。

刚上大学时，去学校报到，因为早到了一天，我被安排在戏剧影视文学专业大二学长的宿舍暂行休息。当天下午，就跟他们去了学校老图书馆看电影。那是他们要上的专业课。戏剧影视文学专业有很多观影课，那天下午看的是爱森斯坦的黑白片《战舰波将金号》。次日报到，我选择了最便宜的宿舍，二百五十块钱住一年，当时叫"西临"——西校园临时宿舍。那时大学开始扩招还没几年，据说学校每年都在增加宿舍，"西临"就是新辟出来的。宿舍是一层小瓦房，空间很大，有一般教室的三分之二那么大，十四人住一间，真是够热闹的。床铺沿墙放一圈，中间桌子并排放着，可以打乒乓球。

那个宿舍，只住了我一个新闻系的，其他同学都是外系的，中文、外语、经济系等都有。因为新闻系和中文系同在一个学院，我也跟中文系的同学聊天，表示对他们的课程感兴趣。入学教育结束，开始上课时，他们就叫我一起：你没课，跟我们去上课吧！就去了。当时听了几门课，"现代汉语"不是很喜欢。"中国现代文学三十年"一听就很喜欢，自己还特地去买了课本，就是北大版钱理群他们编的教材，课下仔细地看，又循着教材去找作品……后来就跟那门课的任课老师——陈祖君老师走得很近。

跟陈老师，我学到了很多东西。比如他的开放性、发散性的上课方式，由一个话题开始，延展、引申开去，会讲很远——很多都是自己的感悟和看法，最后又能收回来。这种讲课方式我很喜欢，也很受用。后来甚至想，这种把自己生活中的很多所思所想都能带进去的讲课方式，我也可以啊！每天在校园里走，不是有很多所思所想吗？能在课堂上跟学生分享，该多好！只要与课本上的某个知识点有关，或者以之作为触媒，延伸出去就行了。

也就是从那时起，我开始留意大学老师的讲课方式、生活方式。那种只须看书写作、跟学生交流阅读和思考心得的方式，既相对自由，也是我喜欢的。后来，上其他老师的一些课，如果老师的课讲得不太理想，我就会下意识地想，如果这个课给我来上，我会怎么做？这就很有角色代入感了。（其实中学的时候，我就有过做老师的愿望。不过那时想的，就是做一个乡村中学老师，有一间自己的办公室，像歌里唱的，窗前有张办公桌，学生放学了，一个人在灯光下度过宁静的夜晚……）

跟着陈老师还有很多收获。其中之一，就是跟他到学校旁边的农院路淘书。一条街的便宜货，卖衣服、鞋子的小店，供学生消费的大排档，以及点缀其间的旧书摊。晚上上完课，九点多了，陈老师说他散步回家，我就陪他一块儿走，跟他逛旧书摊，逛完都快十一点了，他坐公交车回家，我骑单车回学校。叔本华的书、弗洛伊德的书……很多就是在陈老师的推荐下读的。后来，他又带我去南宁市工人文化宫，周末那里有旧书市。广西是个出版大省。20世纪80年代，漓江出版社一度很厉害，出了很多好书。进入20世纪90年代以后，广西师范大学出版社逐渐崛起，也出了很多好书。这些书，好些都会以低价流到旧书市上。所以，我收获很大。当然，也经常捉襟见肘。

陈老师出生于1960年代中叶，那时是广西师范学院（也即现在的南宁师范大学）中文系的老师。2002年9月，受聘到广西大学中文系兼课的时候，他三十七岁，刚好是我现在的年龄。他自己做两岸诗歌研究，跟九叶诗派的袁可嘉、台湾诗人洛夫等均有来往。我在他家里还见过洛夫写给他的一幅字。1994年，他三十岁不到，就去北京大学进修过，所以视野很开阔，对北大的人文传统也多有认同。

后来才知道，像北大这样的高校，不仅承担着一般大学的教学科研工作，而且承担着来自全国一般高校老师的进修、访问、学习的任务，变相地培养着其他大学的老师。（记得我上大三的时候，陈老师的爱人，与他同在广西师院中文系、讲授中国古代文学的刘艳老师，就去北大访学。他俩的相识，则是在此十年前，他们同在北大进修的时候。）这样一来，就像蒲公英的种子一样，一流学府的学术风气被带向了全国各地各种层次的大学，让更多的学子受惠。可以说，我也是众多的受惠者之一。比如他常跟我提到钱理群教授，我就去找钱理群的书来看。

陈老师的上课方式，某种程度上也有北大老师的风格。他跟我讲，北大中文系的陈平原老师上课时，就背个马桶包，装一包的书，讲到哪本书，就拿出哪本书。陈老师上课也是这样，每次上课，都提一个塞满书的公文包。后来我做老师了，也多少受到他的一些影响。

除了"中国现代文学三十年"，陈老师当时还给中文系大三的学生上一门选修课——"现代诗歌创作"。当时我上大一，也去旁听。记得有次上课，他请来了几位当时在南宁的诗人，以及《广西文学》的诗歌编辑等，当堂朗读他们的诗，谈对诗的理解，与同学们交流。这些，都极大地开阔了我的视野。

到了大二，我又旁听唐韧教授的"中国当代文学史"。唐老师的祖籍是四川，好像是1948年生人。我忘了她讲自己父母是老革命还是什么，在她很小的时候就去世了。她从小由舅舅在北京养大。她舅舅的儿子，即她的表弟，就是毕业于北京电影学院、后来做了导演和摄影师的周晓文。唐老师在"电影欣赏"课上给我们放过她表弟（她叫弟弟）导演的电影《二嫫》。唐老师1960年代毕业于北京师范大学中文系。后来不知怎么，到了偏远的广西。

唐老师上课也很有特点。她自己是作家，写小说、杂文、随笔、论文，几乎是全能。此外，她的文字洗练、笔力强劲，虽然是女老师，却很有大丈夫气。因为早年在北京长大，她一口的北方话，模仿小说人物说话，惟妙惟肖。她对原来华东师范大学的钱谷融先生很推崇，跟钱先生也有交往。后来我看到，钱谷融的《闲斋书简》里还收了写给唐韧老师的几封信。此外，唐老师对残雪的小说也很有研究，跟残雪是朋友。

听了唐老师一学期的课之后，快期末了，在校园里碰到，她叫我去参加考试。考完后，又叫我去她家取试卷，还请我在附近校园里的快餐店吃饭……后来，我因为跟唐老师的一个研究生侯其强学长（就是他，在唐老师的指导下写了有关钱钟书的论文，得到了杨绛先生的回信褒奖）关系好，还偶尔去看望她。一直到我研究生毕业，离开南宁。

唐老师很独立，也很坚强。她和女儿两个人一起生活，我认识她的时候，她女儿好像已经去美国读研究生了。她一个人，严格控制饮食，坚持锻炼身体，游泳……说自己不敢胖，也不敢生病。

她住的是空间不大的两居室。两间卧室，其中一间摆放着一张铁床，另一间兼做书房，两墙的书架，中间就一张行军床。差不多在我离开南宁前后，她就退休了。她女儿从美国马里兰大学博士毕业也回国了，现在在西南大学任教。唐老师退休后离开了南宁，与女儿一起在重庆生活。我们偶尔还通过邮件联系，但有十年没见过面了。

在中文系蹭课，真是欢喜。还有一位老师，据说是章太炎的再传弟子的学生，讲古代汉语，很有意思，在黑板上写篆体字，讲汉字演化，我学着"画"了不少。很可惜，那个老师五十多岁就很突然地发病，去世了。

去哲学系听课，是因为上了中文系的"西方文论"之后，感到很不满意，总觉得老师讲的那些西方思想家的思想没那么简单，没那么干瘪，于是怀疑：到底老师有没有读过那些著作？就跑去哲学系听课了。一听吓了一跳：原来传说中的那些著作，哲学系的老师和学生正在认真地读呢！这一听，就离不开了。

去哲学系听课还有一个原因。我大学时的同学、好朋友——与我同在新闻系的张默，父母是广西大学的老师。他父亲在法学院，母亲在社会科学管理学院，后来调到了马克思主义学院。张默的父亲有个同事，张默叫他魏叔叔，也就是后来我的研究生导师——魏敦友教授。魏老师是在北师大哲学系读的本科和硕士，在武汉大学哲学系跟随杨祖陶教授和邓晓芒教授读的博士，后来又到复旦大学哲学系，跟俞吾金教授做博士后。杨祖陶教授是西南联大哲学系毕业的；邓晓芒教授在"文革"结束后，考取了杨祖陶教授的研究生，硕士毕业后留校在武汉大学哲学系做老师。魏老师1990年代中后期在武汉大学读博士的时候，杨老师已经七十多岁，邓晓芒老师就帮着一起带学生。所以，邓老师跟魏老师是亦师亦兄的关系。

上大一不久，陈祖君老师就推荐我读邓晓芒的《灵魂之旅：中国当代文学的生存意境》。在这本书中，邓老师以十篇文章，分论了张贤亮、王朔、张承志、贾平凹、韩少功、顾城、张炜、莫言、史铁生、残雪等十位中国当代作家。21世纪初的时候，这本书影响很大，据说还被译成了日文，在日本反响也很好。因为知道邓晓芒是哲学教授，也知道他是作家残雪的哥哥，很是敬仰，所以，听说身边有个老师是邓老师的博士，那份意外和惊奇，就可想而知。后来，就在张默父亲的办公室里见到了邓晓芒老师签赠给魏老师的一本书，字不大，写得很认真，很娟秀。所以，也一直期待能够见到魏老师。

第一次见到魏老师的时候，我已经大三了。当时他给第一届的马克思主义哲学专业硕士研究生开"《纯粹理性批判》精读"课程。那是2004年，正值康德去世两百周年，邓老师翻译的康德"三大批判"刚出版。旁听的细节我在关于魏老师的文章里写过了，不再赘述。只说从那以后，我花了更多时间来读哲学书，阅读的兴趣从文学作品逐渐转到了哲学著作。大学后期，读了不少海德格尔的著作。到考研究生的时候，当时国内出版的海德格尔的汉译著作，我基本上都读过了。虽然读得囫囵吞枣，但总算读过了，基本的感受和理解还是有一点的。

刚上大学时，我就尝试读过哲学书。因为读高四的时候听同学讲萨特，上了大学，看到萨特的著作就借来读，可是读不懂。《存在与虚无》读不懂，像《苍蝇》《恶心》这样的戏剧也读不懂，后来就望而却步了。到大三，又捡了起来。

刚上大学的时候，因为在新闻系，也关心社会，每周买《南方周末》来读。到大二时，感到很痛苦：深陷在现实中，心情很浮躁，很难沉潜下去读书，就狠狠心，不太读报了。因为你整天愤愤不平也没有办法，很徒劳。于是，安下心去读文学经典、思想经典，用思想来磨砺自己。

当时也困惑，这样是不是太像鸵鸟了？是回避现实，不敢面对现实？后来渐渐明白，并非如此。虽然也要家事国事天下事事事关心，但首先要自我强大。否则，你再激愤也无济于事。钱穆在《师友杂忆》里就写，抗战时他在西南联大教书，有学生要去参军，在送别会上，要他讲话。钱穆就讲，希望学生不要去参军，而是在校安心读书；因为抗战结束后，国家建设很需要人，那时再报效国家也不晚。学生们当然听不进去，觉得钱穆很扫兴。但是细想，钱穆的话还是有道理的。问题只在于，你如何定位自己，你想做什么。就这样，我从对现实的关切中退回到图书馆、退回到纸上的世界了。

读书要是读进去了，就会感觉到趣味和兴头。忘了大二还是大三时，从同学家里借来四卷本的《马克思恩格斯选集》，课上课下地看。从《关于费尔巴哈的提纲》《1844年经济学哲学手稿》《共产党宣言》，一路读到恩格斯的《家庭、私有制与国家起源》。有天晚上在宿舍里读到后半夜，激动难抑，就出去，到楼道里来来回回地走，散步。后来，睡觉做梦就梦到马克思……听起来很可笑，实际上也很幸福。的确是终生难忘的读书经历。

总之，在整个大学阶段，我就这么漫无目的地一路读过来。从没有想过说，自己是新闻系的学生，要以新闻专业为主。没有。因为对这个专业也不怎么喜欢，就读书，尽可能读那些经历了时间考验的经典。后来我调侃说，我在大学受的可是自我教育和素质教育。几乎没有什么功利的目的，只顾自己喜欢。就像遇到一个山洞，好奇里面是什么，一路往里走，越走越深，意识到的时候，才知道自己已经走了很远。当然，也看到前面的路更加漫长……

宋宁刚　80后，诗人、学者。南京大学哲学博士。出版有诗集《你的光：诗集2001—2016》《小远与阿巴斯》，诗论集《沙与世界：二十首现代诗的细读》《长安诗心：新世纪陕西诗歌散论》，随笔集《语言与思想之间》《纸上的关怀》，译著《怪作家》等。现为西安财经大学文学院副教授、硕士生导师。

特稿

邵薇／韩国生态诗歌之管窥

韩国生态诗歌之管窥

——以崔胜镐、郑玄宗、金芝河的诗歌为中心

◎邵　薇

　　韩国生态文学发端于1960年代末期，具有起步早、作品丰富、艺术成就高等特征，受到了韩国文坛乃至整个韩国社会的广泛关注。与其他体裁相比，韩国生态文学在诗歌创作领域取得的成就最为突出。崔胜镐、郑玄宗和金芝河三位诗人是韩国家喻户晓的著名诗人，他们的诗歌蕴含了丰富而深刻的生态哲思。本文通过逐一考察三位诗人生态诗歌的主题及审美特征，比较其生态诗歌的共性与差异性，可窥见韩国当代生态诗歌的整体风貌，为我国生态诗歌创作提供参考。

一、韩国生态诗歌的产生与发展过程

　　韩国自1960年代起正式步入工业化时代，在短短几十年的时间内实现了经济的迅猛发展，一跃跻身世界发达国家行列。然而，如同世界上的诸多其他国家一样，韩国在经济发展上取得的辉煌成就是以牺牲环境为代价的。伴随着工业化进程的深入，植被破坏、气候突变、重金属超标、核电站污染等诸多环境问题逐渐浮出水面，在经济增长的华丽外衣的遮蔽下损害着人们的健康。在工业化时期的韩国文坛，诗人最先察觉到日益严峻的生态问题，引领了以生态问题为题材的生态文学创作

风潮。早期韩国生态诗歌主要有金珖燮的《城北里鸽子》（1968）、成赞庆的《十三行的默示语录》（1973）和《公害时代与诗人》（1974）以及李健清的《新路》（1983）等。韩国生态文学研究起步于1990年代，2001年开始发行的生态批评刊物《文学与环境》为韩国生态文学研究学者提供了交流平台。迄今为止，关于生态诗歌研究的主要论著有李南昊的《为了绿色的文学》（1998）、辛德龙的《生命诗学的前提》（2002）、Jang-Jeonglyeul的《生态主义诗学》（2006）、洪容熙的《大地的语言与诗意想象》、白承兰的《生态主义诗学与想象力》（2011）等。

韩国生态诗歌自1960年代末诞生以来，经历了一个生态意识由浅入深的发展过程，笔者将此过程大致整理为以下四个阶段：第一，1980年代以前出现的生态诗歌以揭发环境污染现场、披露文明弊害为主要内容，具有强烈的目的性和批判意识，文学性相对匮乏；第二，1980年代的生态诗歌逐渐克服了思想的单调性所带来的创作局限，诗歌主题变得丰富多样；第三，1990年代，受西方生态文学批评思潮的影响，以揭示生态危机的根本原因和探索生态问题解决方案为主题的生态作品大幅增加，生态诗歌开始呈现出向东方传统文化汲取生态智慧的特点；第四，2000年代以来，是生态诗歌创作的黄金时期，这一时期的作品在思想内涵和创作手法方面都有所深化，表达了消解人与自然之间的隔阂的强烈愿望，具有较高的文学性和艺术感染力。

崔胜镐、郑玄宗以及金芝河自1980年代以来长期从事生态诗歌的创作工作，是最具代表性和影响力的韩国生态诗人，他们的诗歌引发了韩国社会对于生态问题的普遍关注。本文根据他们的诗作中所体现的思想内涵和审美特质的不同，分别用"欲望""交感""生命"三个关键词来概括其生态诗歌的特点，并结合其作品展开探讨。

二、崔胜镐："欲望"的批判与消解

崔胜镐（1954—）的生态诗歌围绕着人类的"欲望"这一核心话题展开。他的诗歌以思维与形式的独创性见长，具有犀利的批判意识和激情洋溢的表现力。例如下面这首诗歌：

生下无脑儿的产妇
感到体内像是驻进了一个工厂
挤奶时流淌出的白色废水
缠绕在婴儿肚脐上的塑料绳
肯定是我与那烟囱们通奸了！

如同喂养子宫里的橡胶娃娃一样
生下无脑儿的产妇
怀疑自己头里是否有大脑
不分昼夜地拔头顶的毛发

——《工厂地带》

《工厂地带》向我们展现了生活在工业化时代背景下的人类所面临的悲剧性命运。自1960年代以来，韩国政府推行的一系列工业化政策，不仅给自然环境造成巨大压力，也严重危及人自身的健康。早在1974年发表的成赞庆的诗歌《公害时代与诗人》中便揭露了被重金属毒害的胎儿"以死亡状态而生"的悖论现象，崔胜镐的《工厂地带》延续了"死胎"主题，并在表现形式上别出心裁。他以怪诞的手法将"挤奶/白色废水、婴儿肚脐/塑料绳、子宫/橡胶娃娃"等看似毫无关联的意象巧妙地糅合在一起，造成陌生化的效果，在带给读者强烈的视觉冲击的同时，唤醒人类的生态自觉。

生下无脑儿的产妇将"死胎"的原因归结为自己与"那烟囱们通奸"，表现出强烈的自责态度和因极度自责而生发的自虐倾向。韩国生态批评学者辛德龙认为，这里的"烟囱"不仅象征着具有无限生产力的工厂，也是具有攻击性和破坏力的男性形象的象征。这种自然（女性）与反自然（男性）元素的不正当结合酿成了畸形儿诞生的惨剧。面对无脑儿，产妇怀疑自己也没有大脑，这是对缺乏生态智慧的人类的无情嘲讽，暗示人类已沦为资本和机器的奴隶，以致我们的下一代也终将无法逃脱无脑儿的命运。

产妇的自责态度说明驱使人类偏离自然属性的根本原因在于工业化时代以来不断膨胀的物质欲望。就像王诺在《欧美生态批评》里指出的，在人类发展史上，人的欲望曾一度受到压制，但物质财富的积累不但没能平息人类的欲望，反而使这种欲望越演越烈。现代人的欲望就像华海笔下停不下来的"欲望号"快车，正以巨大的惯性朝着悬崖的方向狂奔，其结果的可怕性不言而喻。

过度的欲望不仅导致人与自然关系的异化，也造成了人与人之间关系的隔膜与异化。再看下面这首诗：

水面上水面下
游客们正划过平静的湖水
水夫为了打捞尸体
俯身走向湖水深处
从水底悄无声息地逐渐浮现出
撑胖肚皮的垃圾的宏伟坟墓，
被抛弃的胎儿与幼虫

间或和着猫与狗的

沟泥藏匿在泥水之中

吃了旧鞋、破裂的塑料桶、塑料碎片

撑胖肚皮的垃圾的宏伟坟墓，

越发像尸体一样浮现出来的坟墓，

我看到了被废水的毒所戕害

肠子化脓的忧郁的沼螺

发源于河岸的文明

与未处理的肛门的所有排泄物一起

化脓的证据

沉醉于湖岸边的酒店与丛山景观

向着游乐场的方向

游客们正划过平静的湖水

    水面上与水面下构成截然相反的两个世界：水面上平静祥和，游客们划着船欣赏岸边风景；水面下却是一片死寂，水夫忙于清理着"垃圾的宏伟坟墓"。水面之上的都市文明素描与水面之下令人作呕的反文明景象形成鲜明对比，提醒读者不要被经济增长所造成的繁荣表象所迷惑，应当关注过度消费给文明带来的负面效应——垃圾过剩。凡勃伦曾在《有闲阶级论》里指出，人类的消费行为早已超出以获取基本需要为目的的适度消费范畴，成为炫耀自我、追求优越感的"夸示性消费"。也就是说，人们所消费的，不是商品的使用价值，而是它们所象征的使用价值以外的象征价值。在消费文化语境下，消费能力成为判定人的社会地位与身份的重要标准，进一步刺激人的自我实现的欲望，从而导致人与人关系的异化。在诗歌中，水面上的"游客"与水面下的"水夫"

所暗示的对立关系便是异化的结果。水面下的"水夫"与被遗弃的"胎儿和幼虫""猫与狗"等弱小生命，共同构成被"游客们"边缘化的存在。

那么如何能消解过度的欲望，缓解人类社会的诸多困境呢？崔胜镐在《蝴蝶》中展示了一种佛家式的价值理念和生活态度：

> 我未曾见过，背上扛着行李，或是像直升机一样载着重物飞翔的蝴蝶。蝴蝶只有一具轻便灵巧的身躯，这躯体便是她的全部财产。她亦无所从无所属。她以"无所有"的轻巧之躯自在飞行，花儿是她的客栈，树叶是她避雨的港湾。她的生是翩翩而起的舞蹈，舞蹈结束之时她便死去。她的生命里，从不期待什么，正因为无所期待，直到生命的最后一刻，她仍是自由的。

蝴蝶和鸟儿之所以能够自由翱翔，是因为它们对外在世界无所欲求，只向大自然母亲索取维持生命所需的少量食物。而现代人的生活却往往像波德莱尔在《巴黎的忧郁》中描述的那样，"每个人的背上都背着一个巨大的怪物"负重而行。唯有自觉抑制欲望膨胀、学习蝴蝶般无所欲求的生活态度，人类文明才能走上正路。诗歌中的"无所有"一词出自韩国著名僧人法顶的一篇脍炙人口的散文之作《无所有》。"无所有"不是指一无所有，这里的"所有"指的是"所有欲"或"占有欲"，"无所有"即是"无所欲"。法顶曾说："从某种程度上来说，人类的历史是一部'所有史'……无所有方能拥有全世界。"也就是说，只有以"无所有"的态度面对生活，人类才能获得真正的自由，从欲望的奴役中解脱出来。崔胜镐借法顶大师之口，为沉迷于欲望之海的现代人指出了精神救赎的道路。

三、郑玄宗：人与自然的"交感"

　　1960年代登上文坛的郑玄宗（1939—）也是持续关注人与自然关系的韩国诗人。他的作品擅于体察人与自然的亲密关系，打破不同物种之间存在的界限，唤起读者对自然之美与珍贵价值的重新认识。生态批评家金旭东认为郑玄宗的诗歌具有不同寻常的自然亲和力，是最能代表崇拜自然的韩民族精神的诗人。韩国学者朴喆会也极力推崇郑玄宗的诗歌，称其诗歌体现了知识分子的社会良心。

　　如果说崔胜镐善于状写失去生态平衡的病态都市之丑的话，郑玄宗则注重发现日常生活中的自然之美、探索人与自然的情感联系。郑玄宗的诗歌所描绘的往往是一些极其平常的生活场景，通过刻画与自然亲密接触时细腻而个人化的内心写照，向读者传达了一种鲜活、具体的生态体验。这种生态体验的传达，不是刻意抬高式的赞扬或是生硬枯燥的说教，而是一种建立在生命平等意识之上的情感表达。在郑玄宗的诗歌中，人与自然在身体、情感与精神层面上是密切相关、交融互通的，这也就是本文使用的"交感"一词的内涵。

　　　　回到我的自然

　　　　拿着看起来更加美味的青草，
　　　　引诱正在吃草的山羊，
　　　　只是想摸摸它的身体，
　　　　想仔细看看它的眼睛。
　　　　通过它皮肤的触感，它的眼睛，我
　　　　回到了我的自然。
　　　　某种充溢越过田埂缓缓流淌。

它们就那样不断地，

吸引着我。

不由自主地被牵走，

回到我的自然。

某种充溢越过田埂缓缓流淌。

　　在《回到我的自然》里，"我"不禁被吃草的山羊——这一可爱的生灵所吸引，不自觉地想走上前去喂它吃草、抚摸它、看它的眼睛。这是很多人在日常生活中有过的体验，看到花草、猫狗等动植物时会不由自主地被吸引，萌生想要与之亲近的情感。其实，只要用心观察，便可发现自然界中的生命都是彼此吸引的：花儿靠颜色和花粉招引蝴蝶与蜜蜂的眷顾，果子靠气味引诱动物们来享用，不同物种之间借助着各式各样的语言相互沟通、彼此吸引，这也验证了大自然是一个有机结合的生态整体的永恒真理。作为大自然的一部分，"我"在山羊的诱惑下回到了自然，感受到了流淌在心中的充溢之感。这种充溢是回归自然母亲怀抱的满足，象征着原始生命活力的复苏。

　　诗人试图消解"我"与其他生命体的异质性和距离感，实现身体与情感乃至精神上的交感。可以说，"交感"一词较好地反映了诗人独特的精神气质和审美特征，涵盖了诗人对于人与自然的关系的看法。值得注意的是，这里的"交感"与"同化"和"投射"等传统文学概念不同。根据韩国著名文学评论家金埈五在《诗论》中的阐述，"同化"和"投射"是诗人追求自我与世界同一化的两种方式，"同化"指诗人将外部世界内化为具有人格的自我，"投射"指将自我的情感投射到外部世界。前者是世界的自我化，后者是自我的世界化。本文认为，不论是同化还是投射，都是以牺牲自然的主体性为前提的，都体现了将人类思想强加给外物的人类中心主义思维范式。因此，古代山水田园诗所描绘出的人与自然交相融合的意境虽美，却往往抹杀了自然的主体性，使自然沦为人类表达主观感受的工具。相比之下，交感的前提是承认并尊重所有事物的主体性，体现了生态的主体间性原则。郑玄宗也曾在访谈中说过："诗人最清楚世间万物均为独立的存在，艺术家的责任就在于捕捉和表现万物的本质，替它们说出自己的梦。"诗人的这种观点在《树之梦》这首诗中得到了较好的体现：

> 和那映照在树叶上的阳光亲吻
>
> 树梦想着自己的力量
>
> 和那洒在叶子上的雨搓搓脸
>
> 树发出声音梦想着他的血液
>
> 借着吹拂在树枝上的碧绿风力
>
> 树听到自己的生命在摇晃的声音

在这首诗中，诗人故意隐蔽了"我"的存在，而是把"树"作为主体，借助想象去尽情地体味交感的欢愉，表现了诗人奇特的想象力。作为独立存在的生命体，树通过与阳光亲吻、和雨水搓脸，获得成长的动力和能量，借助风力来感知自己生命的存在。树与阳光、雨水和风略带官能色彩的亲密交感，说明了自然万物是一个相互关联的统一整体。郑玄宗的生态诗歌注重在与自然的亲密交感中发现生的快乐，体现了具有东方气质的自然风流的美学特征。国内韩国文学研究专家蔡美花曾强调"风流"是一个重要的美学范畴，其审美意识具有"把生命的审美作为深层构造，重视直观和感悟的审美思维方式，并体现为崇尚和谐与天然的审美理想"的特点。其实，本文认为"风流"不仅反映了韩国古代审美文化的精神气质，也是东亚三国固有思维方式和共同审美趣味的体现。

郑玄宗的诗歌里经常出现树的意象，在《世上的树木们》一诗中，树是生命的源泉，树根扎在土地里，身体却指向天空，体内不断地向上运输树液，给其他生物提供养分和能量，人和动物的存活都依赖于植物释放的氧气。在诗歌《树木啊》里，郑玄宗说："看到树木倾倒/我也跟着倒下去""看到山火燃起/我的身体也焦灼了"。在诗人看来，树与人的生命是等价的，都是弥足珍贵的存在。韩国生态批评家金东明指出，在郑玄宗的诗歌里，以树为代表的植物是象征着生命力的原始意象，这些植物意象与矿物、机械等非生命意象相对立，构成了生态诗歌的重要组成部分。

郑玄宗对人与自然之间的交流对话秉持乐观态度。在他的诗歌中，人与自然、自然与自然的交融合一总是发生得自然而然，相反，人与人之间却往往存在着无法消除的隔阂。以诗作《岛》为例，作品的全文是："人与人之间有一座岛/想去那座岛。"在这首短诗中，"岛"所暗示的是人与人之间难以逾越的鸿沟，即使是朝夕相处的情侣、日日交谈的好友，也无法完全走进我们的内心，做到真正的亲密无间。韩国第一夫人访华期间为中国听众朗诵的韩国诗歌《访客》是郑玄宗的作品，《访客》中"我的心若能化作那风儿/他必定能得到盛情的款待"的诗句，同样表达了诗人对于人与人之间总是存在隔阂的感慨。

四、金芝河：宇宙"生命"的探索

与前两位诗人相比，金芝河（1942—）的生态诗歌具有较为深厚的学理基础。早在1960至1970年代，金芝河曾投身于反对朴正熙政府的民主革命运动之中，1980年代起开始转变创作方向，开启了对"生命诗学"的探索之路。金芝河提出的"生命"概念，是对"环境"与"生态"两大既有用语的反驳与挑战。金芝河认为"环境"一词是人类中心主义思维的产物，因为它将人类设定为舞台主角，把人类以外的所有自然物视为舞台道具。而"生态"一词关涉的是自然界的有机物，所有无机物被排除在外。在他看来，世上万物皆有生命，不仅树与花、鸟与虫等有机物是生命，水和土等无机物也都应当包括在生命的范畴之内。因为与有机物一样，无机物同样可以参与到自然界的循环运动之中，在与其他生命体的相互作用中进化、生长、膨胀、收缩。这种将无机物在内的所有自然存在皆视为生命的观点，扩大了生态文学的内涵，得到了不少生态批评家的肯定。辛德龙、宋喜复、南松祐等人将金芝河的诗歌称为"生命诗歌"，并主张以"生命文学"概念替代"生态文学"，因为他们认为生态危机的本质是生命问题，探讨生命问题的作品才能算得上是真正的生态诗歌。下面这首诗体现了金芝河对于生命的深刻理解：

我曾是

我曾是一片树叶
现在也偶尔是一片树叶
阳光轻抚过的每一个细胞都开始说话
整个宇宙唱着动听的歌儿
……
忘了吗
叶子喂养了我
水滴哺育了我
鸟儿们养育了我
忘了吗
今天的我仍然聚精会神地盯着叶子
看我自己的影子

在《我曾是》里，抒情主人公"我"并不作为个体生命独立存在，"我"的生命不仅与"树叶""鸟儿们"等有机物息息相关，还与"水滴"等无机物具有密切的内在联系。因为没有"叶子喂养""水滴哺育"和"鸟儿们养育"，"我"的生命也就无法延续。这种生命共同体意识在金芝河的其他诗歌中也多有体现，比如，在《一山诗帖5》中，诗人说："我的骨骼里/生长出树叶/升起太阳和月亮。""我"的生命被赋予了一种永恒性，能够与宇宙万物一体、同生共存。像这样，金芝河的生命观具有强大的包容力与独特的审美价值，揭示了世间万物相互依存的存在本质，打破了因物质构成上的差异而造成的偏见，从根本上否定了二元对立的反生态主义世界观。

金芝河认为，即使是微不足道的一粒尘埃、一滴水珠，也和人类一样，是具有灵性的生命存在。因此，包括人类在内的所有有机物、无机物、物质甚至机器都应被视为伟大的生命。他的这种主张是建立在韩国本土宗教天道教的指导思想——东学思想的基础之上的，是对东学"侍天主""事人如天""人乃天"思想的继承与发展。天道教认为"天主"并不在遥不可及的远方，也不是至高无上的唯一神，人体内自有神灵，人与神同身，也就是说，人就是"天主"。天道教认为"天主"平等地存在于每个人的心中，没有阶级地位、男女老少之分，因此应当像侍奉天主一样对待每一个人。金芝河将天道教的这种平等思想从人类社会扩大到宇宙万物，建立了蕴含东方生态智慧的宇宙生命观，深化了生命思想的生态内涵。

金芝河主张尊重生命、反抗一切阻碍生命自然生长、束缚人的生命自由的力量，以《中心的痛苦》为例：

春天里

悄无声息地
花瓣儿微微颤动

从土地中
崛然而起的激烈无比的
中心的力量
花开了
绽放了
向四周伸展

痛苦啊
摇动

我也跟着摇动
去乡村
去吧
放下吧盛开吧

这首诗细致入微地刻画了花朵绽放的过程。花朵的绽放是舒展的花瓣与花茎之间的力量角逐，只有挣脱花茎的牵制，花朵才能盛开，展现自己的美丽。在这首诗中，花朵是生命的象征，花的盛开即代表生命价值的实现。就像经受痛苦才能盛开的花朵一样，人类只有冲破中心力量的束缚，才能回归其自然本性，绽放生命的光彩。

"中心"与"乡村"是一组反义词。从字面上看，"中心"指与

"乡村"相对立的"城市"，挣脱"中心"就是远离"城市"、亲近自然而居的意思。但"中心"与"乡村"作为一种隐喻具有更深层的蕴意，"中心"指代的是自视为"宇宙之精华，万物之灵长"的人类中心主义价值观，与之相反，"乡村"则代表反人类中心主义价值观，否定"中心"就是对人类中心主义的批判。根据诗人的自述："乡村含有分散、放下、留缝隙之意。"也就是说，人类只有将投注在自我身上的注意力适当地分散出去，生命才能摆脱中心的束缚而获得自由，这与崔胜镐在《蝴蝶》中的主张大抵一致。

五、结语

崔胜镐、郑玄宗以及金芝河是韩国当代文坛备受瞩目的三位诗人，他们较早地开始关注生态问题，创作了大量富含生态哲思的作品。崔胜镐的诗歌具有较强的批判意识，他将生态危机的根本原因归结为工业化时代以来人类不断膨胀的物质欲望，他认为城市是人类欲望的熔炉，物质欲望催生了消费文化，而过度消费是造成垃圾过剩的元凶。在表现形式上，崔胜镐将看似毫无关联的意象以陌生化的手法巧妙地结合在一起，给人以强烈的视觉冲击，从而达到唤醒读者生态自觉的目的。与崔胜镐的诗歌善于"状丑"的特点相比，郑玄宗则注重描写自然之美，抒发人与自然接触时所感受到的美的体验。在郑玄宗的诗歌中，"交感"一词所指涉的是人与自然在身体、情感和精神层面上交融互通的关系，具有浓郁的官能色彩。金芝河的生态诗歌又被称为"生命诗学"，他将无机物纳入生命的范畴之内，主张自然万物是按照循环与共生的宇宙法则联系在一起的有机整体。因此，在他的诗歌中，"我"的生命是与宇宙同生共存的永恒存在。

三位诗人的生态诗歌皆否定了人类中心主义价值观，揭示了只有观照自然，人的生命才是完整的、健全的，人类社会才能实现永续发展的客观真理。尽管在思想内涵和审美特质方面各具特色，但在解决生态危机问题、克服二元论思维范式的方法上，他们似乎都选择了一条向东方传统文化汲取生态智慧的道路。因为，在他们的诗歌里人与自然具有我中有你、你中有我的亲密关系，无所欲求、天人合一、尊重生命等东方传统自然观念被淋漓尽致地表现出来。这种向东方传统文化回归的创作倾向，不只是崔胜镐、郑玄宗和金芝河三位诗人生态诗歌的共同点，也是韩国当代生态诗歌呈现出来的总体特征。在李圣善、金龙泽、罗泰柱等诗人的诗歌里也能看到以传统自然观克服现代生态危机困境的努力。

自20世纪90年代后期以来，我国文坛也出现了大批优秀的生态诗人，如李松涛、于坚、江天、沈苇、华海、侯良学等人，他们的作品在表达对自然的敬畏之情的同时，也承载了作家对生态危机现实的深切忧虑，具有强烈的生态意识和现实批判精神。但正如田浩在《20世纪80年代以来中国生态诗歌发展论》一文中所指出的，近年来我国的生态诗歌创作似乎陷入了瓶颈期，存在主题单调、内容贫乏、文化批判的特点不够突出等弊病。而韩国生态文学起步较我国早，诗歌作品丰富，题材多样，艺术成就高。并且，在文化渊源上，与我国具有共同的自然书写传统与审美特征。因此，关注韩国生态文学的发展动态，能够为我国生态诗歌创作提供参考和借鉴。

邵　薇　女，辽宁人，广州大学人文学院讲师，在韩国取得文学硕士、博士学位，主要研究方向为韩国文学和中韩比较文学，曾在《当代外国文学》《韩国研究论丛》《鄱阳湖学刊》《文学与环境》《世界文学比较研究》等期刊发表论文多篇。

光明

双子座（小说）

◎刘 罡

星座，像悬疑小说，能剖析情感、预测吉凶。大多数时候，它是准的。但我不服，它一定埋了很多不为人知的伏笔。

每次别人问我星座，我都不愿意回答，尤其是漂亮的女孩。因为我是花心的双子座。花心，我是不承认的。我谈过不少恋爱，具体多少次，我不记得了，但我记得每一次我都是认真的，每一次都有恋爱的感觉。你可以说我多情，却不能说我花心。花心这个词，我不接受。

每当我爱上一个女孩，都会带她去唱歌。那会儿唱歌是我最喜欢的事儿，我愿意和她分享。唱一次歌，我得省吃俭用半个月，半个月没有其他娱乐活动，也算付出了一半的青春吧。

我总想唱一首歌，留在她心里，我不知道有没有成功。但，每一个女孩都留了一首歌在我的心里。

《街角的祝福》——娜

《美丽心情》——燕

《梦见铁达尼》——玲

《不爱我放了我》——欢

《数到三就不哭》——蓉

《人质》——园

......

为什么都是老歌？我也想知道。

去年过年回江苏老家，下了飞机鬼使神差地查了下星座。

双子座今日运程

财运：★★

情感：☆☆☆☆☆

财运两颗星我能接受，两颗星和五颗星对我来说没多大区别，反正我都抓不住它。

情感五颗星？开玩笑吧。五颗星也就罢了，给我弄个空心的是几个意思？好歹也解释两句啊，完全没有，只给星，不解答。

我刚想把这不靠谱的APP给删了，电话响了。李禾打来的，我们得有好几年没见面了，别说打电话了，微信都没聊过几回。他联系我，大概是因为我发了个老家机场的照片到朋友圈的缘故吧。

电话里我们互相寒暄了几句。然后就东一句西一句，聊些互相不感兴趣的事情。最后，李禾结束了这场尬聊。说是要去接人，接完人回来请我吃晚饭。我半推半就地答应了下来。

老家变化很大，体育场改成了物流园，球场的呐喊声，变成了汽车轰鸣声。四中旁边的平房区建成了金融中心，白领进进出出，在天堂地狱间游走。以前最红火的烧烤店变成了串串香，听说之前还开过足浴房、火锅店。

李禾约我吃饭的酒店以前是个小公园，公园里有许多隐秘的小空间，许多情侣会在那儿约会。我的初吻就是在那儿完成的。

我和李禾约在六点，我五点就到酒店了。但没有立即去包房，先在大厅沙发上坐了一会，五点四十分我准备起身去包房时看见了一个熟人，就是那个"铁达尼"，柴小玲。她看上去老了一些，却更有味道了。短发，短裙，白衬衫，像是个高冷的精英白领，不像我认识的她。我有点恍惚，竟想脱下她的衬衫看看她后背的那朵玫瑰文身，确认她是不是我认识的那个人。

我已经坐得很隐蔽了，她好像还是看了我一眼，然后接着往前走。忽然，她又停下了脚步，回眸一笑，与我对视。我钢筋般的脸皮上竟浮现一抹红霞。糟糕！这是心动的感觉。

我右手捂住左腕的廉价手表。我想要见到她，却不想她见到我。我无所适从，左腿跷在右腿上，不自然，又把右腿跷在左腿上，也没有好一些……

"好久不见！"

"是啊，好久不见。"

"结婚了吗？"

"没有，你呢？"

"我啊，结啦。孩子，都上小学了。"

我半晌没说话，心里不是个滋味。柴小玲也没有说话，保持着笑容，跟十几年前一样的笑容。

十几年前我上初三，她比我大三岁。那会儿她就已经是我家旁边那间网吧的大姐大了，文身、抽烟、说脏话。但她不脏，只玩游戏，不谈感情。有人调戏她，直接开打。我见过一次，汽水瓶直接砸向一个调戏她的小混混，别人眼里那是流氓的行为。在我看来，她是个英姿飒爽、出淤泥而不染的仙女，但我不敢泡她，怕被汽水瓶砸。

过了几年，我长大了些，打过几场硬架，哄过个把女孩，但并不足以壮胆去泡她。可不泡她，总觉得心里痒痒的。我开始研究她，她的时间没有规律，什么时候起床什么时候去网吧，什么时候困了什么时候回家，她迷上了梦幻西游，她爱喝咖啡，她抽红南京……她，有男朋友了？

听说有，从没见过。就算有那又怎么样。大不了失败，反正她本来就已经很难追，失败了也不丢人。下定决心后，我也开始玩梦幻西游。在游戏里我隐瞒身份，偷偷去国子监申请拜她为师，很认真地研究攻略，很快就成了高手，她却莫名其妙说不玩了。后来我才知道，她跟人吵架，被人民币玩家追杀，打不过，一直掉经验，升不了级，一气之下就把号给删了。

"师父，我们换区吧，冲新区去。"

"好啊！"

她的回答让我很意外，没想到她会这么爽快地答应我。所以，我壮着胆向她提了个要求。

"去了新区，我不要当你徒弟了，要当你老公。"我发了个戴墨镜、酷酷的表情给她。

"好啊，你要是比我级别高，能养我，能保护我，我就嫁给你。"她回了个龇牙咧嘴的笑脸给我。

游戏里的师徒身份变成夫妻身份很常见，没什么值得炫耀的，看不见摸不着的，估计得有一半是"人妖"。但我不同，我知道她是女孩，知道她就是我要的女孩，所以我很努力地练级，打装备，开武器店、宠物店，挣钱给她充点卡，帮她买装备。每天只睡三四个小时。

两个月以后，我比她高五级，那还是我存着经验陪她玩的，否则就不能在一个场景练级了。

我向她求婚，送给她一只极品戒指，她问了我一个很难回答的问题。

"你为什么，对我这么好？一个游戏而已，我是男是女你都不知道吧。你不怀疑我是骗子吗？"

的确，我从来没给她打过电话。没质疑过她的性别，也没有怀疑过她的心性，毕竟网络游戏骗子太多。

"你不是也没有怀疑过我的目的吗？"

她发了一个拥抱的表情，然后我们就在游戏里结婚了。月老撒下喜糖，我们互相赠送了一瓶蛇胆酒，喝下去就算是交杯了。

"将就一下，下次请你喝茅台。"

"下次？"

"我们这么恩爱总归要见面的。"

"只玩游戏，不见面。我们说好的。"

"一切皆有可能，说不定哪天你会爱上我，主动要求和我见面呢。"

"不可能，要真有那么一天……如果现实中我爱上你的话……那我请你喝茅台。"

"如果哪天在现实中爱上我？那就是说，我们有机会见面咯？"

"没机会。"

我们在世界频道互诉衷肠，充满了爱情的酸臭味。引来一片骂声，当然也有假装祝福的。

我们的级别和装备虽然比不上那些人民币玩家，却成天出双入对，羡煞旁人。玩游戏觉得时间过得特别快，一晃几个月就过去了。

七夕那天，我去了网吧，开了她旁边的那台机，心都要跳出来了，输游戏密码都抖抖霍霍的，生怕她反手一个汽水瓶砸过来。

"我早就知道是你了。"她没有开口，而是在游戏里跟我说了这么一句话。我脸都绿了，尴尬得无以复加。

"你说什么，我不明白啊。"

"装什么装，大龙上个月就跟我坦白了。"

大龙是我初中同学，在网吧做网管。我不常去网吧，所以她的信息，都是大龙卖给我的。真的是卖，从计划开始那天我就对大龙言听计从，给他买烟，请他吃饭、喝酒。他居然还出卖我，一点职业道德都没有。

我回头看了坐在吧台的大龙一眼，他似乎察觉到了我浓烈的杀气，低下头不敢看我。

"尿包，用这种小儿科的把戏就想泡到姐姐我？"

"我，我是真的喜欢你，喜欢到不敢面对你，所以才……"

"毛长全了没？整天喜欢她喜欢你的。"

"全了，可以验货。"

她忽然握住汽水瓶，我猛然起身，后撤步离开座位。她却云淡风轻地嘬了一口汽水，回头冲着我笑。

我尴尬地走回座位，发了根红南京给她。

"你泡妞，不送花送烟？"大龙哈哈大笑。

我和她一齐瞪了大龙一眼，大龙连忙低头，假装玩游戏。

后来我们只在游戏里交流，现实里一句话都没说。五点半，我觉得机会到了。

"饿了吗，我们出去吃饭吧。"

"好吧。"

我招手叫来一辆人力三轮车，在我的计划中这是个第一次肢体接触的机会，我却尿得与她相敬如宾。

皇驾咖啡，三楼到七楼全都是咖啡店，刚开始生意很好，但消费颇高，而且只有咖啡和西餐。我们小城市的人哪里习惯天天喝咖啡吃西餐，时间长了生意就淡了，去得早的话甚至可能享受到包场的待遇。后来老板为了继续经营，就把三四五楼的包厢全都拆了改成卡座，只留下六七楼有包厢，菜品也大换血，加入了大家耳熟能详的中餐，以及各种茶品和小吃。所以，现在三四五楼就成了打牌、聊天、打发时间的休闲场所。六楼七楼禁止打牌、禁止喧哗，所以就成了约会和谈生意的好去处。我们在七楼开了一间包厢，最低消费388元，对于那个时候的我来说已经很奢侈了，相当于我不眠不休去凤巢抓三天怪物的收入了。

服务员微笑着把菜单拿给我，我又装作很绅士的样子把它递给了柴小玲。柴小玲看了一眼，又把它推了回来。

"你不是很了解我吗？大龙都被你规划了。你来点！"

"他不是又被你策反了吗？"

"你点不点？"

"点点点……"

我努力回想，电视剧里的主角点过的餐，最后点了两杯卡布奇诺，牛排，意面，还有一些小吃。我记得有一首歌词好像说，爱情像卡布奇诺，希望没有记错。我好几次观察她的表情，却看不出喜怒，太能装了，你不是真性情的大姐大吗？

"咖啡好喝吗？"

"还行。就是牛排——"

"我以为你喜欢吃嫩一点的呢……"

"说我比你老，是吗？"

"你这思维！"

"骂我神经病，不正常？"

"牛！佩服，哈哈哈。"

柴小玲开玩笑一脸严肃，刚开始真是吓到我了，后来慢慢也就习惯了。她很好，什么都能聊，没有忌讳。七点零七分，灯一下子全灭了，接着又缓缓亮起，昏黄的灯光，搭配优雅的萨克斯音乐，年轻男女面对面坐着，喝着卡布奇诺，吃着牛排，像极了爱情。我灵机一动，将桌上摆设的一大束玫瑰花占为己有，缓缓走向柴小玲。

"老婆，我爱你。"现在想来的确有点恶心了，但当时我就是那么说的，而且很深情。

柴小玲愣了半晌，眼眶似乎有些湿润。但她没有接受玫瑰花，也没有拒绝我，只是微微一笑说了句无关痛痒的话："傻瓜，这里的玫瑰花很贵的，不能带走。"

大概八点的样子，我们才离开。我故意拖到这个时候，我想知道她到底有没有男朋友。

"我们回网吧吧，今天的师门任务还没有做呢。"

"不做了，我们去唱歌吧。"

"唱歌？去哪里？"

"盛世皇朝吧。"

"算了，金碧辉煌吧，近一点。"

"哦，听你的。"

当时我很开心，那会儿老家没有量贩式KTV，只有夜总会，盛世皇朝是最高档的，最小的包厢低消都要888元，而金碧辉煌是一家略小的夜总会，为了保持竞争力遣散了小姐和公主，降低了最低消费，加入了性价比较高的酒水。小包厢最低消费只要288，也能喝到一件啤酒，而它的音响效果是依然顶尖的。对于我来说，音响足够优秀，酒能够醉人，就已经很完美了。说去盛世皇朝只是怕在喜欢的女人跟前丢了面子。

金碧辉煌我已经来过很多次了，不算陌生，服务员领班算是个老熟人了，曾经跟我一起踢过足球，一起打过台球。我一到，他就帮我安排了包厢，送了我一份大果盘，半件啤酒，给足了我面子。

"哟，看不出来啊，人缘不错嘛。"

"主要看你的面子，这一方谁不认识我玲姐啊。"

"哈哈……"

"你要唱什么，我帮你点。"

我对唱歌足够自信，所以我让她先唱，从而衬托出我的实力。她一定会被我震撼，一定会不停地去按原声伴唱转换，然后托着下巴，面红耳赤地欣赏我的歌声……

前奏响起，我傻眼了。开口跪！在那之前我没有听过《梦见铁达尼》，但我想原唱也不过如此吧。不是说她唱功有多牛，而是她的声音太独特，情绪太准确了。她每唱完一首歌，我都会觉得更了解她一些了。

当然了，既然第一次约会就敢带她来唱歌，我自然也是有实力的。《心有独钟》歌名代表我的态度，虽然有些紧张，但还是让她刮目相看。我怎么知道？因为她真的用手指刮了眼睛。这就是我喜欢她的原因，她太特别了，喝彩都和别人不一样。

唱歌归唱歌，我的计划还是要执行的，已经错过三轮车上的肢体接触了。我不停敬酒，每唱完一首歌我都要敬她一两杯酒，她不拒绝，我喝多少她喝多少。十一点多的时候，我的计划完成了，她醉了，虽然我也吐了一次，但我还是清醒的。

走两百米就是酒店，但我却扶着她一直走到了网吧，途中她吐了两次，也不跟我说话，一路上哭哭笑笑的，很滑稽。当时我很懊悔，多么完美的计划，到头来被自己给破坏了。后来想想，夜深人静，扶着她回网吧挺浪漫的，也算是亲密接触了，比带去酒店更值得回味。

她在网吧睡了一夜，我在旁边守护。第二天她醒来的时候，我已经睡着了。她买了早餐放在我桌子上，没跟我打招呼就走了。我打算关游戏回家补觉的时候，看到聊天窗口在跳动。"谢谢你，现在我承认你是个男人了。验过货了。"

"这就算验货了？太没诚意了吧！这次不算，下次隆重一点。"我无奈地摇了摇头，随即又会心一笑，回了她这么一句。

原本的计划是从那以后，我每天去网吧陪她玩，日久生情，说不定她真的能以身相许。可是我又破坏了自己的计划，或者说我改变了计划，距离产生美，天天在一起或许会过早暴露我的缺点……其实，都是屁话，我只是没那么多钱去陪她。从那以后，我每十天半个月都会约她一次，吃饭唱歌什么的。后来她也会主动约我了，每个月十号，她都会请我喝咖啡，或者唱歌、喝酒。

每次约会我都会向她表白，不断表白，她不答应，也不拒绝，就那么耗着。耗着就耗着呗，反正年轻。

每一次约会我都有想要执行那伟大的计划的冲动，可每次都不了了之。

大概过了一年，我们在游戏里生了孩子，我兴奋得也像个孩子，到处炫耀，跟仇人都谈笑风生，整晚都没有练级，牵着孩子满世界溜达。

第二天，柴小玲约我喝茶，我很意外，我们认识那么久从来没有喝过茶。她一直很准时，但那天她迟到了一会儿。我看出了原因，她化妆了，很美。五彩的碎花裙，很薄，走起路来飘呀飘的，跟小仙女一样。我从没见过她这么打扮，平时都是牛仔裤，T恤衫。我的春天终于要来了。

"我不想玩游戏了。"

"怎么了？又有人欺负你，干吗不告诉我？"

"不是的。你不觉得我们这样很废吗？"

"哦，那就不玩，听你的。"

"你没明白我的意思。我希望你去找一份工作，不要这么稀里糊涂下去了。"

"我不想工作，不喜欢受人限制。我打算做生意。"

"你会做生意吗？"

"游戏里不是做过生意了吗？我很有天赋的。"

"我，不能和你在一起。我有男朋友，我们要结婚了。"

"哦——"

我想过她会拒绝我，但没想过会这么突然，突然到我不知道如何回应。那是我第一次感觉到心脏是真的存在的，它竟然抽搐了一下。

我想要问她，为什么现在才告诉我，为什么耗我那么久，为什么……

"对不起！"

我什么都问不出来了。有什么好问的，大龙早就告诉我了，是我自己不信邪。

"没事。不过，在你结婚之前我是不会放弃的。"

"你知道我今天为什么穿裙子吗？"

"不知道。"

"因为你说过，想要隆重一点。"

"可是……"

"要么验货，要么什么都没有。你坚持也没用，你知道我的性格，我做了决定八匹马都拉不回来。"

我没有考虑太久，的确了解她的性格，她这是铁了心地要跟我有个了断。我当机立断，展现了做生意的天赋，如果继续纠缠，成功率几乎为零，那么就割肉，既然不能天长地久，那就曾经拥有吧。为了留下美好的回忆，我骑着电动车带着她去我妈打麻将的地方，软磨硬泡要了五百块钱，去了我们那儿最好的酒店银都，开了间大床房。

我们几乎整夜没睡，她很投入，我能感觉到。以至于我试图用勤奋来弥补技术上的不成熟，妄想要挽回。我们一根接一根地抽烟，一次又一次地翻滚，两包烟抽完了，天亮了，我睡着了，醒来时已经是中午了，床头柜上的早餐已经凉了……这一次，她没有给我留言，除了早餐，什么都没有留下，连房间都被她收拾得干干净净。

……

柴小玲拍了下我的肩膀，把我从回忆中拉了回来。

"你想什么呢，那么入神。"

"没，没想什么啊。"

"还回来吗？"

"不知道。混好了就回来，混不好不敢回来。"

"还是那么要面子。"

"晚上有空吗？请你吃宵夜。"

"哟，刚回来就约有夫之妇吃宵夜，胆子不小啊……我今晚有应酬。"

"那明天约你喝咖啡？"

"再说吧。"

"那，加个微信吧？"

"不用，我想找你的话，立马就能找到你。"

"立马找到我？你什么时候开始做特工了？"

"嘘！隔墙有耳。"

柴小玲头也不回地挥了挥手，一如既往的酷。这种被拒绝的方式，倒不算丢人，只是有些失落。

我冷静了一会儿后，出发去"时光厅"赴约。包厢里竟一个人也没有，我一个人坐在角落里的沙发上抽烟。到了六点十分，来了一男一女，男的初中跟我一个学校的，好像叫胡飞，女的也有点面熟，记不太清了，我和他们有一句没一句地聊了一会儿。过了一会儿大龙和他老婆来了，大龙胖了好多，走在街上我都不敢认。他老婆倒是苗条，一口流利的川普，估计是游戏里哄来的。

李禾六点半才到，一个打扮得很时髦的女人跟在他身旁。我认识她，她叫何璐，与我有点渊源。

"来得这么早啊。"李禾笑呵呵地与我握手。

"呵，李总让我六点到，我哪敢迟到。"我用玩笑的语气，讲出了内心的不满。

"没有啊，我约的六点半。你肯定记错了。嘿嘿……"

记错？不存在的。不过，我也不想执着于此，没什么意义。

李禾安排大家入座，让我坐对门的大位置，我说不坐，他也就不坚持了，自己坐到那个位置，而我坐到了大龙旁边。虽然大龙曾经"出卖"过我，但革命的友谊还是存在的。

"何璐，让你拿酒，酒呢？"

"忘了，在后备厢里。"

"克隆猪！怎么娶了你这么个呆婆娘。"

何璐翻了个白眼，没敢回怼。看来她的家庭地位不高，嫁给有钱人也不见得会幸福。

李禾叫来服务员，点了一瓶轩尼诗XO。在这里叫酒，几乎要比市面上贵一倍，去停车场拿一下也不过才十分钟的路程。有钱人的世界真的是捉摸不透。恐怕这就是我成不了有钱人的原因吧。

"家里什么时候开始流行喝洋酒了。"

"什么流行不流行的，个人喜好。我觉得洋酒比较好入口，比较纯……"

胡飞连忙竖起大拇指："李总有品位，这酒的确好喝。就是太贵，平时喝不到，今天沾李总的光了……"

胡飞的嘴脸我太看不惯了，拍起马屁来完全没有底线。要不是看在大龙和李禾的面子上，我真不愿意跟他坐一桌吃饭，吃不下。

李禾敬了我一杯："怎么样，兄弟，这酒可以吧？"

"挺好的，洋酒我喝起来都是一个味。"原本我想说，我还是喜欢喝白酒，但又不想驳了他的面子。

酒过三巡，我发现李禾请我吃饭有所图谋，不是单纯意义上的炫富。

"兄弟，你还认识她吗？"李禾脸喝得通红，指着何璐问我。

我只是笑了笑，没有回答，根本没法回答。何璐追过我，我没接受。那会儿她还没长开，很幼稚，况且当时我有女朋友。而李禾就喜欢何璐那款，追她，她嫌李禾长得丑，不同意。现在李禾有钱了，何璐跟了他。而我老了，不帅了，关键是穷得叮当响。现在的何璐绝对看不上现在的我。所以，我大概明白了李禾的意图，他想羞辱我。

我想着赶紧把酒喝完就撤。李禾却不太配合，每次举杯都要讲几句他的发家史，每次都是我和大龙先干完，他说完才喝，有几次说着说着干脆把酒杯又给放下了。三番五次说让我跟着他混，说是随便给个仨瓜俩枣的都比我工资高。刚开始，我还敷衍敷衍他，后面直接当他不存在了，只跟大龙夫妻俩喝。

"你什么意思，我敬你酒你不喝，大龙敬你酒你就喝？"

"我愿意跟谁喝就跟谁喝。你管得着吗？"

"你喝的是我的酒。"

"你非要这么说的话，那一会儿我买单。那么，这就是我的酒了吧。"

"你买单？你买得起吗，恐怕一个月工资都请不起这顿饭吧。"

胡飞点头附和："加上酒的话，这顿饭怎么也得上万了吧。在外打工挣点钱不容易，你就别跟李总争了，你拿什么跟李总争呢。赶紧敬杯酒，跟李总道个歉，都是自家兄弟，李总不会怪你的……"

大龙猛地起身，一口干完杯中酒。

"你难得回来一次，怎么能让你买单。这顿我请了，给你接风。"大龙并不是个爱冲动的人，更不是大方的人，跟他认识那么久，请我吃饭的次数一只手都能数得过来，基本都是我请他。他能说出这话，不管是不是酒精上了头，我都挺感动的。

说完大龙就不吱声了，低头发了个微信，然后继续跟我喝酒。

"你们什么意思？李总喊你们吃饭是给你们面子，不要给脸不要脸……"

"跳梁小丑，要放在十年前，你已经躺医院了。"

我虽然是骂了胡飞，但语调平稳，看不出有什么波澜。

"你吓唬谁？拳头有用，你能混得这么蹩脚？现在是金钱社会，我打个电话就能喊到百十个像你这样的人……"

李禾的话还没有说完，一个服务员推门进了包厢。

"谁让你进来的？门都不敲，什么素质？"胡飞指着服务员鼻子骂道。

服务员没有理会，自顾自地说道："哪位是刘先生？"

"我是，怎么了？"在场只有我一个姓刘，肯定是找我，但一个服务员找我干吗？

"我们老板说，今天时光厅的消费已经为您免单了。"

说着，服务员将手中的袋子提上服务台，从袋子里取出两瓶茅台，看上去有些年头了，盒子都已经发霉了。

"这是老板让我送给您的，她说是十二年前买的。"

茅台？十二年前？我突然想到了一段我和她游戏中的对话……

"你老板叫什么？"

"老板姓柴。"

胡飞一口酒呛在喉咙里，咳嗽个不停。李禾的脸比之前更红了，嚣张的气焰被两瓶茅台酒给扑灭了。从头到尾没说过几句话的何璐面色也不太好看，看上去心情有些复杂。

"哥，你看这事弄的。本来说好了李总请客给你接风来着，你非要这么客气。来，哥，我敬你一杯……"胡飞见我没有反应，自己把酒给喝了，"哥，我已经干了。你随意就好。"

我瞥了胡飞一眼，直接无视。李禾针对我，是有原因的。他胡飞算什么东西，一个没有底线的马屁精，我从来不与这种人交往。

李禾一句话没说，带着何璐离开，胡飞和他老婆也跟着离开了。

大龙微信给他老婆转账520块钱。他老婆看了一眼，没有收。大龙皱眉，又转了1314块钱，这次转账的过程明显要比之前艰难，大概花了得有十分钟，变换了四五种表情。她装作不情愿的样子收下钱，开心地离开。

"别难受了，转给你老婆嘛，又没流到别人的田里。"

"有什么区别？我的肥水流到她的田里，她转头就送到马爸爸的田里了。"

大龙趁我不注意，把一瓶茅台盒子给拆了，嘴里还念念有词。我连忙把酒给抢了回来。

"别喝了，这酒我要带走。"

"我靠。你什么时候变得这么抠门了？我为了你，转了1834块给马爸爸。"

"为了我个鬼，你就是怕你老婆妨碍你喝酒。当我第一天认识你？"

"我不是这种人……你别闹了，赶紧把酒打开。"

"这酒对你来说是酒，对我来说却是……算了，你非要喝的话，我们去下一场。"

"就在这儿喝，免费的酒你不喝。你是不是傻！"

我们继续在这里喝，的确有可能免费。但我不是无赖，也不想欠她的，虽然已经欠了。

"走吧，去下一场。我请！"

"你请？好，那我们去夜总会。"

我总算明白为什么星座预测我今天的财运才两颗星。这是无论如何都要破财的节奏啊。

"好。去哪家，你定。我不熟。"

"金碧辉煌吧。"

"金碧辉煌还开着呢？"

"是啊，被人收购了。重新装修以后很牛的，听说装修都花了上千万呢，音响那些都是顶级的。"

现在的金碧辉煌确实比以前豪华多了，模式却有些模糊。介于夜总会和量贩KTV之间，没有小姐，却有陪唱。陪唱就是只陪唱，不陪酒的意思。这是一种很难成功的营销模式，对老板的要求很高，必须黑白通吃，要有震慑力，还得有亲和力。否则，每天都会有人因为陪唱的不肯陪酒而闹事什么的。

当然了，也有一些陪唱的性格比较豪爽，不介意陪顾客喝上两杯。大龙就约了两个可以陪我们喝酒的陪唱。

大龙对于唱歌没有什么天赋，但他的鉴赏能力还是可以的。我点了一首《我依然爱你》，没有华丽的转音，没有凶猛的高音，声音沙哑，早就失去了以前的纯净，可就是唱得大龙眼中噙泪，拼命鼓掌。

大龙猛灌了自己一杯，冲着我打了个嗝："唱歌的喝酒！"

陪大龙的陪唱小妹莎莎，也跟着起哄，逼我喝酒。小野是陪我的，她什么话也没说，就那么举着杯盯着我看。没有办法，我对这种女孩最没有抵抗力了，可是我真的喝不下，我能感觉到要是一口把这杯喝完，我肯定得吐。

"你先唱一首歌，唱完我们干杯。"

"好。"

你的酒馆对我打了烊

子弹在我心头上了膛

请告诉我今后怎么扛

遍体鳞伤还笑着原谅

你的酒馆对我打了烊

承诺是小孩子说的谎

请告诉我今后怎么扛

你无关痛痒

……

这首歌很流行，很好听，但对我来说无关痛痒。可不得不说，小野唱得真好，这种歌听着简单，朗朗上口，却不是那么容易唱的，我听过很多人翻唱这首歌，都唱不出原唱的那种感觉。而小野唱出了自己的风格，听上去没有那么幽怨，却很扎心，有一种淡淡的忧伤。难怪金碧辉煌的陪唱比夜总会的小姐小费还要高，综合素质强得可怕。我认为，小野要是去参加选秀，应该能红。

莎莎唱了许多耳熟能详的歌，连唱带跳的，都很好听，但也只是好听而已。我这个人最大的优点就是专一，就觉得陪着我的小野唱得比较打动我，哪怕是莎莎风情万种，我也丝毫不会被动摇，顶多看两眼，过过瘾。后来瞧见大龙与莎莎眉来眼去，我连看都不看她了。

大龙喝高兴了，总是敬我酒，害得我去洗手间偷偷吐了两回。以前我没少跟大龙喝酒，每次都能把他灌醉，看来酒量真的是可以练出来的，而我过早地把喝酒的天赋给耗光了，才落得如此下场。现在我的酒量是不如大龙，但我有酒胆，还有一些故事可以解酒，他有什么？一个美满的家庭而已。在我面前，他只能是弟弟，斗不过我的。

喝到七分醉的时候，我唱了一首《我真的受伤了》，放在平时这首歌我不一定能唱好，但七分醉是我状态最好的时候。我一开口，小野就沦陷了，依偎在我肩膀，一副小迷妹的模样，崇拜之情溢于言表。当我唱完，小野眼眶泛泪，似乎想到了过往。

"哥，你真的是单身吗？我怎么不信呢？"小野很认真地问我。

"这还能有假？要不是单身，我能跑来这里找安慰吗？"

"那有什么的，龙哥还不是经常来看莎莎。你肯定是眼光太高了。"

"这倒是事实，我眼光的确很高。如果找不到像你这么优秀的，我宁愿打一辈子光棍。"

"哟，糟老头子坏得很，我信你个鬼。这么会撩，又帅，单身？谁信！"

"你都说我是糟老头儿了，保鲜期都过了，谁能看上我呢。"

"哎呀，你真是挺土的。那句话现在网上很流行的，不是骂你，是夸你呢。"

"还带这样夸人的？那老夫倒真是孤陋寡闻了。"

小野微笑，露出酒窝，只有半边脸上有酒窝，不知道是不是笑得太浅，这样反而显得特别，好看。

"哥，要不然今晚我做你女朋友吧。"

"好啊。"

我条件反射般地答应了下来，但我不会真的答应，酒话哪能信。虽然我是单身，但我没那么随便。这，说出来我自己都不信。主要应该还是舍不得钱吧，一般来说在夜总会碰到女孩对你说这样的话，都是收小费出台的。但小野又不像，她很认真，可这种事情，谁又能说得清呢，谁知道她今晚做我"女朋友"收不收钱的。别问我怎么知道这些内幕的，我真的没怎么去过那些地方，就算偶尔去了那么一两次，也不会在那儿找"女朋友"的，好贵，又没感情，也没感觉。可这一次，我好像对小野有那么一点感觉，所以我才有那条件反射吧？不过，我不会答应的，真的不会，对她有那么一点感觉肯定也是酒精上了头的缘故，肯定是的。就算她再诱惑我，再灌我酒，我也不会答应的——吧？

我趁着小野唱歌的时候，挪到大龙旁边，轻声耳语："你不是说这里是正规的吗？"

"是正规的啊，怎么了？你们发生什么故事了？"大龙像傻狍子似的一会儿盯着我，一会儿盯着小野。

我没有回答大龙，悄悄回到小野身边，静静地听她唱歌。小野唱着唱着，平躺在我腿上，不看屏幕仰面对着我唱。我猝不及防，心跳可能快了好几倍。

你爱我吗

我可以这样问你吗

你爱我吗

你给我的温柔是寂寞吗

你爱我吗

你心里还有遗憾吗

撩我？我有这么好欺负吗？我在社会上摸爬滚打了这么多年，还怕一个小姑娘？我调整呼吸，低头看着她，努力不回避她的目光。我输了，三秒破功，老脸通红。小野是真的不错，脸蛋好看，身材又棒，歌唱得又好，如果她真是我的女朋友的话，带出去多威风。都说风尘女子对待感情比普通人更加认真，嫁人以后会恪守妇道，能力又强，完全可以把丈夫服侍得服服帖帖的，没有精力出去拈花惹草。

想想就好，不然呢？我又养不起她。何况一整晚，我心里装的都是柴小玲，我那么专一，怎么可能朝三暮四？

"你这么好看，怎么可能没男朋友，孩子都好大了吧？"

"会不会说话啊，我身材这么好，像是生过孩子的人吗？"

"那可说不准，我一朋友，孩子都上学了，身材保持得特好。"

"切，生过孩子的还能比我好吗？"

我笑了笑，作为一个成熟的男人，是绝对不会与一个美女作对的。尽管我内心认为柴小玲的身材比她好，毕竟我曾经很深入地研究过柴小玲的身材，对她的身材更加了解一些。当然了，那只是曾经，现在的她，已经不是我能高攀得起的了。但，我还是想要一个答案，不过我可能永远都得不到答案了。想到这里，我与大龙碰杯，一饮而尽，反正醉了，就醉得彻底点。

大龙和我很多年没见面了，本来应该有很多话说，但没有，我们说得最多的话就是"干""喝""整"，大龙跟莎莎却好像有说不完的话，莎莎比他老婆更像他老婆，很懂他的样子。老实说，我一点也不羡慕，一点也不！

我们一直喝，不停喝，头已经开始转了，我这辈子都没有喝过这么多酒，感觉再喝下去我可能都得死在这儿。好在酒已经喝完了，大龙应该也到了极限，说话都不利索了。

十一点，屏幕忽然黑了，过了几秒钟，跳出一个榜单。

第一名：梦见铁达尼（8888）

第二名：我依然爱你（303）

第三名：我真的受伤了（303）

第四名：咖啡（8888）

第五名：你的酒馆对我打了烊（303）

第六名：来自天堂的魔鬼（205）

第七名：十年（303）

第八名：表态（101）

第九名：刚刚好（309）

第十名：我爱的人（303）

……

一个西装革履的服务员推来一车东西，有零食水果，一瓶马爹利蓝带，还有一张一次性的六折优惠券。

"送错包厢了吧？我们没点东西。"

"没错，这是303包厢赢得的奖品。"

"奖品？"

"是的，先生。我们金碧辉煌每个周末都会举办一场比赛。我们老板聘请了音乐学院的老师，评选出前十名。前十名都有奖励……"

"这不是第一名的奖品吗？"莎莎指着那张六折优惠券问服务员。

"第一名和第四名是我们老板，老板放弃了奖品，所以名次都往前挪了。前十名的歌，都可以点击播放，不服的话半个小时之内可以提出同曲挑战。赢了就获得对方的奖品，输了没收原有的奖品。"

现在的夜总会都这么先进了吗？弄得跟综艺节目似的。我都得到第一名的奖品了，肯定不会再提出挑战。但我很想听听获得第一名的老板唱得如何，配不配得上第一名。

点开第一名包厢的歌曲《梦见铁达尼》，才听一句我就感觉天旋地转，五雷轰顶，整个人都不好了。这可能是我最后一次机会，知道答案的机会。我离开自己的包厢，踉踉跄跄地寻找到了8888包厢，我不敢犹豫，推开房门，怕酒醒了就没胆了。

"真的是你！"

柴小玲一个人坐在比我出租屋还要大许多的豪华包厢，好像有些落寞。她正在重播303包厢的《我依然爱你》。

"原来是你，你声音变了，不过还是挺好听，蛮有男人味的。"柴小玲浅笑。

"你十二年前就买了茅台，为什么今天才给我？你不知道那对我意味着什么吗？"

"不就请你喝两瓶酒嘛，能有什么意义，就算曾经有，现在也没了，都那么多年过去，酒都快蒸发完了，何况……"

"我就是想知道，既然你是爱我的，为什么要离开我？"

"没有必要了吧？"

"我想知道！"

"因为你没通过考验。"

"什么考验？"

"当年我穿着同样的裙子，去了同一家咖啡厅，跟我老公说了同样的话，但他跟你做了不同的决定。他没有带我去开房，坚持追求我，想要我嫁给他，所以我嫁给他了。"

得到这样的答案，很意外。如果她只是单纯地嫁给一个富豪，我更容易接受。我真的做错了吗？如果我坚持，她真的会嫁给我吗？嫁给我她会幸福吗？我为什么要来寻找答案。

"谢谢，本来应该把酒还给你的，但我做不到。放在我这里，它也许没那么容易蒸发，等我七老八十了，我带上它，约上你一起喝。好吗？"

"好。"

柴小玲回答得那么干脆是我没有想到的，尽管可能只是敷衍。回到自己的包厢后我没有喝酒，也没有唱歌，对小野不予理会，她以为我喝大了，让服务员倒了一杯热水给我。

"还能喝吗？"大龙拿来那瓶马爹利蓝带，询问是否要打开。我摇了摇头，然后躺在沙发上装睡。

离开金碧辉煌后，大龙非要说请我吃宵夜，我很意外，他那么抠的人请我吃宵夜，我想都不敢想。更让我意外的是小野也跟着我们一起去吃宵夜。莎莎跟着去很正常，早就看出她和大龙的关系不简单，可小野跟着，我真没想到。"吃宵夜"可以说是夜场的潜规则了，没谈钱还跟你去吃宵夜，不是动了情，就是动了荷尔蒙。

"哥，求你个事呗。"

如果我没记错的话，这是大龙第一次喊我"哥"。

"有什么阴谋，说吧。"

大龙给莎莎使了个眼色，让她带着小野先回避一下。

"莎莎怀孕了。"

"靠！"

"唉……"

"行了，啥也别说了。我会帮你带她去医院的。"

"不是这样的，莎莎想生，我也想。"

"靠，人渣！人渣啊，没看出来啊……"

"别骂了，我也不想的。我老婆没得生，可是我想要孩子。结婚之前她就知道自己没得生，但她瞒着我，不告诉我。我们俩都是独生子，你说，如果是你，你会怎么做？"

我沉默了一会儿，是我的话，大概也很难做吧。

"可，关我什么事？这种事，我能帮你什么。"

"以前，我们三天两头吵架，闹离婚。后来我发现她经常在微信上和老家的男同学搞暧昧，我实在忍受不了，决定离婚，她也同意了。可是，离婚之前突然得到消息说我家的浴室要拆迁了，她就反悔了，死活不肯离婚，每天装成贤妻良母，假装孝敬我爸妈，弄得我爸妈都开始动摇了，说她也很可怜。我爸妈哪知道她有多阴险，她拿我的钱请人调查我，想抓我的把柄。上个月，她请的人拍到我和莎莎吃饭的照片……所以，我想请你把莎莎带去深圳，帮我照顾她一段时间。等我把离婚的事情处理好，我就把她接回来。"

"不行，我一个大老爷们儿帮你照顾女人，你怎么想的？而且，我也不赞同你这么做。我看得出来，你还是爱你老婆的，如果彼此坦诚，说不定能解决呢？不就是钱吗？等拆迁了，分给她一半……"

"你懂个屁。她那么狠心的女人，一旦抓到我的把柄，肯定让我净身出户。你以为都像你那么幸运，有个那么爱你的女人，什么事都自己担着？"

"你说什么？"

"没什么，你就说帮不帮我吧。"

"你说不说？不说，我现在就走。"

"我发过誓，不能说的。"

我猛然起身，踢开椅子，准备离开。大龙连忙追了过来，把我哄了回来。

"其实，她跟我老婆一样没得生。她和老公是丁克。"

"瞎说，她说她小孩已经上学了。你什么意思，说清楚！"

"我只能说这么多……"

大龙不说，我也不再勉强，继续喝酒，猛喝，把自己灌醉就没那么烦了。第二天醒来，小野躺在我身边，我却什么也不记得了。大概没发生什么吧，不然我会记得的。况且，衣服都没脱，怎么可能。

离开酒店后，我就没联系过小野，反倒是小野时不时给我微信发个祝福什么的。七月初七，小野约我，说让我请她吃饭。唉，如果她说请我吃饭，我说不定会拒绝，可让我请她吃饭，我答应了。

皇驾咖啡的装修风格变了，但那股熟悉的气味还在。

"不好意思，来晚了。"

"没事。想吃什么，你点。"

小野接过菜单一顿点，点了很多，却也没点贵的。

"哥，那天你真的喝醉了？"

"嗯，断片了。"

"我们睡了一晚，你不打算负责吗？"

"那不是什么也没发生吗？"

"都喝醉了，你怎么能保证没发生？"

"我衣服都穿得好好的。"

"我不漂亮吗？"

"漂亮。"

"我很讨厌吗？"

"不，你很好。"

"那你骗我的？你有老婆？"

"没有骗你，真的是单身。"

"那，那我都送上门来，你拿什么架子？瞧不起我，觉得我是小姐？我以后不干夜总会还不行？"

"不是的，我怎么会瞧不起你。只是我没本事，怕养不起你。"

"我不要房，租也一样的。我有存款，车我自己买，你只要供我吃喝，一个月给我买两瓶红酒。怎么样，成交不？"

"我，想想……"

"哼！那你慢慢想。"说着，小野一口喝光了杯中红酒，气呼呼地离开了。

如果没有遇到柴小玲，没有遇到大龙，我不会犹豫。小野很好，我不知道她看上我哪点，只能说我很幸运。

小野走得不快，甚至回头看了我一眼，但我没有挽留，一个人吃了一会儿，吃剩下的都打包带走，包括花瓶里的玫瑰花。虽然已经不是十二年前的那一朵，但我还是带走了它。

刘　罡　1987年生。江苏省盐城市人，现居深圳市光明区，有长篇网络小说在起点中文网签约。

家乡的土陶

◎胡笑兰

我的老家是个叫小缸窑的地方，门前一条流动的河，背后一座青绿的山，有兴旺了近千年、生我养我的窑厂……

依仗土陶工艺，老家曾经是一个美丽番昌的存在。她位于安徽省枞阳县，西接城关镇西大门，距县城五公里，毗邻安庆市郊。小缸窑山明水秀，神奇的天峰，形象的青蛙石，巉岩垒垛，魅力无边。惟妙惟肖的鳖墩，南唐典故中的踏马石，秀丽的窑湖岛……每一尊逼肖的形态后面，都有一个美丽的传说。

然而，造化弄人。那山还是那座山，那窑厂却不是昔日的模样了。

村头，那两口卧龙似的老窑早已不见了影踪。眼前，空洞的窑坑，苍白着脸，露出硬实嶙峋的岩壁……侧旁被遗弃的旧屋，是推倒龙窑重新搭盖的屋子。此刻，它连同丛生的乱草，在风里荒凉寂寥。

拐过山脚，又是一处宅院。屋顶坍蹋，房柱倾斜。还好青砖白缝的墙壁还在，那门前高高台阶上，一边一根浑圆的玉色立柱依然威武地立着。这所前后两进依山而筑的房子，残存的轮廓显出它往日的不同凡响，它便是窑厂以前的办公室。

紧走几步，回廊隔间，野草盈院。檐头瓦上的野草随风晃动，难道是在等待主人归来？

偌大的街上，半天难得遇上一个熟人，显出几分冷寂。近几年来，我的那些乡邻们大多易地卖屋，移居他乡。远处，河滩上，芦苇林林落落，窑厂真的如这风中的芦絮，飘远了吗？

倘若这些砖石瓦片有记忆，它会讲述许许多多有关办公室，有关窑厂的故事。瞧，从后院里走出一代代领导人和他们的孩子们，这些孩子中还有我的同学；书记夫人的医务室飘着来苏水的气味，小孩子一不听话就吓唬他去扎针；从长廊里出出进进着来拿工资的工人，他们一个个脸上挂着舒心的笑；父亲出差回来去汇报工作，会计室里算盘珠子哒哒哒脆响，书记爽朗的笑声声震屋宇……

老办公室前的场院，一片没膝的荒草地里，一个老者正拓荒耕种，打理出一方菜园。老人已经八十岁了，他是窑厂的张会计。很巧，我在这里遇见了他，他居然还能认出我。"六十二年前釉货窑从大缸窑移到我们这里。"大缸窑是下属窑厂，谈到釉货窑，老人告诉我说。

"也许那决策就是在那里诞生的。"我随手指向办公室的会议室。

"是的，那时，还没有你呢。我给销售做账，有时会和你父亲一起出差。"

父亲去世已有二十年了，今年刚好是他百年寿辰。当年，他在我父亲那里还是个小鬼呢。"釉货窑用的耐火沙、黄泥，我们都是去几十里外的雨坛、练潭、湾家咀用船装回来。

"黄货窑用的泥就方便了，就在大棚圩里起土。每年挑窑泥都是我发菲纸呢。"老人的语气里隐约着自豪，眼里丰盈着光亮，像一束跳跃的火花。

我的饶有兴趣，也勾起了老人对往日的回忆，又见着故人的孩子，他的话匣子就打开了。我和他攀谈起来，从窑厂的过往到土陶工艺，老人记性真好，如数家珍。

老人来这里拓荒，或许就是为着能时时亲近这个地方，遥想年轻时的峥嵘岁月吧。这里有着太多令他魂牵梦绕的东西了。

记忆的闸门在一点点掀起，那关乎窑厂的点点滴滴，从时光深处走来。

有山有水的地方方称得钟灵毓秀。小缸窑西望巍峨雄峻的花山，东北倚靠秀丽的杨家山、连城山。20世纪60年代前，长江航线直航，丰水季节，湖水烟波浩渺，隔湖的花山逶逶迤迤，朦朦胧胧，像漂在湖面的一只巨蟒。湖面百舸争流千帆竞。一艘接一艘的帆船载着土陶窑货从窑场码头出发，往东南通达三江，往西北经由菜子湖直抵义津、孔城、练潭……

一条长达三里的沙石路蜿蜒在村子中央，人来人往的热闹踩踏，使得路面坚硬光滑。美丽的小路自然天成，小路上走着上班下班的工人，赶窑街的村民，蹦蹦跳跳的小学生，走路生风的主妇……人们川流不息，小时候我坐在老宅的堂屋里常看这样的景。路的两旁是百来户人家，四檐滴水，青瓦泥墙的古老民居鳞次栉比，一家做饭十家闻香。鸡犬相闻，炊烟袅袅，河畔捣衣声声。曲里拐弯的街巷里，妈妈们呼儿回家吃饭的声音又在相互唱和……

村头，两座龙窑款款相望。越过龙窑的山脊，背面的山坳，空阔的地带是生产区间。泥墙灰瓦的房子，宽宽长长，一排十几栋的样子，每栋房子的檐前，一排石柱支撑起宽阔的芦席，搭起凉棚。这便是窑厂的"十列大厂"。那里晾晒了各式各样的泥坯，有土红的，也有土黄原色的，还有灰白的……很是好看，很是壮观。

窑厂周边的田畴，有丰富的陶瓷土矿物资源，天然的釉土资源，丰沛的水资源，满山的柴薪。仅陶瓷土就有五色土、大白土、金刚泥、沙泥土、白果青泥五个种类，且储量大、埋藏浅。这一切为陶瓷业的发展提供了得天独厚的自然资源。

不远处的大棚圩，以前是窑厂附属农场，昔日良田千顷，也是窑厂土陶泥的大库房。记忆里，每年的春天，囤泥的工程开始了，从四面八方涌来了挑泥的民工。

大棚圩里，滩涂田野漫无边际，是黑压压的人，堤坝上是川流不息的人。挖泥的窑工挥动手里的木锨，后一掀，左右各一掀，一块大约二十斤、圆柱形的大泥块就切出来了，每一块形状斤两相差无几，顺手铲到箩筐里。壮劳力一担能挑八块，抑或还更多。爬上圩埂，两腿车水似的跑。到得窑厂泥垛边，"叭"一声掀落泥块，回身再去拿记工钱的"菲纸"。最早时每块泥一张菲纸，七八分钱，挑泥一长队，拿菲纸又一长队，摩肩接踵，绵延成回环的圆弧，那圆弧线上的人水一样流动。半个月的热闹，窑厂的坯泥囤起了一座小山，挑窑泥的人们也结了工钱，喜滋滋的。

选取细腻、吸水性强的陶泥，去除杂质，制泥开始了。按老陶泥、嫩陶泥取一定的比例混合碾细，形成坯泥。坯泥加上水，陈腐发酵，增加黏性和柔韧性。

发酵后高高的泥垛旁，师傅举着长板木锨切下一块，随臂一甩，一坨泥便妥妥地上肩。一肩扛了"咚咚咚"迈开大步走进身后的车间，"啪"的一声摔在石头台面上。几经揉捏，那泥变得柔若无骨，如丝绸般滑溜。

泥团上了辘轳转盘，泥条盘曲黏结，它们在匠人手中、臂弯里温柔听话得什么似的。随心所欲的手工拉坯在一点点发生着奇妙的变化，捏出底座，旋转，抹布蘸水贴壁摩挲，转眼就是一件鼓肚细颈的油瓮；松木片贴壁旋刮出缸沿，又是一件阔肚粗身有沿的大缸；还有圆肚圆口圆裙边的小巧的养水罐……匠人的手仿佛是魔术师的百变神手，那拉坯的活计，在少年的我眼里充满新奇与魅力。

一切的一切都是那么质朴，那么原生。在窑厂，多数匠人从十几岁就开始拜师学艺。无论是一个火球，还是一个罐，都在有条不紊、不慌不忙的旋转、揉捏、阴干、火烧中诞生。这是匠人们的生活，也是他们简单、质朴的人生。这是手艺人们返璞归真、淡定执着的世界。

一间堆满粗坯的库房里，一个老师傅正在转动拉坯机给一口高大的缸装最上部的缸口。那么大的缸，在他手里快速地转动着，只看到老师傅的双手缓缓地抚弄着，一下就把多余的泥都拢住，然后轻轻揪了下来，剩余的泥在老师傅双手轻轻的揉捏下，成了一个形状优美的弧形缸口，真是神奇。再顺手拿起长柄手锯，一排锋利的锯齿一路划拉下去，一溜儿锯齿样的痕就刻在内壁上了。这缸经过上釉煅烧后，壁上的锯齿便变得锋利无比，这就是摩擦粉碎红薯之类的擦缸。在机械还未普及的年月，它是农家炙手可热的趁手农具。

看似轻松，其实这可真是一项难度不小的技术活。娴熟的手艺，恰到好处的拿捏，看着一坨泥巴神奇地在一双手里转动着，不一会儿就成为一个形态优美且实用的器具。这绝不是一朝一夕就可以练就的技艺，必定是经过岁月长久的磨砺，时光慢慢的打磨，才可以呈现这样仿佛附着魔力的完美动作。

最后就是上釉了。把晾干的胎坯用毛刷清去浮土，然后将釉料加水调到规定的浓度，在胎坯上均匀浇淋一层釉后再次晾干。

古窑，照亮历史的陶韵。烧制陶器，离不开龙窑。窑厂的陶瓷窑炉有两座，黄货窑是原味本真的土陶，釉货窑是煅烧釉彩的陶瓷。龙窑，是一种半连续式陶瓷烧成窑，依一定的坡度，用土和砖砌筑成直焰式圆筒形的穹状隧道，宛如一条长长的卧龙——龙窑，便因形而名。龙窑一直是古代中国陶瓷烧制最主要的窑型。千百年来，小缸窑人和龙窑一起，创造了无数的辉煌。

两条老窑在窑厂的东部，呈东西向。窑棚为穿斗式木构架建筑，屋顶重檐四分水，顶盖青瓦，屋面中部升起，用作散热通风。窑头和窑身的窑棚部分用木柱子支撑，窑尾则是两根天然的石柱子。窑房内，沿窑墙设有石砌台阶，一阶阶拾级而上，直达窑尾，是一座典型的分室阶梯龙窑。每隔一米左右，龙窑建有很多对火眼，窑长几十米，依坡势而建，龙头在下，龙尾在上。真可谓是"坡有多长，窑便建多长"。

烧窑时，先烧龙头，由前向后依次投柴，热量一眼一眼往上蔓延，逐排烧成。

记忆里釉货窑是烧煤的。傍晚六时窑头点火，炉火熊熊，红彤彤的火焰舔舐着炉壁，映照着师傅黑红刚毅的脸……

第二天一早，每一对火眼投放松树枝，依次煅烧。空气里飘着松枝的香气，窑尾的烟囱飘出灰白色的烟雾，浓浓淡淡，悠悠远远。

烧窑的师傅专司其职，他们往往都烧了一辈子的窑。每个月，他们都要烧出一窑陶瓷产品。装窑，封窑，首先小火预热，从常温逐步升温至窑壁变白，然后开始加大火候，一千三百度高温烧制十八至二十个小时，每一处观察口都可看到窑内胎坯在一点点地发生着变化，由橘红渐变橘黄直到陶釉发亮透明。火候也就差不多了，可以停火了。封死窑的全部通气口，焖到窑内温度与外界自然温度相当。整个过程十五天左右。一窑陶瓷器皿便大功告成。

最后就是出窑、检验。外观检测，看有无变形、起泡、过烧、欠火。铁锤敲击，有无嘶哑、闷声。用水试压，有无渗漏。

窑厂出品的陶瓷古朴典雅，陶质细腻、泛青，色泽浑厚，釉色莹润。敲击声音响亮、清脆，余音悦耳。

该出货了，窑上、码头上又要热闹好几天。制陶烧窑是男人们的事情，而出窑却是女人们的担当，窑厂有青年队、妇女队。冷却了几天的窑温还是挺考验人的，特别是在夏天，从窑身里出货有点火中取栗的味道。

冬日里，少年的我和小伙伴们，喜欢在刚出完货的窑洞里跑几个来回，地上细白的窑灰余温尚在，赤着的脚，暖暖的。我探究地看着，细读那些满布窑壁的窑汗，伸手摸一摸那些经万千窑火洗礼，釉面般光洁的窑砖……我小小的脑袋里装下了许多的神秘与敬仰。

特制的竹箩筐，高提耳圆扁腰身，那里装着坛坛罐罐的小物件。瞧，姑娘们肩挑了，一路小跑，汗湿的衣裳紧贴了凹凸有致的腰身，娉娉婷婷。铁制的钩子钩挂了一只不大不小的缸，两个妇人抬着一径走来。一人多高的大釉缸就交给男人们了。他们灵敏娴熟地旋转着缸从窑门洞闪出，一路滚滚向前，又向码头飞快地奔去。这也是一项长期练就的技术活，人与缸都半萎了腰身，稍有偏差就拿它没有办法。装窑也大抵这样。

码头上，各色陶瓷器皿大集结，等待装船出航。

白鹤峰下的枞阳大闸将长江与内河长河口垒起一道屏闸，长河像条盘曲的绸缎从枞阳上码头一路蜿蜒而来。站在码头极目远望，山峦滴翠，天蓝云白，洲头芦苇丛生，芦花荡漾，清秀的长河，依着堤坝将她的腰身温柔地探进窑厂船运码头。这是20世纪60年代后，我记事了，窑厂码头的模样。

人潮涌动，笑语喧哗，几条柴油机大木船也在"突突"地欢响着发动了，向枞阳县城开拔。陆路交通兴起前，窑厂陶瓷的运送，绝大部分都是通过这个码头，从水路送到外面。每天从这里运送出去的陶瓷产品近千件，才一出窑的陶瓷产品就装船发货。

父亲以他活络的销售手法与生花口舌，将他的销售网络抛得很广泛，并四处发芽开花，产品供不应求。木船到达枞阳大闸窑厂的陶瓷集散地，转发长江两岸，又沿江直下送到江南苏浙、江西、皖北等地。

除了木船，有的地方通过胶轮木板车和人力挑夫，肩挑步行。江南池州，姐夫说，他年轻时就带着村里人，挑着陶瓷，到各处供销社站点，这样一挑就是几年。窑厂周边就有很多这样的搬运工，靠着他们的肩膀，维持了一家人的生计。

窑厂员工的工资在20世纪70年代就近百元，红火得令周边的村民眼热羡慕。搭乘机帆船去十华里处的县城"上街"是窑厂人的日常。

寒暑假，我也会去凑一场热闹。县城电影院后一条清幽的小巷，机帆船鼓突的水花，拍打着麻石垒砌的河岸，稳稳地停了下来，担块木跳板，我们鱼贯上岸。主妇们会惦记家里的柴米油盐，直奔粮站，而后再慢慢走走看看，看中意的衣服料子、雪花膏。老少爷们儿去赶早茶，喝喝茶，品品心爱的大饼油条与豆浆。而我是去新华书店消磨几时，蹭书看。还会惦记着去电影院看新片，八一电影制片厂的片头激动人心，《小花》陈冲的甜美，《芙蓉镇》刘晓庆的浪漫，丰满的人物况味又让人心驰神往……这一切都撩拨着一代文学青年的心性，生活因文学、电影艺术而灿烂明媚。当然口袋里还有母亲给的几块零花钱，在"和平饭店"请一同上街的闺蜜吃碗馄饨。那馄饨皮薄肉鲜，葱绿摇曳中泛起晶亮的猪油花，一直令我念念不忘……

1986年，窑厂的历史被改写，转产陶瓷面砖。不合水土的瓷砖厂几年后归于沉寂。

又该回城了。站在荒草丛生的码头，望着几近干涸的河床，很难想像当初这里的繁华盛景。转身离开时，看那原本隔岸相望的堤坝，此刻惺惺相惜，直白光溜地对视着，可能也只有它们在守望曾经繁荣的过往了。我的耳边似乎传来陶瓷的装运声，工人的笑语声，木船的划桨声，交织着江水的拍岸声……

不远处的墙角立着一只大缸，也许以前它是主人家一只米瓮，抑或是一只水缸？擦去蒙蔽的灰尘，露出青色的釉质，依旧锃明瓦亮。它在这废弃的屋角里，站成了一个真实的隐喻。社会的发展与进步，有城市文明，民间工艺也有着浓墨重彩的一笔，她是艺术星河中一朵璀璨的浪花。

一直很喜欢陶瓷制品，拿在手里有不同于瓷碗那样轻盈的厚重，更有一种古朴简约，简单里透出雅意。

就说那"火球"吧。笼身刻有花草，笼盖镂凤眼小孔，笼钵、笼柄、笼盖圆弧的流线，提篮的造型，砖红色的古朴端庄，它就是一件玲珑的艺术品。那时的冬天冷啊，三九严寒，老人孩子抱着火球御寒。炭火煨热了笼身，暖气缓缓地从凤眼里溢出来，满身满手生暖。"怀里就像捧个小火球似的"是窑上人家感慨心里温暖妥帖的一句俗语，再形象不过了。冬日闲的时候，出门走亲戚邻居串门，也不忘记提上自家的火球，人手一捧地唠嗑，全室生春，乐趣融融。少时的我会丢进去几条小干鱼、几粒花生蚕豆，暗香盈盈，曼妙的香气从凤眼里袅袅四溢，也香了冬日的午后时光……

《红楼梦》里林妹妹的手炉，婉约着雍容华贵的精致生活。而那年月，我们平常人家"火球"的朴实温馨，都是人间的景。

父亲喜欢茶，还有一套储藏茶的妙法。新茶放在陶瓷罐里，草纸覆了罐口压上盖，再用细纸绳一道道绑了封了口，然后吊在老屋通风阴凉的川梁上。想品父亲的茶了，隆重地取下来，打开罐盖的一刹那，清香扑鼻，茶色如新，泡到壶里茶汤清亮，喝到嘴里滋味悠长。"那茶味软柔柔的，绸缎一样。"父亲惬意地说。

陶瓷的通透性，就有人喻它为"会呼吸的器皿"，用它储存东西不容易霉变。母亲拿大瓮做水缸，储藏粮食，小罐装我们的零食，更重要的是腌咸菜。

老宅厨房后的小房子，是放满各种大大小小的坛坛罐罐的侧楼，和楼房的前厅相连，方方的天井里有被磨得发亮的石坎，木柱子、木梁、木板壁、木窗，还有雨天听着滴答声的瓦屋顶。侧楼里就成了母亲摆放各种咸菜的地方，小时候特别喜欢跟着母亲去侧楼上掏咸菜，茄子鲊、刀豆鲊、南瓜鲊、芥菜鲊、萝卜节、酸腌菜、卤腐……母亲泡菜的味美中有她聪明巧妙的手艺，也有那些陶罐的灵气。"养水罐"锃亮的釉色，油葫芦般的身段，透着娟秀匠心。罐颈部，女孩裙裾样地围了一圈环状水槽，里面注下洁净的水，再倒扣上如碗的盖，水没过盖的下沿就刚刚好，那水隔几日换一次。在水和盖的包裹里，罐里的菜就成了"真空包装"，不会再受细菌空气的侵略，腌制的菜便黄黄澄澄，脆生酸爽。

老宅还在，母亲走了，那个有母亲、有母亲味道的日子也永远只能是回忆了。每次回老家，我还是会去侧楼转转，站在那里看看摸摸那已留存不多的坛坛罐罐。母亲温婉的笑、忙碌的身影仿佛就在眼前。

写这篇文字的不久前，传来了一个好消息。

2019年4月11日上午，枞阳县小缸窑社区大缸窑一位七十五岁的退休老工人，在居民建房时发现有古隧道窑轮廓。隧道窑体的墙壁上附着的黑色釉物清晰可见，窑体内附属物有釉瓷片、窑灰等。在隧道窑址周围有堆积如山的釉瓷瓦砾等窑渣。县考古队现场做了考证笔录。

我不由得想起儿时窑厂的那株古槐，那株冠如蘑菇，荫庇几户人家，粗壮到需七八个人合围的老槐。

老槐被锯了几天倒了，又盘挖了几天，硕大粗壮的树桩拔出了一坑的惊艳。深有丈许的坑洞里，底层摞列着土红色的土陶瓦片。被切割的坑侧，一层层土陶瓦片和泥土交错相融，那横切面夹砂灰的瓬，红色的皮在土地的雪藏里发着湿润的鲜亮，真像母亲蒸在饭头上的薄如蝉翼的腊肉。

"夹砂灰陶，红陶！"几个陶瓷老艺人眼里放出光来，它证明了父辈代代相传的史实，八百多年前，我们窑厂一带已开始制造和使用陶器。

父亲负责窑厂的销售，也是那时窑上说的"跑外交"，全国各地地跑，而我的表舅其时正是景德镇陶瓷博物馆的馆长。父亲便取了几块陶片，在表舅那里又得到了专业的验证。它们生于元朝，遗留窑洞。窑洞废弃后，长出树苗。娇弱细小的树根努力吸收着废窑余下的营养，变成参天大树。

老槐以它倒下的姿势给了窑厂人祖先制陶的明证。在树根下，元朝的陶片与泥土相伴，默默无闻地走过明朝，接着它又沉睡了两百年。其实，这只是小缸窑千年陶瓷的一个缩影。一场大雨冲刷过后，随着柔软的泥土，它掉落水里，随波逐流。在这里，河床、山坡、小路随处可见元明清时期留下的土陶碎片，脚下踩的，水里流淌的可能就是一片八百年前的陶片。窑厂人菜园子的篱笆墙不是土筑也不是竹编，而是残破不用的土陶坛罐筑的，它是窑厂才有的景。

幸好，大缸窑那座近现代龙窑尚在。

一座古窑，它并不仅仅只是一座古建筑，它承载着当地的历史文化，是一个地方文化底蕴的象征，也是人们怀念凭吊历史的载体。"非遗"，是民族文化的精髓与灵魂。

老工人前辈曾提及历史上有多条隧道窑，老人的传说，一代一代相传，没有文字记载。时过境迁，现代人不知就里！

薪火相传近千年的史话，难道让她戛然而止吗？记之是为文字的担当，起码不会让我们的后代对窑厂曾经的辉煌，若干年后也只是个传说吧。这提起的笔比任何时候都来得凝重！

绕墙的爬山虎倒是不甘寂寞，顽强地爬满墙脚屋顶，编织出一面绿色的墙，这多少让人感觉到生命的活力。傍晚的太阳把西天染成一片赤红，使得我眼前的一切也涂上了一层迷离吉祥的颜色。

我徘徊在乡土的小径上，良久，良久……

胡笑兰 深圳市光明区作家协会会员，安庆市作家协会会员。有多篇散文见于《华西都市报》《深圳晚报》《打工文学》《军嫂》《宝安日报》《新城市文学》《深圳青年》《安庆晚报》《振风》等报刊。

每一片树叶都有水滴闪耀（组诗）

◎邓志刚

湖面有白鹭飞过

清晨的湖水还没有完全醒来

湿润的湖风已停止吹拂

湖面的空气在升腾的水汽中扭曲

波纹还在继续沉睡

榕树梢的绿叶被阳光照亮

两只斑鸠在枝头跳跃追逐

一个女人在对岸的菜地浇水

红上衣绿裤子天蓝色水鞋

周边没有牛也没有鸭子

只有她自己的影子在湖面上

一举一动一颦一笑都陪伴她

像两个精灵在宽广的原野上舞蹈

洁白的水花倾注在碧绿的菜叶上

似珍珠在阳光中飞溅

水浇完，女人挑着水桶

走过长满青草的小土路到湖边加水

水桶落下

破碎的倒影摇晃着四处散开

我还未来得及叹息

一只白鹭扇动翅膀缓缓飞过

没在湖面上留下一丝声音

北风吹凉我的后颈

理完发，头上空了一层皮毛

北风吹过后颈一阵冰凉

每个行人都缩着脖子不说话

天空飞过的鸟没有说话

街道两旁的樟树没有说话

天空洒下的阳光也没有说话

只有清冷的北风独自呼喊

像流浪歌手卖力地自弹自唱

没有一个人停下脚步凝神静听

也没有一个人鼓掌喝彩

我走在路上一言不发，使劲眨眼

却没有一丝风儿能明白

北方有流毒

未经清洗的北风不可呼吸

每一股风吟唱的曲调都不相同

再动听的旋律也不受信任

我翻起衣领把风挡在身体之外

或者，钻进骨头的风逐渐温暖

每一片树叶都有水滴闪耀

阳台上石榴树往天上生长
不知道天花板是不可逾越的墙
我担心它在楼板上捅个窟窿
锯掉它每一根枝条和主干

没有枝叶的树桩立在瓜藤下
好像无头枯骨半埋在土中
北风榨出它油一样的汁
树桩在风中收紧黑色的皮

清晨黑暗还没有完全退却
有碎钻般的光在晨曦中闪耀
干枯的树桩长出一丛新叶
每一片叶尖都挂着晶莹的水滴

影子已从地上站起

今天降温
文锦路上树叶没有飘落
它们都抱紧在树枝上取暖
天空覆盖着阴沉的铅灰色云
把城市涂上一层湿冷的青

我走在路上不知道要去哪里

不知道这个只能左转和后退的

道路系统能把我带往何方

我不想说话

此刻不必无意识地背诵台词

眼前所见的到处是灰色高楼

见不到的还有更多的钢铁更高的墙

路面上有些路段被掘开

里面埋着一层层的蚂蚁

偶尔会晒出几只肥硕的老鼠

有些路段已经回填铺上沥青

有人在沥青上绣着鲜红的花

穿古装的网红在人行道上直播

恍惚穿越到远古的秦朝

我摸了摸脊梁骨仍然挺直

地上的影子早已站起

天空中没有飞鸟划过

我知道云层之上有繁星闪烁

邓志刚　1968年生于湖南，浙江大学本科和研究生毕业，清华大学MBA。深圳市光明区作家协会会员、光明区摄影家协会副主席、中国摄影家协会会员。现居深圳。

文本与绎读

桃花如鲜艳的颜料，
在林中沉睡（组诗）

◎阿　翔

浮　现

母亲扔下花瓣，微微低垂的脸庞，就复活了树林
我以为那时的旷野都消散了，或是
花轿搬空了露水。
她在路边走动
有时隔得很远，仍然容易被认出。
多半是出于悲观，整个下午安静极了
木疯子用脏污的手画她的脸，用凌厉的眼神
看我
木疯子像是流浪汉，身上缀满了金子
散了又散
叮叮当当地响，但的确是金子的样子
"肮脏的人在下午会老的。"
他咀嚼烟草叶，挣扎着想要过来，我难以忍受他的气味。
我拿着树枝
夜里种花，身后是黑漆漆的（记不清是要干什么）

马扬着手臂，不再绕道行驶
那些低矮的马
嗅嗅母亲的手脚
马的鬃毛磨光了，变化着身子放归旷野。

草木之诗

只有在阴天，蒿草和一丛紫苏草药挂在木门上
四周极其安静
它们的影子
在火中摇晃，绕一大截平路。
隔着雾，"你看七架马车拉着紫色天堂，上面还
晾晒着衣物"（是不是外面的草木那么深）
记得少数的几个大排档，都隐藏在一片树林里
有些乌烟瘴气
酒意一再地往上涌，还可以再来一次
没有人会怀疑
我有自己的阴凉。
远处看时，河水静流，水流到树枝上
废弃的林中有人皮灯笼
有蘑菇踏月而来，那么谨慎。
多半是出于寂寞，我选择同女人独处
她垂着头发，胸口一鼓一吸，躺在河面上做梦
梦见死去多年的亲人
沉迷于缄默。
有时坐在无声的屋顶上，我爱上了草木

爱上了它们放纵的样子。

欢愉颂

临时想起声音是圆的，雨刚刚停下来

风晃动了叶子

闷热的阁楼里，窗帘上是芨芨草

有更多的花朵被它放大。

有一阵子她睡着了

忘记了她漫长的下午

和那些附着些许灰尘的早熟的果子。

很多人来过又走了，他们三三两两成群，就有了比喻。

"我不再年轻了，我是通过他们怀念着自己"

白马垂下翅膀，衔着她的祖国：一块土地，和槽边往事

掺合些酒香

像更多的时候，噤声后的诗歌

躲藏在书本后

身后是巨大的闪电，那闪电迅速让她在树林里

碰见一个打鼓的男子

然后隐于淡青色的雾气中，挥之不去。

总之是这样的，她寡言，夏日贯穿了她的幼年

过于平坦

而她乐于潮湿，容忍刺激物

她有性感的面孔，有一堆舒缓散开的长发

白马欢愉地踏着易碎的麦秆

熟悉了她的气味。

应　和

这是在夏日，九月是中年的酷热，躲藏白发，躲藏流动的人群
目中无物的时刻，碰到以前的朋友
真的是变了
形形色色，辨认不清，形同虚设。
燃烧的虫形，必须，就剩下大面积聋哑
因此我说不出话来，蔓延到手臂
纸比竹子烂得快
滔滔不绝，多动而活跃。现在你坐在那里静候
身上疾病的乳房，舞动的小黄金
像坛子融进心脏，杯中的酒比冰还冷
我不忍喝下，也不容于
向下的坠落。
高的和低的，层出不穷的道具，绝望，还剩下什么
你所看到的剧情，已经被篡改
造物中渺小的绿芽，轻颤的舌尖，在睡梦中
旅行箱不知所终，我忍受着
不能说出的隐秘，一年已经结束
也是你的开始
足够一夜的欢娱，足够我
在小纸条上写诗
然后销毁，无声无息，就像今天褪掉臃肿
接近俗艳的正午
是的，再多的雨水，在阳光下照见你灵魂的暗影。

江山诗

岂止马匹奔跑，哪个不想驰骋，到河边饮月光。

昨天的绿皮火车有些沉闷，扫平山水，不知所往。浮云变幻多端

远远大于妄想，这比喻太扯淡，或是你羞于将

所有的怀想展开。那里有石头覆满青苔

与植物浑为一体，甚至比这么多年还更久，深入到满地腐叶。

从旅行手册上显示有些人路过，命运多么相同

至少在此刻，被赋予忧郁的密密的云杉林

满耳尽是伐木声，阻挡你的眺望

"夏虫跳不过坎坷。"天空很灰，在你的描述中

它仍是深不可测的蓝，有时你隐隐听见鸟叫。

说江山，就是说废弃的江山一直被遗忘，弥漫着死人的叹喟

以至于无限放大，对应着你内心的乐器

中年的摇篮，插满深紫和金黄，荡漾着身上的旧祖国。

"被肢解的依然是梦境。"穿越时分与边界

区别于屈辱的喘气，沿着缝隙你看到除了漆黑一片

就感受不到一点完整。"对已有想法无从把握。"这无疑是

对你过去的否定。当然，从渺小感出发

惊雷滚动山脉，连绵不绝，在这里，任灵魂出窍

咬噬树尖的剩果，简直是奢侈，也使所有的缺席

仿佛近乎饱满。随后是长时间的沉寂

不说今非昔比，只说江山美人，容留了陌生人无眠的夜宿。

桃花诗

尚盛开。仅限于满目，环绕着荒凉地貌
那一天我见到了桃花，于春天秀骨灿灿，树叶幽咽
在此地，我从不辨别方向，光而不耀
仿佛风是多余的，在我身边显得软绵绵的，白天不想夜晚的事

尘埃弥漫。允许我坐下，允许我跌入混沌的睡眠
 "耽于幸福的人，在空中嬉戏和纠缠
耽于孤独的人，说出来，说出清晨和木栅。"
每天的桃花，皆奔其命

我无视于虚空，内怀鸟翅
既不深入，也不浅出，我不是说在完美
更多时候遭逢漏雨，沉郁顿挫不一而足，迎着繁华
粉红色的桃花唤起密语："你将如何安顿。"

世间清净就是如此。这个被普遍赞美的生活
像从前，身体经常发烫
它与卑劣相互排斥，我绝不让自己变得麻木
如果是这样，那就一同斑斓与温暖

落在肩上的那一瓣，替我呼吸
我承认，我的确不知需要多近的距离才能听到虫子唧唧叫
替我退守到黑暗的一边
回忆那些蔚蓝、钙质的隐痛以及欢喜

李白诗

（与育邦、傅元峰同游青山李白墓园）

青山涌动，旅程并不复杂，横竖都是一条路
即使背道而驰，也不是漫游的可能。故乡已是荒场，只有鸟语
我有多么不适！好在还可以穿插田野
回身打量牌坊大门，就像此刻，谁也不说话
我想到风花雪月的内涵，这与现实主义完全无关
譬如目睹到的局部，不需在意日常中的祖国，还有无边的教育。
实际上进去以后，倾听的烟雨早已空了，逍遥是自我消失
河流吹拂树林，背弃荣光的无趣，只是习惯长眠于斯。
园子好大，有不可动摇的孤独
眼前的石雕浑圆，是对自己出身的肯定……但看起来
与我们撇清了关系。接下来是那么的安静与从容。
落日怀想明月，会使我们看得更远。
在短暂的尘世，我说育邦、元峰，我曾为李白辗转于
踪迹之途，如今要为自己寻找安身之地。

明月诗

在异乡，那么远的路程超过以往，成片的树叶紧贴着光斑
散发出脱离世事的味道。邻家晃动的人影在一里之外
不可高声谈论，或者，对生活保留一定的忍耐
这符合你的身份，当然，也许不是，是陈旧的审美让人念及
享受。
这样写，并非仅仅是天上的明月，具体到地上的河湾，浮云荡

漾过去

事实是，你看到的裸露，一阵阵泛白，隔着铁和环境
然后被定义为转移注意力，不能在原地停留。
有限的教诲，我不确定是否领悟，在这个时辰，轨道震动声
使我反复寻找节奏，难以释怀。因此
你获得光亮的重量，带有泥沙性质，又仿佛幻象
我知道，用一首诗表现新的美学，才能确定距离的意义
我会懂得很多。多好啊，虚无如同挽留，那是另一个
主题，并不产生歧义。这一切，对于你，在荒芜的林中
身躯怀着饱满，同时隐藏着辽阔的秘密。

雨中诗

下午的雨下得急切，有别于往常阴沉，
可能淋漓至极，双倍清澈，让人漫无边际感到久别。

没有什么比雨中更宽广的粗粝
比之安宁或踩着万人中的自由，更适于下午的突如其来。
如同混淆，一切流逝或完好如初，
被粗心的人随口说出，我确信这短短的一幕，
深入了幸存的记忆裂痕。

少有的高傲，在我身上也许带来另一个臃肿，
像是等待，除了面对空荡荡的街景，
没有别的选择余地，
还需要我找出怀旧的理由？

结论为时尚早，如果这样，
我不反对下午的颓废，更多的沉默
意味着听力强大的安慰，更多的习惯
意味着写作的无可指责。

类似破败的事实不容回避，"整整一个下午
梦见老虎……"在密集的雨中，
使用很多赞美诗，
是为了等待这一句最好的降临。

任何衡量抵不过一次梦见，仿佛我只是被老虎
梦见自己冒雨行走，消失在宽松的下午。

同游诗
（与不亦、廖令鹏同游前海湾）

被椰树包围的夜色总有远山，我不以
为是深度，回声多于暖空气，牵扯出
陌生的石阶，似乎暗示了半个前海湾
的神秘性，每一棵树都痛恨孤单，但
远看时它们的叶子碰到彼此，茂密得
如同我们的辽阔。

我从缄默找回了内部的飞禽，最容易
被忽略的是滑翔翼。出于习惯，需要

交谈伴随在左右，交界处海域盛不下
今夜，从来不是重点。就算我还没有
回过神来，灯笼藏起了脾性，这有别
于黑漆漆的交易。

哦，我不太信任这样的热衷，好比我
们的偏见。在正月初一跨过铁链栏杆，
或者更早，早到有意错过一整冬的萎
靡，日日之事从未节约过时间。相似
的草坡有数十里远，我总担心踏上去
就沦为人生折扣。

除此之外，同游掩映着我们循环的心
情，就好像向静物敞开，片段有记忆
的分寸，或许，这事关重新认识前海
湾。偶尔咳嗽不表示自我仪式的效应，
事实上，我不介意身体里的大海被激
活，溶解于远景。

新桃花诗
（与老友徐业华同游家乡的桃花村）

低于青山脚下，桃花如鲜艳的颜料，
失真得节省了细雨，在林中沉睡，甚至波光粼粼的下午，
预示了桃花村的新与旧，只属于晴朗的芳邻，
就好像我们的散步，刚好怀念从前的生活。

必然的见证，我们才有机会接近更高的路程，
只有风声幸存下来的寂静，很容易制止了一丝炎热，
我知道故乡斑驳，不止一次意味着浩渺的孤独，
除非虚构出现实，足以抵消内心的璀璨。

最好的结果远远多于我们的信任，
相似到你凭空看出了破绽，而我持续一场巨大的回声，
即使被桃花微妙地覆盖，但你从未见过
犀牛在水中的肥硕，几乎左右不了隐秘的汹涌。

新的生长来自我们的萌芽，稍远一点，
桃花差不多和你的情绪有关，但与节日的逻辑无关，
这有点像过了期的黄金，使四月黯然失色，
或者，我们的汉语遗忘了故乡的时间。

仅次于另一条路，经不起青山表面上的蜿蜒，
尤其是不隔音的茂密的树林。那意思是说，共同的去处
规避了少数人，仿佛错觉不是我们的重点，事实上——
我并不介意鸟儿泛起的涟漪扩散到整个天空。

未焚诗

诗从未错过天气的变化。
夏日的行程被大雨多次打断，仿佛
陷阱，不限于把你碧绿地淋湿；

同时被严密封堵在警报声里，
这不是你愿意看到的。关于南方阴郁的
建筑和时差，完全无从把握，我只能
写到反季节；凡是雾霾，在你身上
难免是土得掉渣，但不是命运的残余。
例如我可以说，诗离我们
比一日游的启蒙还遥远，看上去，
澄清了你和新生活的距离；我说，
远景的焚烧就像障眼法，影响了风的
走向，甚至波及我们的心情。
根据有限的觊觎，这些改变妨碍了
你的溃败，以及对波浪的滥用。
想想吧，焚中的诗从未变成轻灰，敏感的人
容易在火中看到诗的光，
并发出噼啪的声响；所以，
别说你新增见识，就是没有写出来的诗，
焚烧之前只能算半成品。以至于现在，
你从大雨中学到的东西，不足以
去奚落天气本身，好比你忍受你，
远远超过忍受苍蝇的冷场。
这不完全奇怪，行程出现于类似的
堕落，试探着我们身上的深渊。
关键是，雾霾尚未过去，诗就换了角度。
关键是，我被耽误在你的时差里。

徒步诗

（与杨沐子、王璟、吕布布、孙文波游马峦山）

有近乎荒芜的路，在守约的下午
有歧路的旧山水，必然走向它的遗忘性

我有无声的波涛，沿途推迟时间
迷惑于夏日的蓬松，以至于炎热
看起来像是温柔的暴力

古村落经过叠嶂之外的节奏，不仅涉及
坡度，宛若另一首诗，不与我们合拍
即使我们不缺乏表达

我拾起石头，试图掂量出黑暗
和遥远的启示录，这不同于他人的
对号入座，就像此刻，云朵擦亮了
本身的黝黑，必然的缓慢
有必然的沉默

在附近，旧山水带来新远方
观海观到一个完美的角度，以至于
我们不急于到达顶点

在有限的自由里，金毛犬一路
忠实于狂欢，比古老更占据我的

是风俗，仿佛大雨躲不过
陌生比喻的即临

我们不谈论庞大气势，甚至徒步
本身是风景，也许反向赞美是真实的
光线拖着孤独是真实的，有一个下午最惬意
类似的，层峦断壁连着
我们的筋骨

有词穷的残篇，田园从未错过落日
有不知去向的流淌，风从未错过不可探测的静穆

细雨诗
（游连南千年瑶寨）

或许我用石头般的光滑
来证明围拢在特定场景的旅程，
例如在细雨中的千年瑶寨，
像是一场巨大的安静，充满青草味，
云雾从远处涌上来，显得多么
多余。八月的雨伞寻找罅缝，
这样的细节下，并不意味着我们
会迷途在寨子里，犹如迷宫，
取决于我们有没有判断力，通过
破败的墙壁，也是对身边的孤独
一种确认。事实上，细雨中的语境，

连我把握不住，很可能就是
甜润的倾听，直到它漏出
在我额头上，所以无须打伞。
我在我们之外，如无人之境，
感受到了不易觉察的变化，
这让我有点恍惚，细雨还在下，
下得像是隔墙有耳，几乎
会让我远远地落伍了，是啊，
我落伍在雨的后面，但有什么
关系呢。摄影取景于寂静，框定
一片山色，八月显然是喜悦
和蝴蝶释放出来的时间，
包括行走在石阶中蜿蜒的秘密。
在连南，瑶寨完美了古老对我们
的试探，以至于我不得不用
石头替代了诗的光滑。

远景诗

（widest vistas）

也许是相对于热烈的下午，
但你不介意，旧镇绝无到此一游。
阴影中的波浪，一层一层推进我们
之间的一个界限，或者说，填满
我们和鸥鸟之间的缝隙，仿佛胜任
一切渺小。如果再远一点，你会

找回最简单的快乐，紧接着
从我身边掠过的风吹拂着你的帽子，
并未输给远景。在那里，再脚踏实地
总会有一次伟大的飞翔，就好像
松开了另一个自己，所以沿途
慢慢变小，不是你的问题，而是
大海之处的一个远景，仿佛人生的
宇宙，可以疏忽波浪的缝隙。
九月的海划过直线，不向磅礴
借口气势盛大，甚至不与渔船借口
顺水推舟的比喻，这意味着
从完美的控制中挣脱出来。波浪
推进你的背景，在你的眺望中
寻找深渊，寻找我们的一个共同点，
但它混淆了孤独和遥远，通过
我和你的沙滩漫步，才有了
可能的默契。下午在大海之处
即将结束，你是我们的倾听，
就如同你不介意我是我们的倒影。
这里，也许我说；从前，以旁观者
惊心于远景像一种空寂。现在，
溶解于波浪更像一种爱，
消失在晃荡的远景中。

秋色诗

秋风渐渐吹我衣，
东流之外西日微。

——杜甫

沉着的湖底，或处于失重漂浮，
就好像你遭遇到秋天的碾压，显得
比其他人若无其事，那感觉一定
不是真的，牵扯到金黄的落叶越过底线
自觉向你发出邀请，你才有机会去
判断猫在树上的技艺，其实比你想象
的更容易；真正的秋天，节省了
占据天空的时间，潜入我们的谈论，
或者反过来，一旦触动事物的
隐秘性，说明了唯有沉寂配得上
猫的尖细的叫声。要么就是，秋天
游牧于大地并留下粗粝的痕迹，
不意味着会和你划定界限，
甚至不以你兑现一笔礼物而要挟。
相比之下，你所看见全是
淡而无味的赞美，很多细节都是
经过了瞬间，不涉及真相，看上去
仿佛我们早已习惯了。这也难怪，
原本是一场虚无，随着秋天

进入寂静中心，以至于你越来
越分不清今日是何日。或许，
当角色恢复了自由，真正的孤独
到了一首诗必须介入的地步，就像你
需要攀上树枝介入秋天的修辞，
完全不必在意多出来的棘刺。

九月诗

假设你理解了我的沉默
全赖声音的突破，那么我更好理解了
你迷恋于帝国般的秋天，随便
你扔出一块石头，丝毫不会走漏
半点风声。譬如，我擦拭镜头是为了
比任何声音更接近精确，
仿佛为了稳住恍惚。

风景从你开始。或者九月的美艳
单独停留一会，但你有太多的考虑，
涉及更多秘密。我必须看待
一个事实：你稍微躲开了秋天的猛烈，
以至于我用镜头不得不召唤
飘香的风景，它在大雁的飞行中
探索时间仅剩下的半个悬念。

九月的意味里不乏我们扩大

树下领域。通常情况下，你和草地
之间的完整，取决于你在孤独中
有没有见到大雁。如果不如此，
它可能不会注意到你，更不用说风景
因镜头而误会你。但你不因镜头
而误会过风景，所以我的沉默
排除了天黑之前的悬念。

这九月的少数确实没有其他的请求，
如同你理解了秋天的弦外有音。
它还有一个含义：满坡的植物
替你度过九月，就像那么大的宁静
阳光般地照在你身上，尘世的爱
使你秘密得完好如初。

单车诗

靠山的路，行驶如清晨
刚刚拂过十月的南澳，旁边是海，
且只能看见荡树尖的风，
替秋天验收了深渊。我们租来的单车，
意味着向时间租借了
数十公里路程，杜鹃花和岩蔷薇
有些新鲜，像是要通过我们
行驶的间隙进入瞬间，至少甩掉
臃肿的化妆。涛声偶尔在

一首诗响起，在清澈见底的
最蓝中，单独完成僻静的流向，
绝不小于外面的无底洞。
或者说，它让我看见它身上的
一望无际，仿佛我和我们的影子，
全部集中在海边的辽阔。
所以，我们追赶我们的空气，
并且可贵于我们的年龄。必要的话，
我们抛弃我们的错觉，
不管有什么想法，诗，总会
有路的终点。此处有榕树和槐树，
都经历过坎坷不平的人生，
即使在其他地方，也成为它背后撑腰的。
当我们需要慢下来，新的天地将我们
最好的时间完全覆盖，如同
从一开始，被遗忘的肉身安宁
从天而降，就体会到诗伴随景物，
有很深的因果关系。

与余丛登梧桐山（山泉诗）

此地无梧桐。以鹭蒿为正确，
因酷似梧桐，我们得以渡过绵延。
依照下午的绮丽，攀登沉得
像脑海中隔着一块铁板，人不断地
加深渺小。不合时宜的重口味，

踏叶而行只为嗜风，和嗜山泉，
即使树杈混杂其间也算不了什么。
而下午暗含了亲密的遥远，以及
我们不止一次寻找。稍微泄露
一点天机，它的奇妙就体现
在碧蓝下，委身于幽邃的孤独，
或藏有贼寇的万年草木，委身于
上升的仙湖，甚至胜过途中
那浓密的绿荫，不限于被风吹，
我触摸它身上的遗址，毕竟，
它知道时间的洞穴在哪儿。真正的，
出入溪涧，每个山坂秘而不宣，
就好像天底下从来没有绝人之路，
泉液透澈，大美于暮色的
底蕴，可以无视我们和灰尘
之间的区别。随后，所有的寂寥
落后于光影斑驳，也就意味着
站对了峭壁就是远眺，站错了
边界就唤作春秋的轮回。很多时候，
潺潺的流水，沿在落叶满地上
就是落叶的价；或者反过来，搭在
山势落差上就是山势的价。
见过的烟云也还算繁茂，所以，
它完美了蝴蝶，以至于我们
在蝴蝶的记忆里独处得何其漫长。

仙湖诗

夜色似有足音，但足音
尚未被我们试探出古老的微茫。
湖水避开了世俗，但它的原生态保留了
灵魂，用沉默突出我们闷热的背景。

珍稀树木依然碧绿，晓月的波浪
匍匐在天边，它参与的传说不必跑题，
仅围绕我们宽大的叶子，如同固定的老年
强调我们为数不多的时间。

山风仍在倒放，用它的不规则
溅起冰凉而又神秘的斑点，从棕榈到竹林，
其实还有好多椰树，分布于我们路过的
半山腰上，转向到紧闭的庙门。

仅指望天上人间实际不靠谱，
借着湖水的仙气，它懂得死寂，偶尔
颤栗出尚未被我们看到的绚烂，剩下的
本地孤单加剧了我们的走神。

它用虚构交底。出于对阴影的信任，
表面上，留给杜鹃的现实最简单，私下里
我们选择了从前的迷宫，就好像它
毫无疑问动用了出色的骄傲。

有时还真是就地取材，但看起来远远不够，
完全因人而异。至于更深层的隐秘，对比不了
别的地方，乃至斜坡上的荒芜。这不同于
遥相呼应，我们的蜿蜒永无终点和起点。

洞背诗

……由此我想到，很多年后，
我今天仰望的天空，那厚厚的云层，
也会有另一个人仰望……

————孙文波

雨水在粼粼的海面停了下来。
就好像波浪倾听你的宁静，
随之而来的是另一个人的仰望，
很可能来自古代，也有可能来自未来，
但不是你的命运。事实上，从仰望中
掂量出时间，它的云层，代表了
即将到来的暮色，覆盖你的厌倦，
又被你的厌倦覆盖，仿佛被大海误解，
连同半熟的晚餐。习俗从虚构中
纠结于不虚构的见闻录，最终指向了
洞背村，譬如悬崖的高度，无意
隐瞒大海的背后。所以，另一个人

一到深秋，便逃避了你的孤独，
或者，你的孤独及时逃避了浩荡，
见不得严重雾霾。一般情况下，
荒路从未背叛过生命的漫游，
哪怕日复一日地毫无目的，也先于
你洞悉的一切，包含着另一个人
遭遇的意味。但有时，仅仅路过
还远远不够，迎接你的是仰望，
不同于现实中的古代和未来，
仿佛是最宇宙的深邃，它倾向于
你内心的雨水，也只有在模糊的
雨水中，你才会像波浪秘密
赢得了大海宁静的信任。

桃花潭传奇

走出山水之物。桃花潭隐藏着
比唐朝记忆还超凡的境界，流动的燕子
绝不旁观李白的闪电和汪伦，
在视线上比湿漉漉的花瓣还紧挨
我们的故乡。原本，诗不限于特指，
但始终不见我们对诗的反应，
而且容易弄混了地名与实物，即使桃花和潭水
常常相互弥补，也不及千尺中的
深度。就像雨颠覆雨的艺术，
花瓣并无明显纷落。连燕子都知道，

隔世的清晨可以平等于交流，
流传是否脱俗，还得取决于比殿堂
更孤独的相逢与告别。绝对的诗
即绝对的即兴，以此类推，
汪伦是李白的半个插曲，仿佛一个风景，
你每天经过它时尽量别去领略，
偶尔，很多捷径美妙如末路，稀释掉我们的
白日梦，几乎没法在中间回环。
而桃花潭的天气则像半个汪伦，
这近乎一个游戏，也使我很好理解了
风景的矛盾，其他的比较
难免不现实。借树枝置身于一角，
沿本土的风俗，很可能，它们最好的时间
不限于你刚刚领略到从未有过的暗示。

细雨中访甲乙村计划

在蜿蜒中缓慢，但这还不够，
在大片山雾中连缓慢都难以察觉。
耸立的出生地之旅，已经到
这里了。仿佛是一个寓言的古老，
从迷信到缥缈，在我们之间完成了深渊。
恰当的语速有助于我们清醒，
通常，甲乙村环绕静谧，我确实没见过
山中有村落，空气兜售少有的自由，
得好好看看周围，那些小浆果

从不带有私人性质，展露着
我们不得不面对的美丽的缺陷，
再配上农舍的背景，看上去不影响
夏日很快地沉入黑漆漆的夜幕。
叶子在叶子里像新换的舌头
更灵敏，稍一碰触就会缩回到后面。
偶尔细雨放飞附近的瀑布，蕴含着
神秘的情感。显然，我在这里
被冷得发紧。但我想，肯定不只是
改变了我的身体，不同的深度
有不同的体验，像是有了一个主语，
人和山水经过相互指涉，才有
掌握天赋的可能。所以，我的讲述
无法穿透村落的沉默，仅仅是
比轻盈更偏爱于一种对抵达的克制。

白鹿原传奇

时间潦草很突然。但草不潦草，
仿佛一天还不够扩展到东郊的原野，
以及云朵层面。眼前的真切
脱胎于暴雨，然后挺伸到秦岭，
像是人生有了底线，随时能贴近
一闪而逝的暗示，在秋日遭遇到一个
新的主题：白鹿耗尽了
它身上的云朵，以至于我未来得及

辨识。抱歉，我没办法
在陌生的环境中做出选择，
稍一施加动力，它近乎完美无缝；
但是很抱歉，我可不认为是
妥妥的传说。涉及落日的尺寸，
我没法确定标语对远处的回敬
究竟什么意思，这不仅仅是摇曳。
保守一点说，时间的潦草
不等于我的潦草，犹如风景夹杂着
太多的假象，需要我一步一步
减少，即使反差有这么大，
也并不见得比八月的插曲更出色。
有时，表面上的启示胜过领地，
未必不能胜过更深的仪式；
更有时，当我把脑子清空下来，
就捕捉到白鹿深奥于古老的瞬间，
清晰得好像我融入它身上的云朵。

逗留麋鹿村计划

借助僻远的风声，它确定了
我的位置。在此之前，一滴雨
先于我到达，或者说，大雨的去处
泛着野外的暮霭，不断蒸发掉，
这本身贴近了蓬勃的家谱，
这本身岂是命运的轮回。村子的

方言中，确实夹杂着蚂蚁
和蝴蝶的口音，只适宜于对我们
不同角度的示范，仿佛我们是谨慎的
门外汉。一点不奇怪，我们的乌云
和白云，在一群孩子的集合点，
错开得十分明显，似乎比宇宙深处
更合乎爱的孤独，即使我减少
对时间的虚无，可时间一点并未
觉察。名义上我们短暂的停留，
隔着小小年纪，骨子里其实
还得辨认出自己。就好像一脚
迈过牌坊，把树木的浓荫穿在身上，
以至于我没法拒绝更多的真实。
很可能，它介意于我的介意，
把我们放逐在它的放逐中，看上去
随时从自然的共鸣中抽身而出。

秋日的白石龙传奇

仅存的自然村，输给了高速时间。
荔林绝境，最终输给了最后一个死角。

这确实是一个问题，我并未意识到
杂货店和早摊给建筑史注入了
市井的陈旧味道，如果可能，
我倒也愿意一个地名配上好名声。

它潜伏的时候，每个人离它都很远。

秋日的古槐，反衬着更大的古榕，
随波涛提前摆脱神秘的友谊，
但交换落叶为时尚早。我假定我没有
浪费触摸墙上细微的凹痕的机会，
就可以纠正我犯过的错误。

它并非徒有其表。白石龙的正午
几乎不妨碍我用最好的眼光打量。

往返很多次，也不作新旧的对比。
即使音讯全无，我们不必忙于声称
这儿消失的地方从不使用漏洞。

这似乎很明显，遥远的距离
刷新了茂盛的波涛。另一方面，一大批
寂静不如我们身上的痕迹来得深刻，
仿佛只剩下这首诗最珍贵的真相。

洞背村回音传奇

（赠黄灿然）

沿途在幽静的村中，旧墙壁负责
一个散漫，不仅仅裸露着芭蕉叶的催眠，

而且还融解于回音的全体。

好像不止雨的阴影，半空中
坐直了身子，在你的想象之外来得
这么急速，既赤裸又变幻莫测。

我明显感受到经典的寓言，
如波浪的脚步守住每一个角落。
但骄傲从不会让你漏网。

必然多于耸立的真相，就必然
多于有限度的隐瞒。但这还不算糟糕，
你主要的问题是考虑好时间的粗线。

此地有如远方，甚至壁虎和蚂蚁
凑成十有八九遥相呼应的风景，
回声归结到这一点：暮色被落叶葬送。

暗房被反复打量和怀疑，关系到
梦境的一个深渊，其实你更像客串
生活的本色，对称于摄影效果。

即使和波浪相比，也意味着工作
不会影响微妙的平衡。需要酝酿的耐心，
肯定不只是留下了乌云的旋涡。

人在罗浮山计划

有时候天气的蔚蓝似乎不因
白云而察觉出移动的痕迹。
也不用说你比秋日的背景还熟路轻车，
它本身的细节整齐而有序，适宜
草本偏向于南方的深邃。

听凭枯叶从我们的时间而落，
其实更需要人生修道。也有时候，
飞瀑撕开绿荫的阴影，显得
有些曲折，峰峦和洞溪
又一次突出比天空高远的眺望。

像是世事来自遥远。泛指的路线
总有一个比蜗牛漫长的爬行
还漫长的借口。但事实上——
人在风景中才能得以回到自身，
造就了独具一格的互补之美。

正如这里水量充沛，并不限于
会长出风声里的果实。这没什么奇怪，
偶尔引用白云的有迹可循，
你无法想象我用死者的时间
换取比无枝可依更陌生的信赖。

更多时候，罗山和浮山
在我们有限的谈论中合而为一，
仿佛不曾存在过分裂。或者这么说吧，
要理解这一点最好的方式是，
我们曾以万籁的方式错过万籁俱寂。

雨比你更洞察传奇

用雨比喻冬日的夜晚，不同于
用夜晚比喻雾霾的虚无。
遥远的雷声，如同巨石从山顶
滚动得更快。任何情况下，
雨比你更洞察出世界的寂静，
就凭一道闪电，雨就是
你漆黑的裂缝，人生的孤独
比起全部的理由更充分
集中在它的浸沉里，仿佛
可以共享秘密的契约。偶尔，
声音还没来得及从雨的倒影
拔出来，就迅速在个人处境和
历史的记忆之间扩展，绵密
如你在雨中奔跑几乎失效，
甚至错过只有波浪才能找到的
突破口。仅仅借助一个角度，
它客居在你的身体里，试探你
如何比喻它的重新开始。

同样，你目睹雨的开放性，
不会惊讶于它在夜晚的旋涡中
先于你保持着坚硬的洞察。

早春绕开细雨计划
（The early spring steers away from the drizzle）

很少这样想，它在我们旁边
兜着圈，绕开了一场蒙蒙的细雨。

它用它的地气，私下里最先恢复
自然僻静的记忆，配合黎明前就地取材。
就好像我们尚未适应的一个仪式，
牵扯到我们通过它的时间返回自己。

从槐树到柳树，每个新枝的细节处
都比细雨的赤裸还很诱惑。
直到我们被雨水的淅沥声带得更远，
甚至直到细雨比我们更掩盖
使用过的语言，反而看上去
比我们更像是掩盖着对饥饿的态度。

不同于外表的机遇，早春近乎
完美，它比我们先绕开了蒙蒙的细雨，
仿佛雨是它的例外。它有足够的骄傲，
还需要我们用舌头分辨，以至于

人生从没有误会过它的味道。

这意味着它除了方言没有别的选择，
绕开一场细雨，倒不如说直接绕开了
我们之间最深邃的废墟。

阿　翔　生于1970年，安徽当涂人。著有《少年诗》《一切流逝完好如初》《一首诗的战栗》等诗集。获"第一朗读者"2013—2014最佳诗人奖、2014年首届广东省诗歌奖、2015年第二届天津诗歌节"精卫杯"奖。参与编选《70后诗选编》（上下卷）《中国新诗百年大系·安徽卷》《深圳30年新诗选》等。现居深圳。

灵魂的现场，超验的见证
——读阿翔组诗《桃花如鲜艳的颜料，在林中沉睡》

◎辛泊平

　　再次读到阿翔的诗，让我突然想起诗歌论坛的时代。应该说，阿翔是那个时代的先锋诗人。这里的先锋既是写作意义上的，也是活动意义上的。在我的印象里，那个时候的阿翔在好几个著名的论坛做版主，指点江山，激扬文字；而他的写作也是新鲜而又锋利的。可以这样说，在我最初闯入诗歌论坛的那几年，阿翔的名字早已经很响亮了。当然，抛开这个网络背景，按照现在诗坛习惯的代际划分，阿翔也属于70后诗人中最早成名的那一拨。所以，无论从哪个角度看，阿翔都是应该被关注的诗人。

　　早些年，阿翔写诗、编诗，这些似乎只是身份的确认，而他的居住地却无法确认，他似乎一直都在路上。有人也许会因此想到美国作家凯鲁克亚的小说《在路上》。但我清楚这两者的不同。在凯鲁克亚笔下，那些浪子更多的是行迹上的流浪，而精神世界却空虚得可怕。虽然在路上的生命让人想到诗歌，但他们自身的作为却是短暂的刺眼与长久的黑暗，一句话，那是一种青春的挥霍，不是诗意的张扬。而阿翔，却是另一番景象，他的漂泊，既是肉体的位移，也是精神的求索。在路上，他寻找的是源于内心也源于隐秘世界的声音。那种声音，不能用耳朵去听，而是需要虔诚的灵魂与生命彻底敞开地感受。正因如此，阿翔的作品里弥漫着一种超验的气息，有一种对尘世时间剥离与确认的倾向，有一种意象密集与语言陌生化的特征。

心理世界的超验感受

母亲扔下花瓣，微微低垂的脸庞，就复活了树林
我以为那时的旷野都消散了，或是
花轿搬空了露水。
她在路边走动
有时隔得很远，仍然容易被认出。
多半是出于悲观，整个下午安静极了
木疯子用脏污的手画她的脸，用凌厉的眼神
看我
木疯子像是流浪汉，身上缀满了金子
散了又散
叮叮当当地响，但的确是金子的样子
"肮脏的人在下午会老的。"
他咀嚼烟草叶，挣扎着想要过来，我难以忍受他的气味。
我拿着树枝
夜里种花，身后是黑漆漆的（记不清是要干什么）
马扬着手臂，不再绕道行驶
那些低矮的马
嗅嗅母亲的手脚
马的鬃毛磨光了，变化着身子放归旷野。

——《浮现》

"浮现"是一种很暧昧的现场印象，它不同于近距离的凝视，也不同于远距离的瞭望，而是介乎两者之间，或者说模糊了这种物理意义上的距离。它只是一种下意识的脑电波，是一种近乎拼图性质的人物与场景的组合，类似我们的梦境，超越现实事物的必然联系，直抵灵魂深处的无序与偶然。在这个过程中，事物之间没有必然的因果，人物之间没有必然的关系。然而，当我们把这一切零散的印象放在同一空间，却发现一种内在的逻辑。那就是，这些看似无序的物象，其实都有扎实的现实基础与思维前提。那是诗人内心深处的世界，它有经验的底色，更有超验的神经末梢。然而，这种经验与超验交织在一起，便切断了那种线性时间的发展轨迹，朝着发散、逆转甚至缺乏方位的生命游走与灵魂漂移。在那里，一切都是瞬间的，一切都是突兀的，遥远却又清晰，短暂却又深刻。就像电影里的蒙太奇，用一幅幅有别于普通镜头的画面翻转，完成对心理时空与现实时空的调配与重置，让内心的烟云与丘壑转化为摸得着、看得见的现实冲突。

所以，我们无法用现实的逻辑去判断这个世界的有无，更无法用熟悉的道德去质疑这个世界存在的合理性。这是私人时间，在这个时间里，母亲扔下的花瓣，可以复活树林。同样，在这个时间里，木疯子也可以"用脏污的手画她的脸，用凌厉的眼神/看我"。两种截然不同的体验相互印证、相互打开，让童年的记忆呈现出一种诡异而又闪亮的光泽。当然，因为母亲无处不在，那种诡异并没有成为恐怖，而是充满了神迹，木疯子身上缀满了金子，那些金子叮当作响。于是，时光深处，那些磨光鬃毛的马儿，便可以在嗅过母亲的手脚之后，"变化着身子放归旷野"。可以这样说，在这个过程中，虽然人物和场景并不繁复，但足可以构成一个完整的故事。在这个故事里，既有童年的危险印象，更有母亲的温暖光辉。

可以这样说，这首诗有一种魔幻的色彩，它创设了一种不同于尘世的世界。这是对现实世界的反观，也是对现实生活的修正。在这个世界里，有喧嚣，但不同于尘世的喧嚣；有阴郁，但不是生存的阴郁。这是一个人灵魂深处的场域，是一个人对自我的挑战与回应，它没有意义之争，只有各自呈现的合理，也有相互印证的迷离。在阿翔的作品中，这种超验的感觉不是偶然现象，而是贯穿他对待世间万物的一种基本态度与基本表达。

只有在阴天，蒿草和一丛紫苏草药挂在木门上
四周极其安静
它们的影子
在火中摇晃，绕一大截平路。
隔着雾，"你看七架马车拉着紫色天堂，上面还
晾晒着衣物"（是不是外面的草木那么深）
记得少数的几个大排档，都隐藏在一片树林里
有些乌烟瘴气
酒意一再地往上涌，还可以再来一次
没有人会怀疑
我有自己的阴凉。
远处看时，河水静流，水流到树枝上
废弃的林中有人皮灯笼
有蘑菇踏月而来，那么谨慎。
多半是出于寂寞，我选择同女人独处
她垂着头发，胸口一鼓一吸，躺在河面上做梦
梦见死去多年的亲人
沉迷于缄默。
有时坐在无声的屋顶上，我爱上了草木

爱上了它们放纵的样子。

——《草木之诗》

在这里，蒿草的影子在火焰中摇曳，隐在树林中的大排档乌烟瘴气，一片狼藉之中，诗人却拥有自己的清凉；蘑菇踏月而来，女人在河面上做梦，而诗人却能坐在屋顶上，爱上草木，"爱上了它们放纵的样子"。这是一种奇特的心灵空间，它虽然诉诸尘世的事物，却没有黏稠的尘世色彩，若有若无，虚实难辨。然而，我们却无法否认它的存在，无法避开它的光亮与热度。诗人描绘的场景，是一种凌乱的状态，但那凌乱中，却藏着世界诸多的可能。大排档是人间烟火，月光下的蘑菇是诗意的记忆，它们一起构成了诗人心中的大千，构成了诗人打捞生命价值的双重背景。正因如此，这样的空间虽然扑朔迷离，却自有一种蓬勃的生机和酒神精神。放纵的草木，不是欲望的泛滥，而是生命力的燃放。这是诗人期待并珍视的生命姿态，是天地之间之所以丰盈的前提，是世界之所以生生不息的理由。

"这是在夏日，九月是中年的酷热，躲藏白发，躲藏流动的人群/目中无物的时刻，碰到以前的朋友/真的是变了/形形色色，辨认不清，形同虚设。"（《应和》）在超验的世界里，诗人不再是肉身的实体，而是呈现出镜子的特质。世间万物在诗人眼中，不仅仅是简单镜像的直观反映，而是有了水银的神秘。所以，九月的酷热中，躲藏着形形色色的人群，而那拥挤的人群却不可辨认，形同虚设。"高的和低的，层出不穷的道具，绝望，还剩下什么/你所看到的剧情，已经被篡改"（《应和》）。在诗人心灵之眼的观察与感受中，季节不再是既定的线性轮回，而我们熟知的各色人等也变得暧昧不清，成为此在剧场的道具和背景，似是而非。人世的剧情"已经被篡改"。然而，生命并没有因这种超验的观照而彻底坠入虚无。对此，诗人有足够的审慎，他时刻警惕着幻象的生发征兆和此在的切身感受。

桃林中，诗人渴望"尘埃弥漫。允许我坐下，允许我跌入混沌的睡眠"，因为，"我无视于虚空，内怀鸟翅/既不深入，也不浅出，我不是说在完美"，因为，"世间清净就是如此。这个被普遍赞美的生活/像从前，身体经常发烫/它与卑劣相互排斥，我绝不让自己变得麻木/如果是这样，那就一同斑斓与温暖"。即使在混沌的状态下，诗人依然能清晰地感受到世间的本来清静，感受到不完美的生活也有值得留恋的操守，感受到那"落在肩上的那一瓣，替我呼吸"（《桃花诗》）。而这才是残缺而又饱满的世界，才是诗人疼痛而又欢喜的世间。

可以这样说，在写作时，阿翔并不排斥生存的现场，只不过，这种现场不再是纯粹的经验书写，不再是新闻式的广角实录，而是融入了大量的超验视角，融入了及时的瞬间感受，让这人间万物有了不同于视听意义的灵魂意味。所以，他笔下的《明月诗》才会有一种带着泥沙的光亮和重量，人置身其中，才会生出"虚无如同挽留，那是另一个/主题，并不产生歧义"的不知今夕何夕的感慨；他笔下《雨中诗》才有了粗粝的棱角，有了时光的反诘和命名的悖论。雨的急切，"可能淋漓至极，双倍清澈"，但也可能"带来另一个臃肿"，这是因为"结论为时尚早，如果这样，/我不反对下午的颓废，更多的沉默/意味着听力强大的安慰，更多的习惯/意味着写作的无可指责"。

呈现生命与时光的已然，是写作的功能；呈现生命与世界的可能，更是写作的意义。经验是写作的丰富矿藏，这是所有写作者都耳熟能详的道理。所以，我们说生活是写作的源泉。但是，对于生命而言，这个世界的边际并不像我们看到的那般明确，它有遥不可及的地平线，有我们无法预知的边缘。面对瞬息万变的事物，面对无处不在而又无法停留的时间，那些程式化的认知和所谓的科学命名，其实都只是权宜之计，它无法负责事物的最终定义和终极诠释。所以，这世界才有了葡萄牙大诗人费尔南多·佩所阿的"第八大洲"；所以，经验之外，诗人的超验，让这个世界有了意味深长的分叉，让我们自以为熟知的事物有了更为细致多汁的肌体。从某种意义上说，阿翔的超验性写作，是对经验写作的有机补充，更是对属性明晰的生命具有建设性的延展。这样的写作，对诗人而言，是无限向内深掘的私人日记；对读者而言，则是不可多得的精神历险与固有体验的重新审视和再体验。

当然，这种超验绝非空穴来风，它源自诗人对世间万物长久的凝神谛听与深切体悟，源自诗人对既定秩序与命名的怀疑与重估，来自生命的古老记忆与自然感应，来自天地之间流动的空气与精灵，来自事物永不休止的变化，来自时间本身。这是智者认识世界与自身的"齐物"态度，是哲人感受时间与生命的细致入微的诊断方法。

对时间的剥离与确认

低于青山脚下，桃花如鲜艳的颜料，
失真得节省了细雨，在林中沉睡，甚至波光粼粼的下午，
预示了桃花村的新与旧，只属于晴朗的芳邻，
就好像我们的散步，刚好怀念从前的生活。

必然的见证，我们才有机会接近更高的路程，
只有风声幸存下来的寂静，很容易制止了一丝炎热，
我知道故乡斑驳，不止一次意味着浩渺的孤独，
除非虚构出现实，足以抵消内心的璀璨。

最好的结果远远多于我们的信任，

相似到你凭空看出了破绽，而我持续一场巨大的回声，
即使被桃花微妙地覆盖，但你从未见过
犀牛在水中的肥硕，几乎左右不了隐秘的汹涌。

新的生长来自我们的萌芽，稍远一点，
桃花差不多和你的情绪有关，但与节日的逻辑无关，
这有点像过了期的黄金，使四月黯然失色，
或者，我们的汉语遗忘了故乡的时间。

仅次于另一条路，经不起青山表面上的蜿蜒，
尤其是不隔音的茂密的树林。那意思是说，共同的去处
规避了少数人，仿佛错觉不是我们的重点，事实上——
我并不介意鸟儿泛起的涟漪扩散到整个天空。

——《新桃花诗——与老友徐业华同游家乡的桃花村》

　　阿翔写过《桃花诗》，在那里，"每天的桃花，皆奔其命"。而在《新桃花诗》里，"低于青山脚下，桃花如鲜艳的颜料，/失真得节省了细雨，在林中沉睡，甚至波光粼粼的下午，/预示了桃花村的新与旧，只属于晴朗的芳邻，/就好像我们的散步，刚好怀念从前的生活"。同样的桃花，在诗人眼中有了不同的风姿和宿命。于是，相同的季节与月份，便有了不同的内容与反映。于是，笔直的时间有了恍惚的姿态："新的生长来自我们的萌芽，稍远一点，/桃花差不多和你的情绪有关，但与节日的逻辑无关，/这有点像过了期的黄金，使四月黯然失色，/或者，我们的汉语遗忘了故乡的时间。"从前与当下，在一个时间点上重叠而又龃龉，怀旧变成了见证，虚构变成了现实："我知道故乡斑驳，不止一次

意味着浩渺的孤独，/除非虚构出现实，足以抵消内心的璀璨。"诗人始终都没有放弃对熟知事物的深情打量，始终都在感受时间之于生命的终极意义。所以，面对同样的场景，他开始有意剥离我们对时间的习惯认知和固有感受，让时间呈现出它的现场性与瞬间性。

墨西哥诗人帕斯说，我们都是时间。我深以为然。当我们在谈论生命本质的时候，常常会陷入一种纯粹的物质理解，以为世间一切物质性的存在与消失便是本质。这种解释虽然具有实在的科学佐证，但是并无法让心灵最终释怀。更多的时候，视野之内的存在与消失只是一种物质意义上的解释，它无法排遣灵魂对生命与世界的抽象认知与原始记忆。所以，我们在物理时间之外，又发现了一种心理时间，让生命与世界不止于两维的时空确认，而是有了多维的延伸与立体的重塑。在阿翔眼中，"我有无声的波涛，沿途推迟时间""我拾起石头，试图掂量出黑暗/和遥远的启示录，这不同于他人的/对号入座"（《徒步诗——与杨沐子、王璟、吕布布、孙文波游马峦山》）。徒步行走，现实的时间被无限推迟，于是，黑暗与遥远的启示录唤醒另一个生命实体，让世间万物有了崭新的集合与另外的意义。

在阿翔笔下，对生命超验的打开方式，不仅仅使诗人洞见了事物隐秘的部分，还让我们熟知的时间有了分叉的可能。和古人对话，这既是对历史的呼应，也是对当下的辨识。在这种交织了诸多情感沉淀的对话中，当下的时间染上了历史的风尘："我想到风花雪月的内涵，这与现实主义完全无关/譬如目睹到的局部，不需在意日常中的祖国，还有无边的教育。"（《李白诗》）剥去教科书上简易的类型命名，风花雪月也就是另一种现实主义，只是，我们被"无边的教育"蒙住了眼睛，看不到事物局部里暗含的关涉整体意义的真理。这是对已经成坐标时间的一种拨乱反正，是对时间皱褶中隐藏的秘密的深度打捞。在波澜不惊的时间流逝中，暗含着不为人知的波涛汹涌；在我们熟知的书写中，有太多障眼法，让我们与自己的本质越来越远——

  诗从未错过天气的变化。
  夏日的行程被大雨多次打断，仿佛
  陷阱，不限于把你碧绿地淋湿；
  同时被严密封堵在警报声里，
  这不是你愿意看到的。关于南方阴郁的
  建筑和时差，完全无从把握，我只能
  写到反季节；凡是雾霾，在你身上
  难免是土得掉渣，但不是命运的残余。
  例如我可以说，诗离我们
  比一日游的启蒙还遥远，看上去，
  澄清了你和新生活的距离；我说，
  远景的焚烧就像障眼法，影响了风的
  走向，甚至波及我们的心情。
  根据有限的觊觎，这些改变妨碍了
  你的溃败，以及对波浪的滥用。
  想想吧，焚中的诗从未变成轻灰，敏感的人
  容易在火中看到诗的光，
  并发出噼啪的声响；所以，
  别说你新增见识，就是没有写出来的诗，
  焚烧之前只能算半成品。以至于现在，
  你从大雨中学到的东西，不足以
  去奚落天气本身，好比你忍受你，
  远远超过忍受苍蝇的冷场。
  这不完全奇怪，行程出现于类似的

堕落，试探着我们身上的深渊。

关键是，雾霾尚未过去，诗就换了角度。

关键是，我被耽误在你的时差里。

——《未焚诗》

　　"远景的焚烧就像障眼法，影响了风的/走向，甚至波及我们的心情。"地理意义上远与近取决于并不确定的观察点，所以，心理意义上的远近便有了时间的干扰，有了诸多的虚幻。诗人知道"这不完全奇怪，行程出现于类似的/堕落，试探着我们身上的深渊"。可以这样说，我们身上的深渊，正是被日常时光遮蔽的部分，它一直都在那里，等着我们去感知，去确认。然而，日常的时间状态总是暧昧地消磨人们的敏感神经，让这庸常的世界充满油腻的满足和忘我。于是，诗人探索的脚步"被耽误在你的时差里"。这是一种辽阔的挫败感。但诗人并未因此而绝望。因为，在与时间对峙、磋商、重新确认的过程中，诗人剥去了时间人为的程式化与确定性，让时间有了生命的肉感，让生命有了时间的纹理。这本身就是一种生命认知与时间感受。借此，诗人发现，时间与生命并非相互否定的两级，它们彼此依存，又彼此呈现。生命是时间的表现形式，时间是生命的最初模样。

　　让我感佩的是，表达这种深层的生命信息与时间确认，阿翔并没有拘泥于近乎高蹈的冥思和呓语，没有因此而坠入彻底的虚无。他知道"很多细节都是/经过了瞬间，不涉及真相"，即使是"进入寂静中心，以至于你越来/越分不清今日是何日"（《秋色诗》），他也没有放弃这种精神上的坚持，肉体上的承受。他时刻提防着灵肉的二元对立和决然分离，努力完成它们的和谐与统一，在双重意义上分享灵魂触摸到的痛苦和幸福——"我在我们之外，如无人之境"（《细雨诗》）。

词语的陌生化效果

陈超先生说，诗歌是生命与语言的双重洞开。然而，对于大多数诗人而言，语言似乎只是一种传递情感的媒介，它不负责诗歌的品质与力量。这当然是一种缺乏修辞诚意的妄自尊大。诚然，用最质朴最直白的的词语也可以写出传世的杰作，比如李白的《静夜思》和孟浩然的《春晓》。我不否认这是一个诗歌事实。一个诗人的生命高度、思维广度和思想深度的确可以超越语言层面的诗意构造。但是，这不是我们可以无视语言之于诗歌重要性的理由。一个有语言自觉的诗人当然不会因为单纯的语言追求而放弃对生命本身的观照，可是他一定会把语言当作诗歌内部肌理的重要组成部分来对待。在我的阅读印象中，那些格外关注诗歌语言的诗人，他们的诗歌都有一个共同的特征，那就是，他们的诗歌语言有一种让人印象深刻的陌生化效果。在我看来，阿翔就是这样的诗人，他始终保持着语言的高度自觉与修辞锤炼。

对待诗歌语言，阿翔心存敬畏。他相信"诗，总会/有路的终点"（《单车诗》），"恰当的语速有助于我们清醒"（《细雨中访甲乙村计划》），所以，他力求让自身的节奏符合语言本身的速度。他从不轻慢任何一个词语的可能性与生成性，因为，他懂得语言里包含着我们未知的元素；因为，他听到了"村子的/方言中，确实夹杂着蚂蚁/和蝴蝶的口音，只适宜于对我们/不同角度的示范，仿佛我们是谨慎的/门外汉"（《逗留麋鹿村计划》）。可以这样说，正是因为阿翔对诗歌语言的敏感与自觉，让他在经营诗歌的时候，犹如一个高明的工匠认真打磨他的手工艺品，不忽视所有的工序，不放过任何细节，无论是词语之间的粘连还是语句的气息，都有一种严丝合缝的精准，都有一种开合有度的小心与节制。

但这种审慎并不妨碍他对语言的大胆实验。在《同游诗——与不亦、廖令鹏同游前海湾》中，诗人不惜用语义的断裂来造成一种特殊的语气，从形式上看，四小节整齐排列，每一小节中的行数与字数严格一致。然而，这种过于整饬的结构并没有限制诗人的自由表达。如果只满足于朗读，这种词语的刻意错位，让原本畅通的语义单位有了强行的折断，让诗歌的气息有了零散的姿态。然而，真正的诗意并未因此而凋零。在我看来，阿翔这样处理，既是对诗歌形式的实验，更是对词语单元含混多义的探寻。然而，这种尝试绝不是简单的形式弄险，而是符合几人同游的游戏之意，诙谐、机趣。自带包袱的词语叠加与刻意停顿，自有一种阅读的快感与新鲜。

"很多人来过又走了，他们三三两两成群，就有了比喻。/'我不再年轻了，我是通过他们怀念着自己'/白马垂下翅膀，衔着她的祖国：一块土地，和槽边往事/掺些酒香/像更多的时候，嗫声后的诗歌/躲藏在书本后/身后是巨大的闪电，那闪电迅速让她在树林里/碰见一个打鼓的男子/然后隐于淡青色的雾气中，挥之不去。"（《欢愉颂》）诗人醉心于语言内部的伦理，所以，不经意间，便拎出了修辞的秘密。在阿翔看来，修辞不仅仅是语法的一种，它更是一种言说的策略，也是一种社会身份的伦理命名。它隐含了大量的政治信息与时代判断。每一个时代都有打烙着时代痕迹的修辞格；每个群体都有特殊意味的修辞意图。这不仅仅是语言内部的要求，更是社会关系的名词重置与动词平衡。这样的诗歌可以当作诗论来读，也可以当作修辞学来读。它是一种揭示隐喻发生原因与具体过程的隐喻，是隐喻对自身的确认，也是隐喻对自身的背叛。

海德格尔说，语言是存在的家。这是因为语言与存在具有显而易见的命名关系。一个词语就是一种可以超越时空的事物确认和生命理解。这是语言的一般规律，是词语的词典层面的意义，它指涉的是日常的沟通与交流。具体到诗歌，语言的功能便不再这么简单，它必须完成语言对日常的提升和审美。所以，诗歌语言不可能是日常词语的复制与拷贝，它必须从词典的规定性上发现新的可能，从日常的指涉中找到新的出口。一句话，诗歌的语言必须要从简单的对话功能中创造出意味深长的画外音，让读者和他置身其中的世界出现一种可以产生遐想的接应点与想象的距离，让生命暂时从生存的压力中解放出来，重新触摸灵魂，重新打量那流淌在山川河流与草木虫鱼中的古老诗意。可以这样说，让诗歌的语言呈现出一种不同于日常语言的陌生化，并不是额外的要求，而是诗歌写作的应有之义。在这方面，阿翔是成功的。他用密集的意象，用不同于日常交流的喃喃自语，创设了一种诗歌语言的陌生化与自足美。

当然，语言的陌生化不是词语选择上的晦涩和表达上的佶屈聱牙，而是一种特殊的味道和感觉。即使是最普通的词语，但因为诗人对这些词语个性化的理解与个性化的排列组合，因为对词语特殊意义的打磨与抛光，从而使这些词语有了独特的节奏与声调。"但草不潦草"（《白鹿原传奇》），"从槐树到柳树，每个新枝的细节处/都比细雨的赤裸还很诱惑"（《早春绕开细雨计划》），"这确实是一个问题，我并未意识到/杂货店和早摊给建筑史注入了/市井的陈旧味道，如果可能，/我倒也愿意一个地名配上好名声"（《秋日的白石龙传奇》）等句子，没有生僻的字眼，但因为诗人赋予它独特的认知和独特的糅合，便产生出许多不同于字面意思的弦外之音，让人怅然，让人警醒，让人欲说还休。

应该说，阿翔的写作是有难度的写作，是诗人对诗歌高度的坚守与捍卫。我喜欢这样的诗歌精神，喜欢他这种言说姿态。诗人没有预设言说的对象，他仿佛在自说自话，旁若无人。然而，我却从那压低声调的叙说中，听到了世间万物的对话，发现了无处不在的生命呢喃。从表面看，诗人指涉的仅仅是自身感受到的人事，但我分明从这私语化的言说中，感受到了生命的广阔，宇宙的无垠。可以这样说，在诗歌里，阿翔完成了一次超越时空的精神之旅，在这个旅程里，原本不甚明了的轨迹一步步清晰，原本迟疑的灵魂一点点坚定，它既是精神上的自我流放，也是灵魂的自我救赎，就像浴火的凤凰一样，在死亡的边缘，完成了精神的涅槃重生，迎接了灵魂的新生。

2019年10月25日夜

辛泊平　20世纪70年代生人，毕业于河北师范大学中文系，在《诗刊》《人民文学》《青年文学》等海内外百余家报刊发表作品并入选数十种选本。著有诗歌评论集《读一首诗，让时光安静》《与诗相遇》，随笔集《怎样看一部电影》，历史小说《廉颇》等。曾获中国年度诗歌评论奖、河北省文艺评论奖。河北青年诗人学会副会长，河北省诗歌研究中心特约研究员。现居秦皇岛市。